NADA DISSO É VERDADE

LISA JEWELL
NADA DISSO É VERDADE

Tradução de Renato Marques

Copyright © 2023 by Lisa Jewell Ltd
Esta obra não pode ser exportada para Portugal.

TÍTULO ORIGINAL
None of This Is True

COPIDESQUE
Beatriz Lopes | Giselle Brito | Júlia Moreira

REVISÃO
Juliana Souza

DIAGRAMAÇÃO
DTPhoenix Editorial

DESIGN DE CAPA
Pete Garceau

IMAGEM DE CAPA
Karl Hendon / Getty Images

CIP-BRASIL. CATALOGAÇÃO NA PUBLICAÇÃO
SINDICATO NACIONAL DOS EDITORES DE LIVROS, RJ

J56n   Jewell, Lisa, 1968-
            Nada disso é verdade / Lisa Jewell; tradução Renato
        Marques. – 1. ed. – Rio de Janeiro: Intrínseca, 2024.

            Tradução de: None of this is true

            ISBN 978-85-510-1394-6

            1. Ficção inglesa. I. Marques, Renato. II. Título.

                            CDD: 823
24-93421   CDU: 82-3(410.1)

Meri Gleice Rodrigues de Souza – Bibliotecária – CRB-7/6439

[2024]
Todos os direitos desta edição reservados à
EDITORA INTRÍNSECA LTDA.
Av. das Américas, 500, bloco 12, sala 303
Barra da Tijuca, Rio de Janeiro - RJ
CEP 22640-904
Tel./Fax: (21) 3206-7400
www.intrinseca.com.br

Prólogo

Sair tropeçando do frescor do ar-condicionado do saguão do hotel para o calor intenso e úmido da noite não o ajuda nem um pouco a ficar sóbrio. Mais do que isso, acaba o deixando com uma sensação de pânico e claustrofobia. Um suor que parece álcool puro brota rapidamente em sua pele, umedecendo sua coluna e a região da lombar. Como pode estar tão quente às três da manhã? E onde ela está? Onde ela está? Ele se vira para verificar se a garota está atrás dele e, pelas janelas do hotel, enxerga uma silhueta duplicada, distante e indefinida. Então, avista um carro reduzindo a velocidade, e seu coração começa a desacelerar. Ela está aqui. Até que enfim. Graças a Deus. Esta noite terrível está chegando ao fim. Ele cerra os olhos para vê-la melhor, procurando no banco do motorista o brilho reconfortante de seu cabelo loiro-platinado, mas não o encontra. O vidro é abaixado e ele recua bruscamente.

— O quê? — pergunta ele à mulher de cabelo escuro ao volante.
— O que você está fazendo aqui? Cadê a minha esposa?
— Está tudo bem — responde a mulher. — Foi ela quem disse para eu vir aqui. Ela bebeu demais, então me pediu para levar você para casa. Vamos. Entre no carro.

Ele olha para trás em busca da garota, a tempo de vê-la sair do hotel e se afastar a passos rápidos na direção oposta, com a bolsa firmemente pressionada contra o corpo.

— Eu trouxe água e café. Vamos. Já, já você estará em casa.

Ele se senta no banco do carona, o cachorro no colo da mulher rosnando baixinho para ele.

— Pensei que você não estivesse mais por aqui — diz ele, tateando atrás de si para encontrar o cinto de segurança. — Você não tinha ido embora?

Sorrindo, a mulher abre uma garrafa de água e lhe entrega.

— Sim — diz ela. — Eu fui. Mas ela precisava de mim. Então... bom... Beba isso. Beba tudo.

Ele leva a garrafa à boca, que está muito seca, e bebe tudo de uma vez. Então fecha os olhos e espera até chegar em casa.

Parte Um

Parte Um

Estreia em maio na Netflix: Oi! Eu Sou Sua Gêmea de Aniversário!

Dos mesmos criadores de *O Diabo ao Lado* e *O Grande Golpista do Tinder*, prepare-se para algo fora do comum — um podcast dentro de um documentário, ou um "podumentário". Em junho de 2019, a famosa podcaster Alix Summer, mais conhecida como apresentadora do podcast sobre mulheres bem-sucedidas *Toda Mulher*, decidiu se aventurar em um projeto original chamado *Oi! Eu Sou Sua Gêmea de Aniversário!*, que conta a história de uma conhecida que nasceu no mesmo dia que ela. Porém, conforme o novo projeto avançava, Summer começou a se aproximar mais dessa vizinha discreta e descobriu coisas que jamais poderia ter imaginado. Em poucas semanas, a vida de Summer estava de cabeça para baixo e duas pessoas, mortas. Um mistério de dar frio na barriga e que vai deixar você perplexo com o lado obscuro da natureza humana. Mas já deixamos avisado: você não vai conseguir parar até ter devorado todos os episódios.

Oi! Eu Sou Sua Gêmea de Aniversário!
UMA SÉRIE ORIGINAL NETFLIX

A tela está escura. Aos poucos, o interior de um estúdio de gravação é revelado.
 A legenda na tela informa:

20 de junho de 2019, gravação do podcast de Alix Summer

Uma voz feminina surge aos poucos.
Alix: Você está confortável aí, Josie?
Josie: Sim. Estou bem.
Alix: Ótimo. Bom, por que você não me conta o que comeu hoje no café da manhã enquanto eu preparo tudo?
Josie: Ah. Hã...
Alix: É só para eu testar a qualidade do som.
Josie: Ah, tá bem. Bom, eu comi torradas. Duas torradas. Uma com geleia e outra com pasta de amendoim. E tomei uma caneca de chá, aquele chique que vem na caixinha dourada da Marks.
Alix: Com leite?
Josie: Sim. Com leite.
Há uma breve pausa.
 A câmera percorre o estúdio de gravação vazio, dando um close nos detalhes: as linhas que sobem e descem no monitor, um par de fones de ouvido abandonado, uma xícara de café vazia.

Josie: Conseguiu? Tudo certo?

Alix: Sim. Está perfeito. Tudo pronto. Vou fazer uma contagem regressiva a partir do três e depois vou apresentar você. Tudo bem?

Josie: Sim. Tudo bem.

Alix: Ótimo. Então... três... dois... um... Olá, sejam bem-vindos! Meu nome é Alix Summer, e hoje teremos algo um pouco diferente...

O volume do áudio diminui e a imagem começa a sumir até a tela ficar completamente escura.

Os créditos iniciais começam a aparecer.

SÁBADO, 8 DE JUNHO DE 2019

Josie consegue perceber o desconforto do marido quando eles entram no gastropub iluminado. Já tinha passado por ali umas cem vezes, e sempre pensava: *Não é pra gente. É jovem demais.* Ela nunca nem ouviu falar nos pratos listados na lousa do lado de fora. *O que raios é bottarga?* Mas este ano o aniversário dela caiu num sábado, e dessa vez, quando Walter perguntou o que fariam para comemorar, ela não disse "Ah, a gente pede qualquer coisa no delivery, abre uma garrafa de vinho e está ótimo". Este ano ela pensou na luz quente e convidativa do Lansdowne, no burburinho das conversas, no champanhe em baldes de gelo nas mesas ao ar livre em dias quentes de verão. Pensou também no dinheirinho que a avó lhe deixara de herança no mês passado, então se olhou no espelho, tentando se ver como o tipo de pessoa que comemora o aniversário em um gastropub no Queen's Park, e declarou: "Vamos sair pra jantar."

— Tudo bem, então — concordou Walter. — Tem algum lugar em mente?

— O Lansdowne. Você sabe onde é. Na Salusbury Road — respondeu ela.

Ele simplesmente ergueu a sobrancelha e decretou:

— O aniversário é seu. Você que sabe.

Agora ele segura a porta aberta para que Josie passe. Por um momento, ambos ficam parados ao lado de uma plaquinha que diz: *Por favor, aguarde aqui para ser levado à mesa.* Espremendo a bolsa de mão contra a barriga, Josie olha ao redor e observa as pessoas comendo e bebendo no início da noite.

— Josie Fair — diz ela ao jovem que surge segurando uma prancheta. — Fiz uma reserva para as sete e meia.

Sorridente, o rapaz olha para ela, depois para Walter e de novo para ela e diz:

— Mesa para dois, certo?

Eles são conduzidos a uma mesa agradável num canto. Walter se senta num banco acolchoado, e Josie, numa cadeira de veludo. O garçom lhes entrega cardápios presos a pranchetas. Horas antes, Josie havia consultado o menu on-line, porque assim conseguiria pesquisar no Google os pratos que não conhecesse, então ela já sabe o que vai comer. A bebida será champanhe. Ela não se importa com o que Walter vai achar.

Um barulho na entrada do pub chama a atenção de Josie. Uma mulher segurando um balão que diz *Aniversário da Rainha* chega no local. Seu cabelo loiro-platinado tem um corte reto, com muito movimento. Ela está usando uma calça wide leg e uma blusa preta amarrada com laços nas laterais. Sua pele é lisa e macia, e seu sorriso, largo e contagiante. Logo atrás, entra um grupo de pessoas da mesma faixa etária. Alguém segura um buquê de flores e outra carrega um punhado de sacolas de presente chiques.

— Alix Summer! — anuncia a mulher em alto e bom som. — Mesa para quatorze pessoas.

— Olha só — diz Walter, cutucando Josie de leve. — Outra aniversariante.

Josie faz que sim com a cabeça, desatenta.

— É. Parece que sim.

O grupo segue o garçom até uma mesa em frente à de Josie. Há três baldes de gelo já postos, cada um contendo duas garrafas de champanhe gelado. Todos se acomodam ruidosamente, debatendo, aos gritos, sobre quem deve se sentar onde — ninguém quer se sentar ao lado do próprio marido, pelo amor de Deus. A mulher do sorriso largo, Alix Summer, dá instruções e organiza o grupo, enquanto um homem alto e ruivo, provavelmente o marido da própria, pega o balão da mão dela e o amarra no espaldar de uma cadeira. Quando todos estão devidamente acomodados, estouram-se as primeiras garrafas de champanhe e quatorze taças são erguidas no ar por braços bronzeados, com pulseiras de ouro e camisas brancas com mangas engomadas. Eles aproximam as taças, os que ocupam as cadeiras nas extremidades da mesa se esticam na ponta dos pés para alcançar o outro lado, e todos brindam em uníssono:

— Viva a Alix! Feliz aniversário!

Josie crava os olhos na mulher e pergunta a Walter:

— Quantos anos você acha que ela tem?

— Nossa. Sei lá. Hoje em dia é difícil dizer. Uns quarenta e poucos, talvez?

Josie assente. Hoje é seu aniversário de quarenta e cinco anos. Mal consegue acreditar. Um dia ela era jovem e os quarenta e cinco anos estavam bem distantes, algo impossível de acontecer. Mas chegou rápido, e não era o que ela pensava que seria. Ao encarar Walter, agora apenas um vestígio do homem que já foi, Josie se pergunta como sua vida seria se nunca o tivesse conhecido.

Ela tinha treze anos quando se conheceram. Ele era um pouco mais velho que ela — *muito* mais velho que ela, na verdade. Na época, todos ficaram chocados, menos ela. Casou aos dezenove anos, teve seu primeiro filho aos vinte e dois, então outro aos vinte e quatro. Josie viveu tudo em um ritmo acelerado, e agora, em tese, deveria estar no auge, se preparando para desacelerar e sossegar. Mas a sensação é outra. Nunca houve um auge, apenas um abismo de traumas no qual ela está presa, com um eterno nó de pavor entalado na garganta.

Walter está aposentado agora. O cabelo já era, assim como boa parte da audição e da visão. O apogeu de sua meia-idade está tão distante no tempo e tão atolado na loucura de criar filhos pequenos que é quase impossível lembrar como ele era na idade dela.

Ela pede um pão sírio com queijo feta e tomate seco, seguido de tagliata de atum ("A palavra TAGLIATA deriva do verbo TAGLIARE, cortar") com purê de feijão cannellini e uma garrafa de Veuve Clicquot ("O champanhe Yellow Label da Veuve Clicquot é apreciado por suas notas ricas e complexas"). Então, ela pega a mão de Walter, passa o polegar sobre a pele manchada pela idade e pergunta:

— Você está bem?

— Sim, claro. Estou ótimo.

— O que você achou daqui, então?

— É... bom. É legal. Gostei.

Josie abre um sorriso e diz:

— Que bom. Fico feliz.

Ela levanta a taça de champanhe e a estende na direção da de Walter. Ele encosta sua taça na dela num suave tim-tim e diz:

— Feliz aniversário.

Josie sorri enquanto observa Alix Summer e seu numeroso grupo de amigos: o marido ruivo com o braço apoiado frouxamente nas costas da cadeira; as grandes travessas de carnes e pães sendo trazidas para a mesa e colocadas na frente dos convidados como se tivessem sido conjuradas do nada feito um passe de mágica; a barulheira que eles fazem; a maneira como preenchem cada centímetro de espaço com suas vozes, seus braços, suas mãos e suas palavras. A energia que eles emanam é efervescente, uma irritante e gloriosa sensação de merecimento. E lá, no meio da algazarra, está Alix Summer, com seu sorriso largo e os dentes grandes, o cabelo brilhante, a corrente de ouro simples com algo pendurado que roça suas clavículas toda vez que ela se mexe.

— Será que hoje é o dia certinho do aniversário dela também? — indaga Josie.

— Talvez — responde Walter. — Mas hoje é sábado, então pode não ser também.

Josie toca a corrente que usa no pescoço desde os trinta anos; o presente de aniversário que Walter lhe deu naquele ano. Talvez devesse adicionar um pingente, pensa ela. Algo reluzente.

Nesse momento, Walter lhe entrega uma caixinha.

— Não é nada de mais. Eu sei que você disse que não queria nada, mas não acreditei em você. — Ele olha para ela com uma expressão alegre. Josie retribui com um sorriso, em seguida desembrulha a pequena embalagem e tira um frasco de perfume Ted Baker.

— Que fofo — diz ela. — Muito obrigada. — Ela se inclina e beija Walter suavemente na bochecha.

Na mesa em frente, Alix Summer abre as sacolas de presentes, lê cartões de aniversário e agradece aos amigos e familiares. Quando coloca sobre a mesa um cartão com o número 45 impresso, Josie cutuca Walter.

— Olha. Quarenta e cinco. Nós somos gêmeas de aniversário.

No mesmo instante em que as palavras saem de sua boca, Josie é invadida pela sensação de tristeza que a atormentou durante a maior parte da vida. Ela nunca encontrou explicação, nunca soube o que significava. Mas agora sabe.

Significa que ela está errada, que tudo, literalmente tudo, que diz respeito a ela está errado, e que o tempo para endireitar as coisas está se esgotando.

Ela vê Alix se levantar e ir em direção ao banheiro, então se põe de pé e anuncia:

— Vou ao banheiro.

Surpreso, Walter ergue os olhos de seus canapés de presunto de Parma com cubos de melão, mas não diz nada.

Um pouco depois, no banheiro feminino, os reflexos de Josie e Alix estão lado a lado no espelho acima das pias.

Josie toma a iniciativa de cumprimentá-la, com uma voz que sai mais alta e esganiçada do que ela pretendia:

— Oi! Eu sou sua gêmea de aniversário!

— Ah! — exclama Alix com uma expressão imediatamente calorosa e receptiva. — Hoje é seu aniversário também?
— Sim. Quarenta e cinco hoje!
— Sério? Uau! Eu também. Feliz aniversário!
— Pra você também!
— A que horas você nasceu?
— Meu Deus — responde Josie. — Não faço ideia.
— Nem eu.
— Você nasceu perto daqui?
— Sim. No St. Mary's. E você?
O coração de Josie dispara.
— No St. Mary's também!
— Uau! — diz Alix de novo. — Isso é assustador.

As pontas dos dedos de Alix vão até o pingente em seu pescoço e Josie vê que é uma abelha dourada. Ela está prestes a dizer mais alguma coisa sobre a coincidência da data de nascimento quando a porta do banheiro se abre e uma das amigas de Alix entra.

— Achei você! — berra a amiga, que veste uma calça jeans desbotada, estilo anos 1970, com uma blusa ombro a ombro e enormes brincos de argola.

— Zoe! Essa moça aqui é minha gêmea de aniversário! E essa é minha irmã mais velha, Zoe.

Josie sorri para Zoe.

— Nascemos no mesmo dia e no mesmo hospital.

— Uau! Isso é incrível — comenta Zoe.

Em seguida, Zoe e Alix mudam de assunto e não falam mais da Grande Coincidência. Imediatamente Josie percebe que acabou ali, esse estranho momento de conexão, que foi algo efêmero para Alix, mas por algum motivo foi significativo para Josie, e ela quer agarrá-lo e lhe insuflar vida de novo, mas não consegue. Sabe que precisa voltar para o marido e para o pão sírio com tomate seco e deixar Alix voltar para os amigos dela e para a festa. Ao se virar para sair,

Josie emite um silencioso "Tchau então", e Alix sorri radiante para ela e diz:

— Parabéns, gêmea de aniversário!

— Pra você também! — retribui Josie.

Mas Alix não a ouve.

Uma da manhã

A cabeça de Alix gira. Doses de *tequila slammer* à meia-noite. Passou do ponto. Nathan está se servindo de uísque, e o cheiro faz a cabeça dela rodopiar numa velocidade ainda maior. A casa está em silêncio. Quando arranjam uma babá cheia de energia, é comum chegarem em casa e encontrarem as crianças ainda acordadas, inquietas e insuportavelmente despertas. Às vezes, com a TV ligada no volume máximo. Mas não hoje. A babá de cinquenta e poucos anos e fala mansa foi embora há trinta minutos, e a casa está arrumada, ouve-se o zumbido da lava-louça e o barulho das patas da gata caminhando pelo comprido sofá em direção a Alix, já ronronando antes mesmo de a mão dela encontrar seu pelo.

Enquanto desprende da calça uma das garras da gata, Alix diz para Nathan:

— Lembra daquela mulher, a que ficou encarando a nossa mesa... Então, ela entrou no banheiro comigo. Acontece que hoje também é o aniversário de quarenta e cinco anos dela. Era por isso que ela não parava de olhar.

— Ah. Sua gêmea de aniversário — comenta Nathan.

— E ela também nasceu no Hospital St. Mary's. Engraçado, você sabe que eu sempre achei que eu tinha uma outra metade? Sempre me perguntei se minha mãe tinha deixado minha irmã no hospital. Será que era ela?

Nathan desaba na cama ao lado de Alix e faz seu uísque girar em volta de um solitário cubo de gelo, daqueles enormes e cilíndricos que ele faz com água mineral.

— Ela? — diz ele com desdém. — Acho bem improvável.

— Por quê?

— Porque você é deslumbrante, e ela é...

— O quê? — Alix sente uma onda de revolta crescer em seu peito. Ela adora que Nathan a ache bonita, mas também gostaria que ele fosse capaz de ver beleza em mulheres menos padrão. Criticar a aparência de outras mulheres faz seu marido parecer superficial e misógino. E isso, por sua vez, faz com que ela sinta que não gosta dele de verdade.

— Pois eu achei que ela é muito bonita. Tem aqueles olhos que de tão castanhos são quase pretos, sabe? E aquela cabeleira ondulada. De qualquer forma, é estranho, não? A ideia de duas pessoas nascerem no mesmo lugar, ao mesmo tempo.

— Na verdade, não. Provavelmente nasceram outros dez bebês só naquele dia no St. Mary's. Talvez até mais.

— Mas conhecer pessoalmente um deles. No dia do meu aniversário...

Agora a gata está bem enrodilhada no colo de Alix. Ela acaricia a pelagem ao redor do pescoço do animal e fecha os olhos. A sala gira novamente. Ela abre os olhos, tira a gata do colo e corre para o banheiro no corredor, onde vomita violentamente.

DOMINGO, 9 DE JUNHO

Josie desperta abruptamente de um sonho, um tão real que ela quase consegue controlá-lo. Ela está no Lansdowne. Alix Summer também está no gastropub e chama Josie para se juntar a ela. A mesa está decorada com tigelas de frutas extravagantes. Os amigos de Alix vão embora. O lugar fica vazio. Alix e Josie sentam-se frente a frente, e Alix diz: "Eu preciso de você." E então Josie acorda.

São os ônibus.

O barulho dos ônibus sempre a acorda.

Eles moram ao lado de um ponto de ônibus numa rua movimentada e suja entre Kilburn e Paddington. De acordo com um site de história local, as grandes mansões vitorianas nesta rua foram construídas em 1876 para servir de moradia a comerciantes abastados. Antigamente a rua levava ao spa em Kilburn Priory, e durante o dia ouviam-se o estrondo das rodas das carruagens e os estalidos dos cascos dos cavalos. Agora, todas as outrora imponentes mansões da rua foram convertidas em apartamentos, cujas fachadas de estuque adquiriram manchas da cor de jornal velho por causa da poluição do interminável fluxo de carros que passam rente às residências. E dos ônibus. Só nesta rota operam três linhas, e elas passam a cada poucos minutos. O chiado do sistema hidráulico quando os ônibus param no ponto é tão alto que às vezes faz o cachorro se encolher de medo pelos cantos.

Josie consulta o relógio. São oito e doze da manhã. Ela abre as pesadas cortinas de brim e espia a rua. Ela está a poucos metros das pessoas sentadas no ônibus, todas alheias à mulher que as observa da janela do quarto. O cachorro se aproxima de Josie, e ela apoia a mão na cabeça dele.

— Bom dia, Fred.

Ela está com uma leve ressaca. Ontem à noite tomaram meia garrafa de champanhe e terminaram com um licor Sambuca. Muito mais do que Josie está acostumada a beber. Ela vai até a sala de estar, onde Walter está sentado à mesa de jantar ao lado da janela que dá para a rua.

— Bom dia — cumprimenta ele, com um breve sorriso antes de voltar o olhar para a tela do computador.

— Bom dia — diz ela, indo para a cozinha. — Você deu comida pro cachorro?

— Dei, sim. E já levei pra passear também.

— Obrigada — diz ela em tom afetuoso.

Fred é o cachorro de Josie. Walter nunca quis ter um, muito menos um "cachorrinho de madame" como Fred, que é da raça pomchi. Ela é a responsável por ele e fica grata sempre que Walter faz alguma coisa para ajudá-la.

Josie prepara uma torrada e uma xícara de chá e se enrosca no pequeno sofá no canto da sala. Quando liga o celular, vê que na noite anterior pesquisou Alix Summer no Google. Isso explica por que sonhou com ela.

Alix Summer, ao que parece, é uma jornalista e apresentadora de podcast razoavelmente conhecida. Ela tem oito mil seguidores no Instagram e o mesmo número no Twitter. Sua biografia diz: "Mãe, jornalista, feminista, abelhuda profissional, ex-fanática por ioga, moradora de/apaixonada por Queen's Park." Depois há um link para o seu podcast, chamado *Toda Mulher*, em que ela entrevista mulheres bem-sucedidas sobre como é ser bem-sucedida. Josie reconhece alguns dos nomes: uma atriz, uma apresentadora de telejornal e uma atleta.

Ela começa a ouvir um episódio: uma mulher chamada Mari le Jeune, que comanda um império global de beleza. A voz de Alix na introdução é aveludada, e Josie entende por que ela seguiu essa carreira específica.

— O que você está ouvindo aí? — pergunta Walter.

— É só um podcast. É aquela mulher, Alix, que eu conheci ontem à noite no pub. Minha gêmea de aniversário. É o que ela faz da vida — responde Josie.

Ela continua ouvindo por um bom tempo. A mulher chamada Mari está falando sobre quando era casada, ainda jovem, com um homem que a controlava.

— Ele controlava tudo o que eu fazia, tudo o que eu comia, tudo o que eu vestia. Ele colocou meus filhos e amigos contra mim. Eu tinha tão pouca alegria de viver que a sensação era de que ele me espremia até *arrancar minha última gota de vitalidade*. E então, em 2005, ele morreu, de repente. E foi como apertar o botão "reiniciar" na minha vida. Descobri que durante todos aqueles anos sombrios com meu marido, quando pensei que estava sozinha no mundo, havia um punhado de pessoas esperando que eu voltasse para elas, que estiveram lá o tempo todo. Elas me pegaram nos braços e me levaram com elas.

Em seguida, Alix volta a falar:

— E se o seu marido, desculpe se isso parece algo duro ou insensível de perguntar, mas e se ele não tivesse falecido tão jovem, o que você acha que teria feito? Você acha que estaria onde está agora? De alguma forma você considera que o seu sucesso, todas as coisas que conquistou, já estavam escritas nas estrelas? Ou acha que foi apenas o trágico falecimento do seu marido que permitiu que você percorresse esse caminho?

— Essa é uma ótima pergunta, e, na verdade, eu penso nisso o tempo todo. Eu tinha trinta e seis anos quando meu marido faleceu. Na época do prognóstico dele, eu não tinha forças suficientes para deixá-lo. Estava inconscientemente esperando até as crianças ficarem mais velhas. Mas eu havia passado tantos anos sonhando com as coisas que faria quando eu finalmente conseguisse largá-lo que já tinha planejado toda a minha vida longe dele, mesmo sem saber *como* eu sairia daquela situação. Então é possível, sim, que eu tivesse seguido esse caminho mesmo sem perder meu marido para o câncer. Só aconteceu um pouco antes, creio eu. Então acabei ganhando mais tempo pra realmente construir a empresa, conhecê-la, nutri-la e crescer junto com ela. Se eu tivesse esperado, seria diferente. E, por mais terrível que pareça, a morte é uma ruptura total que passa uma borracha em tudo. Não existe meio-termo. Não há ambiguidade. De certo modo, é como uma tela em branco. E, no fim das contas, foi muito útil porque aprendi a lidar com as infinitas possibilidades que surgiram durante aqueles primeiros anos. Se ele estivesse vivo, eu não estaria onde estou neste momento.

Josie aperta o botão de pausar. Ela sente uma falta de ar repentina; está quase sem fôlego. *A morte é uma ruptura total.* Ao olhar de relance para Walter, percebe que ele não está prestando atenção nela, então aperta o play e ouve o restante do episódio do podcast. Hoje a mulher chamada Mari tem três casas em diferentes lugares do mundo, emprega os quatro filhos na empresa da família e é fundadora da maior entidade beneficente antiviolência doméstica do Reino Unido. No final do programa, Josie senta-se por um momento para tentar processar todas as coisas que acaba de ouvir sobre a vida extraordinária dessa mulher. Em seguida, volta a atenção para os resultados da busca do Google e por algum tempo rola o feed do Instagram de Alix. Como ela já imaginava, vê uma cozinha espaçosa com uma ilha no centro, crianças ruivas em praias varridas pelo vento, vistas de arranha-céus londrinos, drinques, gatos e férias paradisíacas. Os filhos de Alix parecem ser bem novos, crianças que provavelmente ainda não completaram dez anos, então Josie imagina o que Alix fazia antes de engravidar. O que uma pessoa faz quando tem trinta anos e não tem filhos? O que faz com o seu tempo?

Ela se detém diante de uma fotografia de Alix com o marido. Ele é alto, mesmo em comparação com a esposa, que é mais alta do que a maioria das mulheres, e, sob o efeito de algum tipo de filtro, sua espessa cabeleira ruiva parece ter a cor muito mais viva do que na realidade. A legenda diz "Hoje faz quinze anos que você entrou na minha vida. Nem sempre foi um mar de rosas, mas sempre fomos você e eu", seguida por uma fileira de emojis de coraçõezinhos apaixonados.

Josie tem contas nas redes sociais, mas não publica nada. Fica nauseada com a ideia de postar uma foto sua com Walter na internet e as pessoas reagirem boquiabertas e ficarem cheias de julgamentos. Mas ela fica feliz que outros o façam. É uma stalker nata. Nunca posta, comenta ou deixa like em nada. Apenas fica à espreita.

O domingo amanhece quente e abafado. Nathan não está ao lado de Alix na cama, e ela tenta se lembrar de fragmentos da noite anterior até dar forma a uma memória concreta. O gastropub, o champanhe, a tequila, a caminhada de volta para casa pelo parque, a conversa com os patos no zoológico através da cerca, *quá quá*, Nathan servindo uísque, a gata aconchegada no colo dela, o aroma perfumado do difusor de ambientes no banheiro do andar de baixo misturado com o cheiro do vômito dela, a espiada nos quartos das crianças, cílios tocando bochechas, luzes noturnas, pijamas, o rosto de Nathan no espelho ao lado do dela, a boca dele beijando o pescoço dela, as mãos nos quadris, querendo sexo, NÃO, VOCÊ ESTÁ DOIDO?, depois a cama. Mas o travesseiro de Nathan está intocado. Eles brigaram? Onde ele está dormindo?

Alix levanta devagar da cama e verifica o banheiro. Ele não está lá. Ela desce as escadas até o corredor e ouve o som dos filhos. A televisão está ligada na cozinha, e Eliza, deitada no sofá com a gata em seu peito. Leon está debruçado sobre o notebook. Há restos do café da manhã espalhados pela longa bancada cor de creme da cozinha.

— Cadê o papai?

Eliza levanta a cabeça e dá de ombros.

— Leon, sabe onde está o papai?

O menino tira os fones de ouvido e semicerra os olhos na direção dela.

— O quê?

— Cadê o papai?

— Sei lá.

Alix sai para o jardim. Descalça, sente sob os pés que as lajotas no terraço dos fundos já estão mornas. Nathan não está no galpão, nem no estúdio. Ela tira o celular do bolso do pijama e liga para ele. Ouve o telefone chamar.

— Viu seu pai hoje? — pergunta ela a Eliza ao voltar à cozinha.

— Não. Mamãe?

— Sim.

— A gente pode ir à livraria hoje?

— Sim. Claro. Claro que sim.

Alix passa o café, bebe água e come torradas. Ela sabe o que aconteceu e o que esperar. Já faz alguns meses, mas ela se lembra de como foi, daquele terrível e opressivo pesadelo. A felicidade da noite de seu aniversário já se esvaiu.

Enquanto toma sua segunda xícara de café, Alix se lembra de algo da noite anterior.

A mulher no banheiro, que faz aniversário no mesmo dia que ela. Como era mesmo o nome dela? Talvez ela não tivesse dito.

Alix imagina o que a tal mulher deve estar fazendo esta manhã. Ela se pergunta se o marido da outra saiu de fininho na calada da noite, deixando-a sozinha. Não, pensa ela, não, claro que não. Não é o tipo de coisa que os outros maridos fazem. Só o dela.

Nathan reaparece às quatro da tarde. Está usando as mesmas roupas da noite anterior. Ele passa por ela na cozinha para pegar uma Coca-Cola Zero na geladeira e bebe com vontade.

Alix olha para ele, esperando uma explicação.

— Você estava desmaiada — diz ele. — Eu ainda estava ligadão, todo elétrico... eu precisava...

— Beber um pouco mais?

— Sim! Bem, não. Quer dizer, eu poderia beber aqui. Mas eu só queria *dar uma saída*, sabe?

Alix fecha os olhos e respira fundo.

— Ficamos fora a noite toda. A noite toda, das seis à meia-noite. Vimos todos os nossos amigos. Bebemos por seis horas seguidas. Nos divertimos. Voltamos pra casa. Você tomou uísque. E você ainda queria mais?

— Sim. Eu acho. Quer dizer... eu estava muito bêbado. Não estava pensando direito. Apenas segui meus impulsos.

— Aonde você foi?

— Pro Soho. O Giovanni e o Rob estavam lá. Só tomei mais algumas bebidas com eles.

— Até as quatro da tarde?

— Aluguei um quarto em um hotel.

Alix rosna baixinho, entredentes.

— Você pagou pra dormir em um hotel em vez de voltar pra casa?

— Eu não estava em condições de voltar. Na hora simplesmente me pareceu a melhor opção.

Ele está com uma cara horrível. Alix tenta imaginá-lo cambaleando pelo Soho no meio da noite, entornando mais e mais bebidas goela abaixo. Ela tenta visualizar a cena: o marido completamente bêbado, entrando a passos trôpegos em um hotel às quatro da manhã, o brilhoso cabelo ruivo despenteado, exalando no rosto do recepcionista o hálito pútrido de uma longa noite de álcool e comidas gordurosas, antes de desabar na cama do hotel e roncar feito um urso em um quarto vazio.

— Eles não expulsaram você ao meio-dia?

Ele coça a barba grisalha por fazer no queixo e faz uma leve careta.

— Pois é, aparentemente eles tentaram me acordar. Eles... há... No fim das contas tiveram que abrir a porta e entrar. Só pra checar se eu não estava, você sabe, morto.

Ele força um sorriso sem graça ao dizer isso, e Alix percebe que, vinte anos atrás, o episódio teria sido motivo de risadas. Teria sido engraçado, de alguma forma, um homem adulto beber por quase doze horas seguidas e sumir no Soho, obrigando os funcionários de um hotel a entrar em seu quarto para verificarem se ele não estava morto, encontrando-o, sem dúvida, de braços abertos e seminu na cama, inerte, de ressaca, repugnante.

Ela teria achado engraçado.

Só que não mais.

Não agora que ela tem quarenta e cinco anos.

Não agora.

Agora ela está simplesmente enojada.

Na semana seguinte, Josie ouve quase trinta episódios do podcast de Alix. Ela acompanha histórias de mulheres que superaram diferentes problemas: doenças, homens péssimos, pobreza, guerra, questões de saúde mental e tragédias. Elas perderam filhos, partes do corpo, autonomia; foram espancadas, humilhadas, oprimidas. No entanto, todas elas se reergueram; elas se levantaram e encontraram objetivos que nem sequer sabiam que tinham. A série de podcasts ganhou prêmios, e Josie consegue entender por quê. Além de as histórias serem inspiradoras, a abordagem de Alix é tão empática, tão inteligente, tão humana que qualquer conversa com ela, seja quem for a interlocutora, se torna comovente. Josie tenta descobrir mais coisas a respeito de Alix na internet, mas encontra pouquíssimas informações. Ela raramente dá entrevistas e, quando isso acontece, não fala muito sobre sua vida pessoal. Josie acredita que ela seja uma mulher que alcançou o sucesso por mérito próprio, alguém no controle de sua vida. Presume que a história de Alix seja semelhante à das mulheres que ela entrevista, e se imagina cruzando o caminho de Alix novamente, compartilhando histórias com ela. Talvez Alix possa ser sua mentora, mostrando-lhe como ser a pessoa que, a seu ver, ela sempre estivera destinada a ser.

Até que, uma tarde, surge uma nova foto no feed do Instagram de Alix. É a festinha de aniversário de um dos filhos dela. Há balões com o número 11 estampado, a filha ruiva está vestida de fadinha punk; atrás dela, o pai observa, orgulhoso, enquanto a menina sopra as velas de um enorme bolo cor-de-rosa; mais atrás há outras pessoas de pé, as mãos em concha a meio caminho das palmas, rostos sorridentes. Josie amplia a foto ao reconhecer algo no fundo. Uma fotografia de escola no aparador atrás do grupo, as duas crianças usando camisas polo azul-claras com logotipo azul-escuro. Nesse instante ela se dá conta de que os filhos de Alix Summer estudam na mesma escola que Roxy e Erin frequentavam quando eram pequenas, e de repente ela sente de novo a mesma coisa, aquela estranha conexão, uma sensação de que algo a une a Alix Summer. Imagina Alix no mesmo parquinho onde ela passou tantos anos de sua vida, entrando na mesma sala superaquecida para pagar as taxas dos passeios escolares e a mensalidade das refeições, sentada espremida nos mesmos bancos no fundo do mesmo pequeno corredor, assistindo a reuniões escolares e espetáculos natalinos, pendurando para secar os mesmos uniformes azuis.

Elas nasceram no mesmo dia.

No mesmo hospital.

Comemoraram o aniversário de quarenta e cinco anos no mesmo pub, na mesma hora.

E agora isso.

Significa alguma coisa, Josie tem certeza disso.

SEGUNDA-FEIRA, 17 DE JUNHO

Alix observa o marido na cozinha, com o cabelo ainda molhado do banho, a parte de trás da camisa grudada na pele. Ela nunca entendeu por que ele não se seca direito antes de se vestir. Ele está tomando café em sua caneca favorita e mandando as crianças se apressarem, comerem e calçarem os sapatos. Está agindo como se fosse uma segunda-feira normal, mas não é. É a segunda-feira após sua segunda farra consecutiva. A segunda-feira depois de ele não ter voltado para casa de novo, depois de ter aparecido em estado deplorável em plena tarde de domingo, sujo e fedendo a bebida. É a segunda-feira em que Alix começou a se questionar seriamente sobre o futuro de seu casamento. Se ela continuar a pôr em xeque o futuro deles dessa forma, pode muito bem ser a segunda-feira que marca o início do fim. Desde que ela o conheceu, Nathan sempre foi um poço de contradições, um rol ambulante de prós e contras. Após o terceiro encontro, Alix chegou a elaborar de fato uma lista de prós e contras para ajudá-la a decidir se deveria ou não continuar a sair com ele. De repente, o comportamento de Nathan nestes dois últimos fins de semana adicionou um peso enorme à coluna dos contras, o que é péssimo, porque a coluna dos prós sempre ficou em desvantagem. Dançar bem, por exemplo. Ótimo para um segundo encontro, mas não tão importante depois de quinze anos, com dois filhos, duas carreiras e um futuro com que se preocupar.

Às oito e quinze, Nathan sai. Ele se despede no corredor. Já faz um bom tempo que perderam o hábito de se beijar ao sair de casa. Dez minutos depois, Alix acompanha as crianças a pé até a escola. Leon está mal-humorado. Eliza está superagitada.

Alix caminha entre os dois, olhando para a tela do celular, verificando seus e-mails, procurando em sites o filhote de cachorro que ela prometeu que eles ganhariam em algum momento ainda este ano — um pastor australiano que, idealmente, teria um olho de cada cor, o que é claro que está tornando esse plano impossível. Mas tal fato deixa Alix aliviada por dentro. No momento, ela está sem tempo para cuidar de um cãozinho, por mais que sinta falta de ter um em casa.

Alix acabou de gravar o trigésimo episódio do podcast *Toda Mulher*, que será lançado na semana seguinte. Agora ela quer tentar algo novo. O tema já ficou saturado, e Alix está pronta para um novo desafio, mas ainda espera a inspiração surgir. Sua agenda está vazia, e, quando se trata de trabalho, uma agenda vazia é tão estressante quanto uma agenda cheia.

Alguns minutos depois, as crianças desaparecem escola adentro, absorvidas pelo turbilhão do parquinho, então Alix se vira para voltar para casa. Depois de uma manhã nublada, o sol surge de repente e ofusca sua visão. Ela vasculha a bolsa em busca dos óculos escuros e, quando os encontra, olha para cima e vê uma mulher parada bem perto dela. A mulher parece familiar. Por um momento, pensa que deve ser a mãe de alguma criança da escola, e então se dá conta.

— Ih! — exclama ela, dobrando as hastes dos óculos. — Oi! Você é a mulher do pub, né? Minha gêmea de aniversário!

A mulher parece surpresa, de uma forma quase teatral.

— Ih, oi! — Ela imita Alix. — Achei mesmo que você me parecia familiar. Caramba!

— Você... seus filhos estudam aqui? — Alix aponta para a escola.

— Não! Bem, pelo menos, não mais. Estudaram aqui, mas já saíram há muito tempo. Agora têm vinte e um e vinte e três anos.

— Ah. Já são adultos!

— Sim, com certeza.

— Meninos? Meninas?

— Duas meninas. Roxy e Erin.

— Ainda moram com você?

— A Erin, a mais velha. Ela é um pouco... reclusa, acho que essa é a palavra. E a Roxy... Bem, ela saiu de casa quando ainda era bem novinha. Aos dezesseis.

— Dezesseis. Uau! Bem jovem. A propósito, meu nome é Alix. — Ela estende a mão para cumprimentar a mulher.

— Josie.

— Prazer em te conhecer, Josie. E quem é esse? — pergunta ela, notando um cachorrinho caramelo e creme na coleira peitoral aos pés de Josie.

— Esse é o Fred.

— Ah, ele é lindo! Qual é a raça?

— É um pomchi, um cruzamento de lulu-da-pomerânia com chihuahua. Ou pelo menos foi o que me disseram. Mas não tenho tanta certeza, agora que ele está adulto. Acho que ele talvez seja a mistura de mais raças. Eu não confio muito no lugar onde o pegamos... pensando bem, não sei ao certo se lá vendiam cães de raça legítimos. Sempre penso em fazer um daqueles testes de DNA, mas aí eu simplesmente olho pra ele e penso: tanto faz.

— Sim — concorda Alix. — Ele é lindo, seja lá de que raça for. Eu sou louca por cachorros.

— Você tem algum?

— Não. Não no momento. Perdemos a nossa menina há três anos, e ainda não aceitei muito bem a ideia de substituí-la. Mas já andei procurando. As crianças estão entrando na adolescência, então acho que ter um cachorro vai fazer muito bem a elas. Eu tinha minha cachorra, Teeny, desde antes de os meus filhos nascerem. Esse agora seria para eles. Mas vamos ver.

Ela se abaixa para acariciar o cachorro, mas Fred se afasta.

— Mil perdões — lamenta Josie, exagerando no pedido de desculpas.

— Imagina — diz Alix —, ele está tímido. É compreensível.

Alix olha de relance para Josie e nota que ela a está encarando atentamente. Isso a deixa desconfortável por um momento, mas então um sorriso surge no rosto de Josie, e Alix percebe que ela é, como pensou na noite em que se conheceram no pub, bonita de um jeito discreto e sutil: dentes perfeitos, lábios da cor de pétalas de rosa, um nariz aquilino delicado que confere certo charme ao seu rosto. Seu cabelo é castanho-avelã e ondulado, repartido para o lado e está preso para trás. Ela usa uma camiseta com estampa floral, saia jeans azul e carrega uma bolsa de mão jeans. Alix observa que a coleira e a guia do cachorro também são jeans e percebe um padrão. Algumas pessoas fazem isso, pondera ela, seguem um padrão, algum tique estético que de alguma forma faz com que se sintam protegidas. Ela lembra que a mãe de uma amiga só comprava coisas roxas. Tudo roxo. Até a geladeira dela era roxa.

— Bom — diz Alix, desdobrando os óculos escuros e levando-os ao rosto —, é melhor eu ir agora. Foi bom te ver de novo.

Ela se vira para ir embora, mas então Josie diz:

— Na verdade, tem uma coisa que eu queria falar com você. Se você tiver um minuto, claro. Não é nada importante. Só... tem a ver com o fato de sermos gêmeas de aniversário. Só isso.

Ela sorri como se estivesse pedindo desculpas.

Alix retribui o sorriso e responde:

— Ah, é? Agora?

— Sim. Se você tiver um minuto...

— Sinto muito, agora eu não posso. Mas talvez outra hora.

— Amanhã?

— Não, amanhã não.

— Quarta-feira?

— Ai, Josie, eu sinto muito, de verdade. Mas estou ocupada praticamente o resto da semana, para ser sincera.

Mais uma vez Alix faz menção de ir embora, mas Josie pousa suavemente uma das mãos em seu braço e diz:

— Por favor. Isso significaria muito pra mim. De verdade.

Josie está com os olhos marejados. Ela parece desesperada, e Alix sente um arrepio percorrer seu corpo. Mesmo assim, suspira baixinho e responde:

— Eu tenho uma hora livre amanhã à tarde. Talvez a gente possa tomar um café rápido.

Josie parece decepcionada ao ouvir a sugestão.

— Ah... — lamenta ela. — Eu trabalho à tarde.

Uma sensação de alívio toma conta de Alix, por talvez ter conseguido se esquivar do compromisso. Mas então Josie propõe:

— Escute. Eu trabalho naquele ateliê de costura perto da estação de metrô de Kilburn. Por que você não dá uma passada lá amanhã pra gente poder conversar? Não vai demorar mais do que alguns minutos, eu prometo.

— Sobre o que quer conversar?

Josie morde o lábio, como se quisesse compartilhar um segredo.

— Eu te conto amanhã — responde. — E, se você tiver alguma peça de roupa que precise de conserto, traga junto. Posso te dar 20% de desconto.

Ela sorri e depois vai embora.

Seis da tarde

Josie trabalha meio período: do meio-dia às cinco e meia, quatro dias por semana. Ela é funcionária da Stitch há quase dez anos, desde a inauguração da loja. É o seu primeiro emprego, que conseguiu aos trinta e cinco anos. Sempre costurava roupas para as meninas quando elas eram pequenas e, como abandonou a escola aos dezesseis anos e depois passou os dez anos seguintes dedicada a cuidar do marido e das filhas, não tinha muitas outras habilidades quando decidiu que era hora de entrar no mercado de trabalho. Ela poderia ter arranjado algum emprego relacionado a crianças — em uma escola, talvez —, mas não é boa com pessoas, e seu trabalho não é voltado para atendimento ao público. Ela fica sentada atrás de sua máquina de costura, ao lado de uma enorme janela tipo guilhotina que dá para os trilhos do metrô e cujos caixilhos sacodem toda vez que passa um trem. Ela conversa de vez em quando com outras mulheres, mas basicamente passa a tarde ouvindo a rádio Heart FM em seus fones de ouvido. Hoje ela passou o dia inteiro costurando grandes barbas postiças de pelo sintético em imagens do rosto de um noivo estampadas em vinte camisetas para uma despedida de solteiro. Aparentemente, a encomenda seguiria para Riga. Em geral, porém, seu trabalho consiste apenas em fazer bainhas e cós.

Quando Josie chega em casa, Walter está sentado à mesa de jantar junto à janela, encarando a tela do notebook. Ao ouvi-la, ele se vira e a recebe com um único e fugaz sorriso.

— Oi. Como foi no trabalho?

— Foi bom. — Josie pensa em contar ao marido sobre as barbas, mas muda de ideia. Ela não saberia contar a história de forma engraçada. — Como foi seu dia? — indaga ela, pegando o cachorro nos braços e beijando-o na cabeça.

— Tranquilo. Fiz algumas pesquisas sobre Lake District.

— Ah, que legal. Encontrou alguma coisa boa?

— Na verdade, não. Tudo está muito caro. Acho que é uma grande roubalheira.

— Bem, não esqueça que eu recebi aquele dinheiro inesperado. Talvez a gente consiga apertar um pouco mais o cinto este ano.

— Não se trata de saber se podemos pagar — alega ele. — É que não gosto de me sentir enganado.

Josie faz que sim com a cabeça e coloca o cachorrinho de volta no chão. Um dos motivos pelos quais Fred não é um pomchi de verdade é que Walter se recusou a pagar o preço normal por um cachorro dessa raça e estava determinado a conseguir uma pechincha. Ela simplesmente concordou.

— O que vamos jantar? — pergunta ela. — A geladeira está cheia. Tem algumas daquelas almôndegas prontas. Posso fazer macarrão, que tal?

— Sim. Seria ótimo. Coloque um pouco de pimenta. Gosto de coisas picantes.

Josie sorri e diz:

— Vou me trocar primeiro. Aí venho fazer.

Para chegar a seu quarto, ela passa pelo quarto de Erin. Como sempre, a porta está fechada. Ela ouve o barulho da cadeira gamer lá dentro, aquela caríssima que compraram para a filha em seu aniversário de dezesseis anos e que hoje em dia é toda remendada com fita adesiva. A cada dois meses, Walter espirra spray WD40 na base na cadeira, mas ainda assim ela range e chia quando Erin se mexe. Josie ouve o clique dos botões do controle e os efeitos sonoros abafados vazando dos fones de ouvido da filha. Ela pensa em bater na porta, dizer "oi", mas não tem forças. Josie realmente não consegue lidar com essa situação. O fedor lá dentro. A bagunça. Amanhã vai ver como Erin está. Por enquanto, acha melhor deixá-la a sós. Então, ela apenas toca a porta com a ponta dos dedos e continua andando. Sente a culpa e a deixa passar feito uma nuvem.

Porém, logo em seguida, surge a preocupação com Roxy; essas coisas sempre vêm juntas. Ela pega a fotografia de Erin e Roxy que está em cima da cômoda de seu quarto, tirada quando elas tinham cerca de três e cinco anos. Bochechas rechonchudas, cílios longos, sorrisos atrevidos e roupas coloridas.

Quem teria adivinhado?, se pergunta. *Quem poderia imaginar?*

E então ela pensa nos filhos de Alix Summer esta manhã, com os uniformes da Escola de Ensino Fundamental Parkside: a menina tomando impulso em um patinete chique, o menino arrastando os pés na calçada, a pele macia e o cabelo que, mesmo vendo de longe, Josie sabe que cheira a fronhas limpas e xampu infantil. Crianças pequenas não exalam cheiros. Isso acontece mais tarde. Os cabelos oleosos, as axilas grudentas, o chulé. E isso é apenas o começo. Ela suspira ao pensar em como as filhas eram lindas e coloca a foto de volta sobre a cômoda.

Ela troca de roupa, lava as mãos e volta para a cozinha. Abre a geladeira, tira as almôndegas, pega no armário uma lata de tomates picados e um pouco de ervas secas. Pica uma cebola, observa Walter teclando em seu notebook perto da janela. Um ônibus passa, e ela observa o rosto dos passageiros. Pensa em Roxy, pensa em Erin, pensa no rumo que sua vida tomou.

Enquanto as almôndegas estão cozinhando em fogo baixo no molho de tomate, ela tampa a panela e abre outro armário. Tira seis potes de papinha para bebês de sete meses ou mais. A maioria é sabor carne e vegetais. Mas sem ervilhas. Erin não suporta ervilhas. Josie tira as tampas e aquece os potinhos no micro-ondas. Assim que ficam mornos, mas não quentes (Erin não come comida muito quente), ela os tira, mexe e os coloca numa bandeja com uma colher de chá e um pedaço de papel-toalha. Pega na geladeira uma mousse de chocolate da marca Aero e coloca na bandeja. Em seguida, leva a bandeja para o corredor e a deixa do lado de fora do quarto de Erin. Ela não bate na porta. Erin não vai ouvir. Mas em algum momento entre deixar a comida e ir para a cama esta noite, os potes de papinha reaparecerão vazios do lado de fora do quarto de Erin.

Outro ônibus passa. Está vazio. Walter fecha o notebook e se levanta.

— Levo o cachorro pra passear antes de comermos?
— Ah! Não precisa, eu posso fazer isso.
— Nada, vai ser bom pra mim. Ar fresco. Exercício.
— Mas você consegue se abaixar pra pegar o cocô dele?
— É só eu chutar pra algum canto.
— Você não pode fazer isso, Walter.

— Claro que posso. De qualquer forma, o cocô dele parece cocô de coelho.

— Por favor, recolha as fezes dele — implora ela. — Não é legal deixar cocô espalhado por aí.

— Vou ver — diz ele, pegando a guia do cachorro da mão estendida de Josie. — Vou ver.

Pela janela da frente, ela os observa partir. Fred para e cheira o tronco de uma árvore, e Walter o puxa com impaciência, vidrado no celular. Josie queria ter levado Fred para passear. Os cães precisam farejar as coisas. É importante.

Ela mexe as almôndegas no fogão e depois acrescenta alguns flocos de pimenta seca. Despeja água em uma panela e põe para ferver. Pega o celular, entra no navegador e digita "Roxy Fair". Em seguida, entra em "Ferramentas" e define o período para "Na última semana", de modo a ver apenas os resultados mais recentes. Ela faz isso duas vezes por dia, todos os dias. Nunca há nada. Roxy provavelmente já mudou de nome, ela sabe disso. Mas, ainda assim, não pode parar de procurar. Simplesmente não pode desistir.

Às oito em ponto, Walter volta com o cachorro.

— Ele fez cocô?

— Não.

— Tem certeza?

— Absoluta.

Ele está mentindo, mas Josie não vai insistir.

Eles comem espaguete com almôndegas em frente à TV.

Walter finge que está picante demais e bebe seu meio litro de água com gestos teatrais. Josie entra na brincadeira e ri. Às dez horas, eles se levantam para ir dormir. Os potes de papinha vazios estão do lado de fora do quarto de Erin. Josie os leva para a cozinha e os enxágua para a reciclagem. Walter escova os dentes no banheiro, sem camisa. De costas, parece um idoso. É fácil esquecer como ele era antes. Josie veste o pijama e espera Walter sair do banheiro.

Em seguida, entra, escova os dentes, penteia o cabelo, lava o rosto, passa creme no corpo. Deitada na cama, ela pega seu livro, abre e lê um pouco.

Às onze, Josie apaga a luz do abajur na mesinha de cabeceira e deseja boa-noite para Walter.

Ela fecha os olhos e finge dormir.

Walter faz o mesmo.

Depois de meia hora, ela sente o marido sair da cama. Ouve os pés dele pisando suavemente no tapete. Depois o rangido das tábuas do piso do corredor. Ele se foi, então ela se espalha na cama vazia, sabendo que será toda dela pelo resto da noite.

Oi! Eu Sou Sua Gêmea de Aniversário!
UMA SÉRIE ORIGINAL NETFLIX

A tela mostra uma poltrona com estampa floral vazia em um grande estúdio em plano aberto.

Da lateral, aparece uma jovem.

Ela usa um macacão verde por cima de um cropped preto e tem os braços cobertos por tatuagens.

Ela se senta na poltrona, cruza as pernas e sorri para a câmera.

A legenda diz:

Amy Jackson, vizinha de Josie e Walter Fair

Amy começa a falar, gargalhando.

Amy: A gente a chamava de "Jeans em Dobro".

A entrevistadora faz uma pergunta fora da tela.

Entrevistadora: E por que isso?

Amy: Porque ela só usava jeans. Literalmente. Todas as roupas eram jeans.

A tela muda brevemente para uma foto de Josie Fair com saia e jaqueta jeans.

Entrevistadora: Quando foi que vocês se mudaram pro apartamento ao lado do de Josie e Walter Fair?

Amy: Acho que foi no fim de 2008. No mesmo ano em que tive meu primeiro filho.

Entrevistadora: E o que vocês achavam deles dois, como vizinhos?

Amy: Ah, meio esquisitos. Quer dizer, ele era normal, um cara legal, até. No começo, pensávamos que ele era pai dela. Quando a gente passava por ele no corredor, ele sempre nos cumprimentava com um aceno de cabeça e um oi. Mas ela era hostil, agia como se fosse melhor que todo mundo, sabe? Por outro lado, às vezes eu me perguntava se ela era só muito reservada, do tipo que não gosta que ninguém se meta na vida dela, entende? Que talvez houvesse alguma coisa acontecendo a portas fechadas.

Entrevistadora: Vocês chegaram a conhecer as filhas deles?

Amy: Sim. Logo que a gente se mudou, víamos bastante as duas meninas. Acho que a Erin tinha uns doze anos, a Roxy devia ter uns nove, dez? Era uma família barulhenta. Muita gritaria. Portas batendo o tempo todo. E então, um dia, acho que faz uns cinco ou seis anos, de repente tudo ficou muito quieto. E a gente nunca soube o porquê. Até tudo isso acontecer.

Entrevistadora: Tudo isso?

Breve pausa.

Amy: Sim. Tudo isso. Todos os assassinatos. Todas as mortes.

A tela escurece.

TERÇA-FEIRA, 18 DE JUNHO

A Stitch é um lugar adorável e iluminado, instalado dentro do esqueleto do que um dia já foi uma loja de aviamentos vitoriana. Ainda conserva as janelas de sacada curvas originais na fachada e uma enorme janela tipo guilhotina nos fundos, com vista para os trilhos do metrô. No espaço, há seis máquinas de costura dispostas em duas fileiras. Alix avista Josie na máquina mais próxima dos fundos. Ela está com fones de ouvido, e seu cabelo está preso em um rabo de cavalo baixo. Alix põe sua bolsa de lona sobre a bancada e sorri.

— Oi. A Josie está aqui hoje?

Por cima do ombro, a mulher chama Josie, que levanta os olhos, tira os fones de ouvido e abre um largo sorriso ao ver Alix. Ela levanta um dedo e diz:

— Só um minuto!

E então termina o que está fazendo.

— Oi, Alix — cumprimenta ela, tirando pedaços de linha e fiapos da calça jeans. — Você veio mesmo!

— Sim! Você me fez lembrar que eu tinha umas coisas para ajustar desde antes de ter filhos.

Ela abre a bolsa e mostra a Josie duas peças: uma é um vestido longo com alças enormes; a outra é um vestido de seus tempos de gestante, do qual ela não queria se desfazer porque a estampa é muito bonita.

— Este aqui você vai precisar vestir — informa Josie, estendendo o vestido longo. — Pra que a gente possa ver quanto das alças temos que ajustar. Aqui. — Ela puxa a cortina de um provador. — Estarei bem aqui quando você estiver pronta.

Alix pega o vestido e entra no provador. Então despe o vestido de verão que está usando e coloca o longo. É estranho sentir as mãos de Josie tocarem a pele de seus ombros e braços enquanto ela faz marcações nas alças.

— Que corte estranho — comenta Josie. — Considerando que você já é bastante alta, achei que as alças ficariam perfeitas. Não consigo imaginar uma mulher mais baixa usando este vestido. É como se pensassem que todas as mulheres têm o corpo de uma girafa.

Ela enfia alfinetes no tecido, depois se afasta e sorri.

— Está bom assim? — pergunta ela, virando Alix para o espelho.

Alix assente.

— Perfeito.

Em seguida, Alix veste o vestido de seus tempos de gestante, e, enquanto Josie marca a cintura com alfinetes, elas conversam sobre gravidez. Josie parece meio afobada fazendo os ajustes na barriga de Alix, que nota que ela exala um cheiro de poeira misturado com desodorante.

Alix troca de roupa e espera enquanto Josie registra o serviço no caixa, aplica o desconto de 20% e lhe entrega o recibo.

— Então... sobre o que você queria falar comigo? — questiona Alix.

Josie olha rapidamente ao redor para verificar se ninguém está ouvindo, e por fim diz:

— Eu vi que você apresenta um podcast. Quer dizer, eu ouvi você dizer seu nome naquela noite no Lansdowne e achei familiar, então vi no Google e descobri por que eu já te conhecia. Eu não sou stalker nem nada do tipo, tá? Ouvi alguns episódios de seu podcast. Muito inspiradores. Aquelas mulheres! Quer dizer, as coisas pelas quais elas passaram. É simplesmente incrível. E eu... — Ela faz uma pausa e dá uma olhada de soslaio em volta. — Espero que isso não pareça estranho, mas fiquei imaginando... você já pensou em fazer um podcast sobre alguém que *está prestes a mudar de vida*, em vez de sobre alguém que já mudou?

— Ah! — Alix reage, surpresa. — Não. Não, eu nunca pensei nisso. Mas acho que poderia ser interessante.

— Sim, foi o que eu pensei. Você poderia acompanhar o progresso de uma pessoa à medida que ela rompe barreiras e atinge seus objetivos. *Enquanto* a pessoa está fazendo isso.

— Sim. Sem dúvida. Mas creio que o problema é que muitas vezes as pessoas só percebem que sua vida está mudando pra melhor depois do acontecimento, quando elas param e olham pra trás.

Josie franze a testa.

— Não sei se é bem assim. Porque, olha, isso está acontecendo comigo. Está acontecendo comigo agora. Eu vivo a mesma vida há trinta anos. Trinta anos. Estou com meu marido desde meus quinze anos. Nada mudou. Há trinta anos eu visto as mesmas roupas, uso o mesmo penteado, tenho as mesmas conversas nos mesmos horários, me sento do mesmo lado do mesmo sofá todas as noites da minha vida. E as coisas... — Ela para de falar, e Alix vê um rubor subir de suas clavículas até o pescoço e as bochechas. — As coisas que aconteceram comigo... Coisas ruins, Alix. Coisas ruins de verdade. O meu casamento...

Ela para por um momento e respira fundo.

— Meu marido é... Ele é muito complicado. Nossa vida familiar já foi bem traumática em alguns momentos, e eu só... não sei, ouvindo seu podcast, aquelas mulheres incríveis... Eu tenho quarenta e cinco anos. Se eu não me desligar do passado agora, quando é que eu vou fazer isso? Está na hora. É hora de mudar tudo, e não estou pedindo que você me ajude, Alix, eu só quero que você... — Ela se cala enquanto tenta encontrar as palavras certas.

— Você quer que eu conte sua história?

— Sim! É exatamente o que eu quero. Porque eu sei que pareço bastante comum, mas a minha história é extraordinária e merece ser ouvida. O que você acha?

Alix fica em silêncio por um momento, sem saber o que responder. Seus instintos lhe dizem fortemente para ir embora, mas ela veio até aqui por um motivo. Ela veio porque a jornalista dentro dela não resiste às palavras "tem uma coisa que eu queria falar com você". Alix queria ouvir o que Josie tinha a dizer. Agora, descobriu que a mulher tem uma história extraordinária para compartilhar, e, embora a intensidade de Josie a assuste, Alix se sente atraída pela ideia de descobrir do que se trata.

— Acho que pode realmente ser uma ideia muito interessante — propõe, enfim. — O que você vai fazer amanhã?

Alix volta a pé para casa, percorrendo as ruas secundárias entre as estações Kilburn High Road e Queen's Park. A brisa de junho é fresca, e ela caminha pelo lado ensolarado da rua. Ainda tem duas horas antes de pegar as crianças na escola, e a ideia de voltar ao trabalho para editar o episódio final da série *Toda Mulher* não a agrada nem um pouco. Ela não aguenta mais ouvir sobre mulheres que tomaram boas decisões e terminaram exatamente onde queriam estar, e tem a sensação de que o que ela quer agora, à medida que nuvens escuras começam a se acumular sobre a luz de sua própria vida, é testemunhar a verdade sombria do casamento de outra mulher. Alix está cada vez mais animada com a possibilidade. Ela vem fazendo a mesma coisa há tanto tempo que a ideia de fazer algo completamente diferente é estimulante.

Ela faz um desvio até a butique na Salusbury Road e passa uma hora olhando roupas de que não precisa antes de sair com um par de óculos de sol verde-musgo do qual ela também não precisa. Então vai a uma delicatéssen e compra aperitivos caros para comer no jardim esta noite e não precisar cozinhar. Também compra brownies na Gail's e um cacto na floricultura. O dinheiro que ela gasta é de Nathan, que ele ganha negociando aluguéis de escritórios glamourosos em vários cantos da cidade. Ele trabalha com muito afinco. Ganha muito bem. É muito generoso. Nunca confere extratos bancários nem faz comentários sarcásticos sobre as várias sacolas de lojas de grife. O dinheiro dele, o marido sempre lhe diz, é o dinheiro dela. O dinheiro que Alix ganha também é dela, mas ele não espera que ela contribua com as despesas da casa, e, ao pensar por esse lado, ela sente que a lista de prós e contras em sua cabeça passa a balançar um pouco, voltando a pender para o lado dos prós. A lembrança da cama vazia no domingo de manhã começa a desvanecer. A imagem do marido inconsciente numa cama de hotel perde a força. O zumbido da raiva e do ressentimento se silencia. Hoje à noite ela abrirá a garrafa de vinho, eles comerão a comida cara no terraço e ficarão maravilhados pelo céu de verão ainda estar claro mesmo às dez. Deixarão as crianças ficarem acordadas até depois da hora de dormir, ouvirão músicas no Spotify e terão o tipo de noite que as pessoas esperam que alguém como ela tenha.

QUARTA-FEIRA, 19 DE JUNHO

Na manhã seguinte, Josie se olha no espelho. Sua pele está bonita. Isso é de família, não tem nada a ver com cremes ou tratamentos caros. O cabelo dela precisa de um corte, está comprido demais e com pontas duplas e quebradiças. Ela abre o zíper da nécessaire jeans de maquiagem e tira um tubo de rímel. Normalmente não usa maquiagem para passear com o cachorro, mas também normalmente nunca encontra uma podcaster famosa no meio do passeio. Ela passa um pó bronzeador no rosto usando um pincel fofo enorme e aplica um protetor labial com cor. Depois coloca seu vestido favorito, uma peça jeans com botões na frente até a gola da camisa e amarrado na cintura com um cinto combinando. Ela calça seus tênis jeans e se avalia no espelho de corpo inteiro.

Walter está junto à janela que dá para a rua, fitando a tela de seu computador. Ela tenta evitar o olhar do marido, pois sabe que ele vai estranhar a maquiagem e o vestido. Ainda não quer falar sobre o encontro com Alix até que isso aconteça e ela tenha uma ideia melhor de onde a coisa vai dar.

No corredor, Josie coloca a coleira no cachorro e prende a guia.

— Vou sair com o Fred! — grita. — Vejo você daqui a mais ou menos uma hora.

Walter faz que sim com a cabeça e diz:

— Até mais.

Ela se vira para sair e se detém por um momento em frente à porta do quarto de Erin. A filha costuma acordar tarde, lá pela hora do almoço, então ainda deve estar dormindo. Ela poderia abrir uma fresta da porta, apenas dar uma olhada em sua filhinha, mas sabe o que mais está lá dentro e não tem estômago para isso. Agora não. Talvez mais tarde.

No meio do caminho para a Salusbury Road, Fred começa a se demorar, então ela o pega e o coloca em sua bolsa a tiracolo acolchoada para transporte de cães. Ela adora a sensação de tê-lo ali, bem aninhado junto ao peito, pois a faz se lembrar de quando carregava seus bebês em slings, ou "cangurus", como eram chamados. Walter achava que "eram coisa de hippies".

Ele zombava de Josie quando ela ajeitava as meninas no que ele chamava de "panos de carregar bebês", dizendo: "Qual o problema de usar um carrinho de bebê? Funcionou bem para os meus outros dois filhos."

Josie imediatamente avista Alix, graças ao cabelo loiro-platinado, o rosto de feições angulosas e os ombros largos. Ela acena, Alix acena de volta e então elas se cumprimentam com um beijo no rosto, o que pega Josie de surpresa, já que não está acostumada a cumprimentar ninguém assim. Alix a leva até um dos cafés mais famosos da Salusbury Road, aqueles por onde passa o tempo todo e nos quais nunca entra. Josie insiste em pagar pelas bebidas, mas Alix não deixa, diz que é uma despesa de trabalho, o que a faz se arrepiar dos pés à cabeça.

— Então — diz Alix um instante depois, empurrando a xícara de café para o lado e colocando um iPad no lugar. — Pensei muito na sua ideia, mesmo sem ter muita certeza sobre ela. Você ouviu meu podcast, então conhece o formato. São histórias completas com começo, meio e fim, o que significa que antes mesmo de começar a gravar eu já sei como vou produzi-lo. Foram mais de vinte, trinta vezes, então sei exatamente o que estou fazendo, sei como gravar a história, editá-la e torná-la cativante pro ouvinte. Mas isso seria muito diferente. Não tenho ideia de como sua história vai terminar, mas você está me prometendo que vai valer a pena acompanhar, e isso me fisgou um tanto. Eu quero conhecer a sua história. E, se eu estou curiosa, talvez meus ouvintes também fiquem. Acho que poderíamos dar uma chance, sabe? Não será um episódio da série *Toda Mulher*, que já terminou. Será algo completamente novo e diferente, único. As entrevistas seriam principalmente em estúdio, mas eu também adoraria conversar com você em locais que tenham alguma relação com sua história. Talvez o lugar onde você foi criada, onde estudou, onde conheceu seu marido, esse tipo de coisa. E a partir daí podemos avançar e investigar a fundo os traumas que você mencionou e o que você vai fazer pra escapar da armadilha em que se viu. Pensei em chamar de *Oi! Eu Sou Sua Gêmea de Aniversário!*. Não sei se vai se lembrar, mas foram as primeiras palavras que você me disse no banheiro feminino do Lansdowne. Sinto que isso significa o início de uma jornada que pode tomar qualquer direção. O momento em que nos encontramos pela primeira vez. A faísca, se preferir. O que você acha disso?

Josie percebe que parou de respirar e de se mover. A colher de chá dela ainda está suspensa sobre o café, o açúcar que ela adicionou se acumula no fundo da xícara. Ela olha para Alix e assente.

— Sim. Parece ótimo.

Alix sorri e diz:

— Ótimo! Isso significaria passarmos um bom tempo juntas, mas você trabalha apenas meio período, e suas filhas já estão crescidas. Então será que você conseguiria encaixar uma ou duas horinhas aqui e ali?

— Sim — confirma Josie. — Sim. Com certeza. Onde você trabalha? Onde você grava?

— Na minha casa. Eu tenho um estúdio. — As pontas dos dedos de Alix seguram seu pingente de abelha dourada e o deslizam de um lado para o outro ao longo da corrente. — Podemos fazer um episódio de teste. Só você e eu conversando por uma hora, no meu estúdio. Aí eu edito e te mando pra você ouvir, sem compromisso, você tem total liberdade para desistir se não gostar do resultado. Eu prometo.

Josie pensa nos oito mil seguidores de Alix no Instagram.

Em sua mente, ela vê um mar de mulheres loiras e brancas, com ombros largos e óculos de sol enormes, todas ouvindo sua história em AirPods caros enquanto preparam jantares saudáveis para seus filhos ruivos em amplas cozinhas americanas. Ela balança a cabeça, tentando afastar a imagem. É demais. Em seguida, se imagina sentada no estúdio de Alix ao longo de uma hora, apenas as duas conversando. Ela tem muita coisa para compartilhar.

Josie pega sua xícara de café e toma um gole, depois a coloca cuidadosamente de volta no pires e por fim diz:

— Acho que podemos dar uma chance, sim. Podemos pelo menos tentar.

Quando Josie volta do café com Alix, Walter está na cozinha preparando chá e oferece um para ela também.

— Não, obrigada, acabei de tomar um café — responde ela.

Ele ergue uma sobrancelha.

— Ah, é? Sozinha?

— Não! — diz ela, tirando Fred da bolsa a tiracolo e colocando-o no chão. — Não. Eu... — Josie congela. Ela não pode. Walter ficaria horrorizado. Ele tentaria dissuadi-la. — Eu encontrei a mãe de uma coleguinha da antiga escola da Erin e da Roxy. Ficamos batendo papo.

Ela se vira, mas rapidamente se recompõe. Tecnicamente, não é uma mentira. Ela disse a mais pura verdade.

— Foi bom?

— Sim. Muito bom. Talvez a gente até se encontre de novo.

Josie sabe que ele não vai perguntar mais nada. Na verdade, Walter nunca se envolveu muito com a educação escolar das meninas, especialmente depois de toda aquela questão com a assistente social quando Erin estava no sexto ano.

— Vou me arrumar para o trabalho — diz Josie, pendurando a coleira e a guia de Fred de volta no cabide.

Walter assente e fica surpreso ao sair de trás do balcão da cozinha com seu chá.

— Você está toda arrumada — comenta ele, apontando para o vestido de botões dela.

Ela olha para o vestido.

— Sim. Preciso lavar roupa, todas as minhas roupas de verão estão sujas. Então pensei, por que não?

— Você está linda — elogia ele, balançando a cabeça em sinal de aprovação. —— Muito magra.

— Obrigada — diz ela, tocando a barriga. — A roupa ajuda, eu acho.

Ele a avalia dos pés à cabeça mais uma vez e meneia a cabeça.

— Linda.

Ele sorri, mas não há ternura em sua voz.

QUINTA-FEIRA, 20 DE JUNHO

O estúdio de Alix fica nos fundos do jardim. Foi o presente de quarenta anos de Nathan para ela, para comemorar o excelente desempenho de seu podcast recém-lançado. Ele a despachou numa viagem de fim de semana com as amigas, contratou profissionais para instalar e ajustar tudo, depois envolveu o galpão com um enorme laço de fita e a guiou até lá com os olhos vendados quando ela voltou. Não é de se admirar que Alix esteja tão abalada com o seu casamento, quando o seu marido é capaz de atos tão grandiosos de generosidade e afeto, mas, ao mesmo tempo, consegue fazê-la ter vontade de morrer.

Alix conecta a máquina Nespresso na tomada e coloca um vaso de flores sobre a escrivaninha. Às dez em ponto, a campainha toca, e Josie está à sua porta com o cachorrinho dentro de uma bolsa pendurada no ombro.

— Espero que não tenha problema eu trazer o Fred — diz Josie. — Eu deveria ter perguntado antes.

— Não tem problema algum — responde Alix. — Eu tenho uma gata, mas, contanto que ele fique no estúdio com a gente, ela não vai incomodá-lo. Venha.

— Sua casa é linda — elogia Josie enquanto segue Alix pela cozinha aberta nos fundos da casa e jardim afora.

— Muito obrigada.

— Minha casa provavelmente já foi linda um dia. É um daqueles casarões de estuque, sabe? Mas o Conselho Municipal de Habitação as dividiu em apartamentos na década de 1970, e agora é tudo feioso.

Alix sorri e diz:

— Que triste. Londres está repleta de lugares assim.

Josie reage com exclamações de *uau!* e *ah!* quando entra no estúdio de Alix, passa as mãos pelos reluzentes equipamentos de gravação e dá um tapinha na grossa cabeça de espuma do microfone.

— É nisto aqui que eu vou falar? — pergunta ela.

— Sim.

Josie meneia a cabeça, com os olhos arregalados, então tira o cachorrinho da bolsa a tiracolo e ele sai trotando, farejando o ambiente.

Alix prepara uma xícara de chá para Josie e um café expresso para si. Elas ajeitam os fones de ouvido e ficam de frente uma para a outra na mesa de gravação. Alix faz uma pergunta-teste padrão sobre o que Josie comeu no café da manhã, e em seguida elas começam.

— Josie, antes de mais nada, olá e muito obrigada por me dedicar seu tempo com tanta generosidade. Não sei te dizer o quanto estou animada para iniciar este projeto. Aos ouvintes que chegaram aqui por conta do meu podcast, *Toda Mulher*, sejam bem-vindos, e obrigada por apostarem em mim pra fazer algo novo. Aos novos ouvintes que descobriram este podcast por outros meios, sejam bem-vindos também. Então, vamos começar com uma pergunta fácil, Josie. Seu nome. É uma abreviação de quê? Se é que de fato é a abreviação de alguma coisa...?

Josie balança a cabeça.

— Não. Não. Só Josie. Não é abreviação de nada.

— Seu nome é uma homenagem a alguém?

— Não. Não que eu saiba. Minha mãe se chama Pat. A mãe dela se chamava Sue. Acho que ela só queria me dar um nome bonito, sabe. Algo feminino.

— Certo. Então, só para situar todo mundo, este podcast se chama *Oi! Eu Sou Sua Gêmea de Aniversário!* porque foi a primeira coisa que Josie me disse quando nos conhecemos em um pub, na noite em que ambas completamos quarenta e cinco anos. Josie e eu não apenas fazemos aniversário no mesmo dia, como também nascemos no mesmo hospital. E agora moramos a menos de dois quilômetros de distância, no noroeste de Londres. Então, antes de entrarmos na história da sua vida, vamos falar sobre a história do seu nascimento. O que a sua mãe te contou sobre o dia em que você nasceu?

Josie pisca de surpresa. Há um silêncio ensurdecedor que Alix já sabe que talvez precise eliminar na edição. Por fim, Josie responde:

— Bem... Nada de mais, na verdade. Apenas que doeu muito!

Alix ri e diz:

— Ah, sim. Isso é óbvio. Mas o que ela te contou sobre o dia: o tempo, a parteira, a primeira vez que viu você?

Segue-se outro silêncio.

— Como eu disse... nada. Ela nunca disse nada. Apenas que doeu demais, tanto, mas tanto, que ela teve certeza de que não ia mais querer ter outros filhos.

— E ela não teve?

— Não, ela não teve.

— Então você não tem irmãos e irmãs?

— Nada de irmãos ou irmãs. Apenas eu. Filha única. E você? Eita. — Josie se cala e leva a mão ao coração. — Desculpa. Eu posso te fazer perguntas?

— Pode! Claro que sim! No meu caso, somos três meninas. Eu sou a do meio.

— Ah, que sorte a sua. Eu teria adorado uma irmã.

— Irmãs são a melhor coisa do mundo. Eu sou muito sortuda mesmo. E me conte sobre sua mãe, a Pat. Ela ainda está viva?

— Ah, meu Deus, sim, sim! Viva e cheia de saúde. Ela mora na mesma casa onde eu nasci, dirige um centro comunitário, cuida de idosos, fala mal dos políticos, atua na unidade antigangues, tudo isso. Ela é uma figura e tanto. É intensa demais. Todo mundo a conhece. Parece gente famosa da televisão.

— E quanto ao seu pai?

— Ah, meu pai nunca foi presente. Minha mãe engravidou por acidente e depois me teve sem nem contar a ele. Eu nunca o conheci.

Alix fecha os olhos e se lembra do homem no pub no dia do seu aniversário, que ela supôs ser o pai de Josie.

— Então, no bar, na noite em que a gente se conheceu... o homem com quem você estava jantando. Ele era o seu...?

— Esse era o meu marido. Sim. Não o meu pai. E não, você não é a primeira pessoa a cometer esse erro. O nome dele é Walter, ele é bem mais velho que eu. Estou com ele desde os quinze anos.

Josie se cala por um momento e olha para Alix, que tenta esconder seu espanto.

— Quinze anos — repete ela. — E ele tinha...?

— Quarenta e dois.

Alix se mantém em silêncio por um momento.

— Uau. Isso é...

— Sim. Eu sei. Eu sei o que parece. Mas na época não era exatamente assim. É difícil de explicar. — Josie franze os lábios e dá de ombros. — Há certo poder em ser adolescente. Eu sinto falta disso. Queria ter esse poder de novo.

— Poder em que sentido?

Josie encolhe os ombros de novo.

— No sentido de que você tem algo que muitas pessoas desejam. Muitos *homens* desejam. E muitos homens desejam isso com todas as forças.

— *Isso?* Você se refere à juventude?

— Sim. Exatamente isso. E quando você conhece uma pessoa que deixa muito *claro* o que ela quer e você sabe que a única coisa que existe entre o que ela quer e o que você tem é o seu consentimento... Às vezes, sendo uma menina muito jovem, existe um poder em dar esse consentimento. Ou pelo menos era o que eu sentia na época. É assim que *eles* fazem você se sentir. Mas na verdade isso não está certo, concorda? Agora eu consigo ver. Agora eu consigo ver que talvez eu estivesse sendo usada, que talvez eu tenha até sido aliciada, manipulada. Mas aquela sensação de ser poderosa, logo no início, quando eu ainda estava no controle, às vezes eu sinto falta disso. De verdade. Eu queria muito experimentar essa sensação de novo.

Alix fica em silêncio por um momento, para que as palavras de Josie tenham tempo de atingir e impressionar seus ouvintes. Ela mantém a compostura, mas, por dentro, sente o sangue fervilhar.

— E você e o Walter, como se conheceram?

— Ele era empreiteiro e cuidava da parte elétrica do nosso condomínio. Ele que comandava tudo, e a minha mãe, é claro, fazia questão de se meter. Então, um dia, quando eu tinha uns treze anos, estava sentada no meu quarto e a campainha tocou. Eu olhei para fora e ele estava parado lá, com seu colete de segurança e o capacete na mão. Foi a primeira vez que o vi.

— E o que você achou? — pergunta Alix.

Josie dá uma risada curta.

— Eu tinha treze anos. Ele tinha quarenta. Não havia muito em que pensar. Foi só no meu aniversário de quatorze anos que eu percebi que havia algo mais acontecendo. Ele entrou na minha casa no momento em que eu soprava as velas do meu bolo de aniversário, com minha melhor amiga Helen ao meu lado. Minha mãe convidou o Walter para ficar e comer uma fatia de bolo, então ele se sentou ao meu lado e... — Josie suspira e faz um som como se tivesse levado um soco na garganta. — E simplesmente estava lá. Tipo um monstro invisível na sala.

— Um monstro?

— Sim. Foi a sensação que eu tive. O interesse dele por mim. Parecia um monstro.

— Então você estava com medo dele?
— Não dele. Ele era legal. Eu estava com medo do desejo dele por mim. Eu não conseguia acreditar que ninguém mais era capaz de ver isso, só eu. Era algo tão grande e tão real. Mas a minha mãe não viu. A Helen não viu. Mas eu vi. E fiquei com medo disso.
— Então sua sensação aí não era de poder?
— Bem, não. E sim. As duas coisas ao mesmo tempo. Era confuso. Fiquei obcecada por ele. Mas demorou mais um ano até alguma coisa acontecer.

Oi! Eu Sou Sua Gêmea de Aniversário!
UMA SÉRIE ORIGINAL NETFLIX

A tela se abre com a imagem de uma mulher puxando uma pequena mala de rodinhas por um aeroporto. Ela é alta e corpulenta, com o cabelo escuro preso em um pequeno coque.

A cena seguinte mostra a mulher sentada em um café, com um cappuccino na mesa à sua frente.

A legenda a identifica:

Helen Lloyd, colega de escola de Josie Fair

Helen começa a falar.
Helen: Josie e eu éramos melhores amigas. Desde quando tínhamos uns cinco anos. Desde a educação infantil.
Helen se cala.
Há um breve silêncio.
Em seguida, ela volta a falar.
Helen: Ela sempre foi um pouco esquisita. Controladora, sabe? Não gostava nem um pouco quando eu fazia amizade com outras crianças. Ela sempre queria ser o centro das atenções. "Passivo-agressivo" é o termo que se usa hoje em dia. Ela nunca chegava e dizia direto qual era o problema, o que a estava incomodando. Ela fazia você dar a volta ao mundo para descobrir. Frequentemente ficava de mau humor, emburrada, parava de conversar e fazia greve de silêncio. Eu e ela já tínhamos começado a nos distanciar quando ela conheceu o Walter.
A entrevistadora faz uma pergunta fora do microfone.
Entrevistadora: Então como foi quando ela conheceu o Walter?
Helen: Foi bizarro. Tipo assim, ele era um homem idoso, praticamente. E aí acabou, já era. Logo depois do aniversário dela de quatorze anos, a Josie simplesmente desapareceu. Foi pra um outro mundo. Com um velho.

A entrevistadora a interrompe.

Entrevistadora: Você diria que Walter Fair aliciou a Josie?

Helen: Bem, sim. Obviamente. Mas...

Helen crava os olhos na entrevistadora. Ela toca a borda da xícara de café.

Helen: Por pior que pareça... Por mais estranho que pareça... Foi uma via de mão dupla, sabe? Ela quis o Walter. Ela o quis e fez com que ele a desejasse.

***

Onze da manhã

Uma hora depois, Josie volta a pé da casa de Alix. Ainda está tentando processar tudo o que aconteceu.

Ela pensa na casa de Alix. De fora, parecia ser uma casa bonita, bem cuidada, com terraço e janelas grandes, não muito diferente de qualquer outra residência vitoriana de Londres; mas, por dentro, era outra história. Uma casa tipo de revista, paredes azul-escuras e luzes douradas e uma cozinha que estranhamente parecia maior do que a casa inteira, com armários cinza-pedra, balcões de mármore cor de creme e uma torneira da qual saía água fervente ao toque de um botão. Numa das extremidades, havia uma parede exclusiva para pendurar os desenhos das crianças!

Ela se lembra de fixar as obras de arte de suas meninas na geladeira, e que Walter fazia careta e retirava, porque achava que aquilo deixava a casa bagunçada.

Depois havia o jardim, com suas luzinhas pisca-pisca e sua vereda sinuosa, e, nos fundos, o galpão mágico que continha um outro mundo de maravilhas. Até a gata era diferente de todas as que ela já tinha visto. Parecia da raça siberiana. Minúscula e fofa, com enormes olhos verdes de princesa de desenho animado da Disney.

Ela leva a mão até um compartimento de sua bolsa, onde toca na cápsula Nespresso que pegou quando Alix não estava olhando. Na prateleira atrás da mesa de gravação havia um enorme pote repleto delas, de várias cores diferentes, feito imensas pedras preciosas. Ela não tem uma máquina Nespresso em casa, mas queria levar consigo um pouco do glamour de Alix, guardá-lo dentro de uma gaveta de seu apartamento medíocre e saber que estava lá.

Quando ela chega em casa, Walter está com seu notebook perto da janela. Ele a encara com curiosidade, os olhos arregalados através dos grossos óculos de leitura. Josie lhe avisara que ia se encontrar novamente com a tal mãe lá da escola. Ele se limitou a arquear uma sobrancelha, sem falar nada.

Mas agora ele diz:

— O que *realmente* está acontecendo?

Uma onda de adrenalina percorre o corpo de Josie.

— Como assim? Do que você está falando?

— Você saiu de casa já faz uma eternidade. Não é possível que tenha ficado esse tempo todo tomando café.

— Não — explica ela. — Fui visitar a minha avó depois. No cemitério.

Uma mentirinha planejada de antemão.

— Por quê?

— Sei lá. Ontem à noite tive um sonho muito estranho com ela, fiquei com vontade vê-la. De qualquer forma, agora eu preciso me arrumar para o trabalho. Volto já, já.

Ela vai em direção ao seu quarto. Quando passa pela porta de Erin, ouve o *range-range* da cadeira gamer e percebe que agora o cheiro do quarto da filha está começando a se espalhar pelo corredor. Ela não pode adiar por muito mais tempo. Mas não vai resolver isso agora. Hoje não. Amanhã, sem falta.

Ao passar, ela toca a porta de Erin com a ponta dos dedos e depois os beija.

No quarto, pega a fotografia das filhas pequenas em cima da cômoda e a beija também.

Em seguida, tira a cápsula Nespresso de dentro da bolsa e a guarda na gaveta de roupas íntimas, bem no fundo.

Oi! Eu Sou Sua Gêmea de Aniversário!
UMA SÉRIE ORIGINAL NETFLIX

A tela mostra uma poltrona de couro em um pub vazio no centro da cidade.

A luz suave brilha através de uma janela empoeirada.

Um homem entra e se senta. Ele veste uma camisa branca e calça jeans. Ele sorri.

A legenda diz:

Jason Fair, filho de Walter Fair

Ele começa a falar; tem sotaque canadense.

Jason: A última vez que eu vi o meu pai? Acho que quando eu tinha uns dez anos, talvez?

Fora do microfone, a entrevistadora o interrompe:

Entrevistadora: E por que isso?

Jason: Porque ele trocou minha mãe por uma adolescente, e a minha mãe ficou tão enojada que levou a gente pra fora do país.

Entrevistadora: E essa adolescente era...?

Jason: Essa adolescente era Josie Fair. Sim.

Jason balança a cabeça tristemente, abaixa o rosto e fita o chão.

Quando olha novamente para a câmera, nota-se que está chorando.

Jason: Desculpe. Desculpe. Podemos só...

A tela escurece.

***

Oito da noite

Nathan não volta do trabalho naquela noite. No momento em que o relógio marca 20h01, Alix tem certeza disso. Ele disse que estaria em casa às sete. Mesmo considerando atrasos de última hora, telefonemas urgentes ou problemas no metrô, oito horas é o limite para atrasos justificáveis, o que só comprova que há algo estranho. Ela envia uma mensagem para o marido, mas ele não responde. Às oito e meia, ela telefona para ele. A chamada cai na caixa postal. E ela sabe. Alix sabe.

Às nove, as crianças vão para a cama. Alix leva uma taça de vinho para o estúdio e ouve a entrevista que fez com Josie de manhã.

Elas conversaram por mais de uma hora, mas, depois de ouvir o relato, Alix suspeita que só aproveitará uns dez minutos da conversa, basicamente o tempo que Josie levou para contar sobre como conheceu o marido.

Alix mal conseguia respirar enquanto Josie falava. Ela só conseguia assentir com os olhos arregalados, ouvindo e absorvendo tudo.

Uma menina de quinze anos.

Um homem de quarenta e dois anos.

A imagem do homem sem graça, calvo, abatido e de óculos que ela mal notara no restaurante no sábado à noite surge em sua mente. O senhor que ela presumiu ser o pai de Josie.

Elas pararam a gravação antes que Alix tivesse a chance de descobrir mais sobre o que havia acontecido depois da festinha de quatorze anos de Josie, sobre o que levou os dois a se tornarem um casal. Esse será o tema da próxima gravação. Mas a empolgaçãozinha que Alix sente desde que decidiu fazer um programa sobre Josie só cresce a cada minuto. Ela sente, com cada fibra do seu ser, que há algo maior do que ela nessa história, algo sombrio e fascinante.

*

De volta dentro de casa, Alix olha para a taça de vinho vazia e por um momento cogita enchê-la. Mas não, já passa das dez horas, ela está cansada e precisa estar com a cabeça fresca amanhã. Como já sabe, vai acordar sozinha e terá que lidar com as consequências da última bebedeira de Nathan, e dessa vez num dia de semana, ainda por cima. A mensagem que enviou para o marido permanece não lida, e sua última tentativa de ligar para ele caiu de novo na caixa postal. Alix está com o coração acelerado e sabe que não vai conseguir dormir, mas mesmo assim vai para a cama. Tenta ler um livro, mas sente que seu coração vai saltar pela boca. Ela pega o celular para olhar as notícias, mas não consegue prestar atenção em nada. De repente, sente uma súbita e estranha vontade de falar com Josie. Josie, com sua pele pálida, sua voz assombrosa e seus olhos escuros, profundos; Josie, que não conhece Nathan, que não dançou na festa de casamento deles, que não foi fisgada pela falsa felicidade dos dois.

Alix manda uma mensagem para ela:

> Adorei conversar com você hoje. Muito obrigada pelo seu tempo. Acabei de ouvir a gravação, já consigo ver como isso vai tomar forma e gostaria muito de dar continuidade ao projeto, se você tiver interesse em prosseguir. Talvez da próxima vez a gente possa visitar a casa onde você cresceu, onde conheceu o Walter. Que tal?
> O que você acha dessa ideia?

Ela envia a mensagem e fica encarando a tela do celular por alguns minutos, à procura de algum sinal de que Josie a leu, de que está respondendo. Mas dez minutos se passam e nada acontece. Por fim, ela bloqueia a tela e se deita, tentando pegar no sono, o que, ela bem sabe, só conseguirá depois de muitas e muitas horas.

Dez da noite

Josie apoia o livro aberto contra o peito e olha a mensagem na tela do celular.

É de Alix. Ver suas palavras faz algo dentro de Josie despertar. Uma espécie de alegria infantil, quase uma paixonite. Ela abre a mensagem e a lê na mesma hora, e depois de novo, mais devagar. Então se imagina com Alix em seu apartamento em Kilburn e sente uma onda de satisfação. Josie poderia apresentá-la à sua mãe e observar a reação da mulher que a colocou no mundo ao descobrir que uma pessoa como Alix está interessada nela. Dá para imaginar a confusão da mãe, seguida, sem dúvida, por uma pontada de inveja. A mãe se convenceria de que Alix deveria fazer um podcast sobre *ela*, a lendária Pat O'Neill. E sem dúvida Alix faria perguntas para a mãe, mas seriam perguntas relacionadas a Josie, para ajudar Alix a descobrir mais sobre Josie, e não sobre Pat. Ela sente um frio na barriga, uma náusea agradável. Ela não responde de imediato. Em vez disso, abre o navegador e pesquisa "Alix Summer" no Google, passa meia hora olhando fotos de Alix, rolando o feed do Twitter dela, sua página do Facebook, que é privada, mas tem algumas postagens visíveis, e, por fim, dá uma conferida no feed do Instagram. Ela lê os comentários dos ouvintes do podcast de Alix e vê fotos da jornalista em cerimônias de premiação, ostentando vestidos de cetim esvoaçantes. Quando se satisfaz com sua dose de Alix Summer, Josie retorna à mensagem, mas percebe que já passa das onze horas, muito tarde, e responder agora seria falta de educação. Ela suspira, apaga a tela e pega o livro.

Ao ouvir os murmúrios do marido em algum canto do apartamento, coloca os protetores de ouvido e vira a página.

SEXTA-FEIRA, 21 DE JUNHO

Às seis da manhã, Nathan finalmente responde à mensagem de Alix. Ela ouve o celular vibrar na mesinha de cabeceira, arranca a máscara de dormir, pega o aparelho e semicerra os olhos para ler.

Porra. Desculpa. Não sei o que aconteceu. Estou na casa do Giovanni. Apaguei. Por favor, não me mate.

Ela joga o celular na mesinha de cabeceira e coloca a máscara novamente. Ainda tem meia hora antes que o alarme toque, e não pretende desperdiçar um minuto que seja. Só conseguiu pegar no sono depois das duas da manhã, e sua cabeça está pesada de cansaço e de tanto desespero. Ela tenta aproveitar a meia hora que lhe resta, mas seu coração volta a acelerar.

Seu marido foi a algum lugar ontem à noite, acordou no apartamento do amigo e não sabe como foi parar lá. Seu marido, que tem uma carreira, uma hipoteca e dois filhos. Seu marido, que tem quarenta e cinco anos de idade.

Um segundo depois, o celular de Alix toca de novo. Ela solta um grunhido e pega o aparelho.

Estou a caminho de casa. Por favor, não me odeie. Eu te amo. Desculpa. Eu sou um babaca.

Mais uma vez, ela larga o celular e recoloca a máscara de dormir. Mas agora seu peito está quase explodindo. Ela está furiosa. *Por favor, não me odeie.* Parece um bebê chorão.

Ela desiste de tentar voltar a dormir e se senta na cama. Por um momento, encara as mensagens no celular e se pergunta o que fazer. Decide não responder, ainda não, não até que sua raiva diminua. Porém, um segundo depois, o celular vibra de novo, e é o marido com uma mensagem queixosa:

Alix???

As mãos dela tremem levemente de raiva enquanto pressiona o número dele.

— Oi. — Ele atende em voz baixa, e isso deixa Alix ainda mais irritada.

— Eu só consegui dormir às duas da manhã, Nathan. Duas! Fiquei esperando notícias suas, tentando imaginar onde você estava. Como se não bastasse, você me acorda com uma mensagem às seis da manhã, mesmo sabendo que meu alarme só toca às seis e meia. Não foi capaz de esperar nem meia hora porque é um egoísta do caralho. Então, sim, muito obrigada, Nathan. Eu dormi por quatro horas e agora tenho que acordar nossos filhos, arrumar os dois para a escola e depois trabalhar o dia inteiro, enquanto você nem sequer sabe onde estava.

— Alix, eu sinto muito. É que...

— Vá se foder, Nathan.

Ela desliga o celular e o joga com fúria no colchão.

Em seguida, sai da cama e toma um banho demorado.

Às 8h50, quando sai de casa para levar as crianças até a escola, Alix já está calma novamente. Nathan enviou mais três mensagens, censurando o próprio comportamento e prometendo que nunca mais faria algo parecido. É sexta-feira, e a previsão é de tempo bom e firme para o fim de semana. Alix vai almoçar com as irmãs no domingo e não quer carregar o peso dos sentimentos ruins que a atormentaram durante toda a noite anterior, por isso se esforça para se livrar deles.

Alix se despede das crianças no portão da escola e, quando está prestes a se virar para ir embora, se lembra de que precisa entregar um formulário na secretaria, então vai até o portão lateral e toca a campainha. Um segundo depois, o portão eletrônico se abre com um zumbido para ela entrar.

— Olá, Alix!

É Mandy, a chefe da secretaria da escola.

— Oi, Mandy. Eu trouxe o formulário da visita ao Museu de História Natural amanhã. Está na minha bolsa há semanas, mas sempre esqueço de entregar. Está um pouco amassado, desculpe.

Ela entrega o papel para Mandy, que sorri e diz:

— Sem problemas, querida. Posso te garantir que já vi coisas piores.

Ao ouvir isso, Alix olha para Mandy e lembra que ela trabalha na escola há vinte anos. Até fizeram uma festa no ano passado para celebrar a data. A funcionária mais antiga da equipe.

— Ah, Mandy, a propósito, outro dia eu bati papo com a mãe de duas meninas que estudaram aqui na escola muito tempo atrás. Agora elas devem estar com vinte e poucos anos. Será que você se lembraria delas?

— Ah, é mesmo? Vamos ver! Um orgulho que eu tenho é de nunca esquecer nenhuma das minhas crianças.

— Roxy e Erin? Fair?

Uma estranha sombra perpassa pelo rosto de Mandy.

— Ah — faz ela. — Sim. Eu me lembro das duas, Roxy e Erin. Elas eram...

Alix respira fundo e espera.

Mandy olha rapidamente para trás, na direção da sala do diretor, depois para os lados, antes de se inclinar para Alix e baixar a voz.

— Eles eram uma família estranha, digamos assim. Quer dizer, a Roxy era descontrolada. Rebelde, sabe? Derrubava as cadeiras e carteiras. Jogava coisas. Eu tive que suspendê-la algumas vezes. Já a Erin era a criança mais doce do mundo. O oposto da irmã em todos os sentidos. Muito quieta. Tinha algumas questões, provavelmente devia estar dentro do espectro autista, mas isso nunca foi confirmado, até onde eu me lembro. E houve uma ocasião, eu acho, quando a Erin estava no sexto ano, bem perto dos últimos anos dela aqui na escola...

— Mandy faz uma pausa e novamente olha ao redor, antes de continuar em um semissussurro: — Ela apareceu na escola com o braço quebrado, dizendo ter caído da cama, até que um dia contou a uma amiga uma outra versão, de que tinha sido a Roxy.

— Roxy?

— Sim. A irmã mais nova. A Erin disse que a irmã tinha quebrado o braço dela. Tivemos que chamar o serviço social. Foi uma baita confusão.

— E foi isso mesmo que aconteceu? A irmã mais nova quebrou o braço da Erin?

— Acho que isso nunca foi provado, mas os pais das meninas ficaram furiosos. Nossa, foi horrível. Eu nunca tinha visto o pai delas até isso acontecer. Um homem grandalhão. De pavio curto. E a mãe...

Alix assente, mais uma vez prendendo a respiração.

— Ela era de fato muito estranha. Simplesmente ficou lá quietinha feito uma estátua, sem dar um pio, inofensiva, com um olhar vazio. Agiu como se o problema não tivesse nada a ver com ela, sabe? Depois disso eles tiraram a Roxy da escola. Ela estudou em casa até ir para o ensino médio, pelo que me lembro.

— Onde elas fizeram o ensino médio?

— Na escola Queen's Park, eu acho. Mas sim. Família esquisita. Eu sempre tive curiosidade de saber o que aconteceu com eles. E agora você é amiga da mãe delas, não é isso?

— Bem, eu não diria tanto. Somos só conhecidas.

— E as meninas? Você já as conheceu?

— Não. Não conheci.

— Eu adoraria saber o que as duas estão fazendo agora. Nunca tive um bom pressentimento em relação a elas. Sabe?

Alix faz que sim com a cabeça e sorri.

DOMINGO, 23 DE JUNHO

No domingo, Josie prepara um assado. Walter e ela almoçam em silêncio na mesa perto da janela que dá para a rua. É o único dia da semana em que comem juntos. Depois ela bate as sobras no mixer e coloca em uma tigela para Erin, com um prato em cima para manter o focinho de Fred longe. Então deixa numa bandeja diante da porta do quarto da filha, junto com um pote de iogurte sabor chocolate e duas colheres de chá. Josie ainda não entrou no quarto. Quanto mais tempo passa, mais difícil fica. Ela vai entrar e limpar tudo. Na semana que vem. Vai entrar e limpar. Walter disse que a situação não está tão ruim assim, mas pelo cheiro é impossível que isso seja verdade.

Josie lava a louça sem pressa, depois limpa a cozinha com cuidado. Às três horas, está tudo impecável, como se nada tivesse acontecido. Ela olha para Walter por cima da escotilha da cozinha e diz:

— Vou levar o cachorro pra passear agora. Quer vir junto?

Josie espera que ele diga não, e é exatamente isso que ele faz.

É domingo à tarde, e a área ao redor do Queen's Park está repleta de restos e detritos dos dias de verão: copos plásticos com cerveja ainda pela metade, toalhas de piquenique amassadas, latas de cerveja e caixas de pizza transbordando das latas de lixo, poças de sorvete derretido na calçada, das quais Josie tem que desviar Fred. As outras pessoas passam o dia inteiro ao ar livre, se divertindo, aproveitando o clima, curtindo os amigos e os filhos. As outras pessoas estão vivendo a vida.

Ao pensar na vida extraordinária das outras pessoas, ela percebe que seus pés a conduzem inconscientemente pelo parque, em direção à rua onde Alix mora.

Josie mantém distância. Ela ficaria muito constrangida se Alix a visse lá parada, de jaqueta jeans e legging surrada, vagando pelos arredores da casa em plena tarde de domingo. Mas ela só precisa de um vislumbre (nada mais) de Alix e então poderá retornar ao seu apartamento, pronta para lidar com a longa noite de domingo que terá pela frente.

A vista da janela da frente é bloqueada por venezianas brancas de madeira. A porta é pintada em um tom de azul-claro que faz Josie se lembrar de um vestido que ela usava quando era criança. De cada lado da porta, há um par de plantas em vasos azul-claros combinando, que foram cuidadosamente podadas em formas esféricas. Josie se pergunta se Alix contratou alguém para fazer isso ou se era possível comprá-las assim. Ela fita as duas janelas do segundo andar: mais venezianas de madeira. A casa é indecifrável. Nada parecida com o apartamento dela, cujos janelões se abrem para todas as pessoas que passam dentro dos ônibus, que praticamente podem ver o que eles estão comendo no jantar.

Depois de um ou dois minutos Josie se vira para ir embora, mas nesse exato instante ela vê um grupo de mulheres vindo em sua direção do outro lado da rua. São todas altas e esbeltas, e uma fração de segundo depois Josie percebe que uma delas é Alix e que as outras duas se parecem com ela. Conclui que devem ser suas irmãs: uma tem cabelo loiro-escuro até a cintura, a outra tem cabelo loiro-acobreado preso em um coque. São um amontoado de brincos de argola, imensas bolsas de couro com borlas, chinelos, esmalte preto, saias longas que balançam a cada passo, e peles que ficaram bronzeadas em outros países. São mulheres barulhentas, mesmo de longe; uma delas diz alguma coisa e as outras duas inclinam a cabeça para trás e riem — milhares de dentes, bocas grandes e largas. Josie as observa enquanto elas se dirigem à porta da frente da casa de Alix. Agora ela reconhece a mais baixa das três, da noite de seu aniversário no pub. Zoe. De dentro da bolsa pendurada em um de seus braços, Alix tira um molho de chaves e enfia uma na fechadura. Nesse momento, Josie consegue entrever o corredor, a gata e uma criança. Então ouve Alix dizer "Voltamos!", e o marido, Nathan, com seu espesso cabelo ruivo, cumprimenta Alix com um selinho desatento. Todos se amontoam e a porta se fecha. Josie imagina o vinho sendo retirado da enorme geladeira cromada e as azeitonas sendo despejadas em tigelas, um irrigador automático disparando preguiçosos jatos de água no gramado do jardim dos fundos. Ela imagina isso, ela deseja isso. Ela deseja isso mais do que tudo.

Depois de confirmar que Alix e sua família estão juntos e seguros, Josie atravessa a rua e passa pela casa como se estivesse caminhando por ali casualmente. Mas, ao fazer isso, deixa as pontas dos dedos percorrerem a trepadeira que adorna a parede frontal de Alix. Olha de relance para baixo, vê o extraordinário roxo com verde-limão de uma flor de maracujá encarando-a por entre as folhas e fica sem ar. Ela puxa a flor, arranca-a e a segura com firmeza durante todo o trajeto de volta para casa.

TERÇA-FEIRA, 25 DE JUNHO

Alix está em frente ao condomínio onde Josie cresceu. São vários edifícios baixos, todos com menos de quatro andares, construídos em torno de um parquinho e de várias veredas sinuosas. Josie aparece um momento depois. Está usando calça jeans e uma blusa em cambraia com mangas bufantes. O cachorro espia por cima da bolsa jeans a tiracolo.

— Desculpa o atraso — lamenta Josie. — Não consegui escapar antes.

Alix se inclina para cumprimentá-la com um beijo e sente Josie ficar tão constrangida quanto na primeira vez em que fez isso.

— Sem problemas! Imagina. — Alix se vira para examinar o condomínio e diz: — Foi aqui que você cresceu?

— Sim. Minha mãe vai encontrar a gente no salão comunitário. Tudo bem? Aí você pode preparar tudo.

— Perfeito — concorda Alix.

Ela segue Josie em direção a um prédio nos fundos.

Lá dentro, uma mulher com cabelo tingido de castanho e óculos com uma armação preta moderna está puxando cadeiras em volta de uma mesa. Usa um vestido fresco com estampa alegre e sandálias de tiras. Ela olha para Alix e Josie e sorri.

— Bem-vindas! Bem-vindas! Eu trouxe um pouco de suco, tortas e alguns doces.

Ela não é o que Alix esperava. Enquanto Josie é rígida e apática, sua mãe é extrovertida e tagarela. É uma mulher glamourosa, que claramente cuida da aparência e se vê como uma pessoa digna de atenção e respeito. Ela manda Josie preparar chá e café na minúscula cozinha e convida Alix para se sentar.

— Então — diz a mãe, encarando Alix com franqueza. — Quando a Josie me contou sobre você, fui ouvir alguns episódios do seu podcast. Muito inspiradores. Eu poderia ter tido uma carreira, mas dediquei toda a minha vida a este lugar. Este condomínio tem sido minha carreira, digamos assim. Não que eu seja paga por isso. Faço por amor.

Alix se vira ligeiramente para olhar para Josie. Ela está de costas para as duas, esperando a água ferver.

— É claro que eu preciso perguntar... — continua Pat. — Por que a Josie?

— Oh! — Alix ri, nervosa.

Mais uma vez ela olha de relance para as costas de Josie, que lhe pediu que não contasse à mãe o real motivo pelo qual ela queria fazer isso.

— Diga a ela apenas que você está produzindo uma série sobre gêmeas de aniversário — sugerira Josie. — Algo assim.

— Bem. Por que não a Josie? — responde Alix. — Na verdade, esse foi o meu ponto de partida. Uma mulher nascida no mesmo dia e no mesmo lugar que eu. Acho que é tipo uma situação de "bebês trocados", só que ao contrário. Nós duas não fomos trocadas. Cada uma de nós voltou para casa com o pai e a mãe certos. Mas o que teria acontecido se não tivesse sido assim? Como seria a minha vida se você tivesse me levado para casa? Se eu tivesse sido criada aqui, por você? E se a Josie tivesse sido criada a uns dois quilômetros de distância, por meu pai e minha mãe?

— Natureza inata versus cultura adquirida? — pergunta Pat.

— Bem, sim, até certo ponto.

— Eu estudei antropologia por um tempo, sabe? Na Goldsmiths. Mas aí engravidei. — Pat suspira. — Tive que abandonar a faculdade.

Então, bem, eis outro cenário hipotético: e se eu não tivesse engravidado? E se eu tivesse terminado minha graduação? Para começo de conversa, eu teria ido embora deste lugar. Mas aí alguém teria que estar aqui fazendo o que eu faço. Só que ninguém faria, não é mesmo? E então este condomínio estaria numa situação vergonhosa, lamentável, assim como os outros prédios das redondezas. Então, sim, talvez seja isso. Fiquei grávida por um motivo; eu engravidei para poder sacrificar minhas ambições e salvar este lugar. — Pat se cala e, por um momento, fita o horizonte com um olhar sonhador. — É engraçado, quando eu paro e penso a respeito. Estranho. Mas acho que talvez todos tenham um propósito na vida. Embora alguns deles sejam mais difíceis de entender do que outros.

Ao dizer isso, ela direciona o olhar para a filha, enquanto Josie puxa a cadeira ao lado de Alix e se senta. Alix se contorce, inquieta. Ela tem a impressão de que essa mulher detesta a filha.

— Então, por falar em engravidar de Josie, e considerando que você a deu à luz no mesmo hospital e no mesmo dia em que minha mãe me teve, quais são suas lembranças daquele dia?

— Ai, meu Deus. Eu tento não pensar sobre isso. Eu tinha vinte anos. Não era casada. Passei a gravidez toda em negação, bebendo e fumando. Sei que hoje em dia isso não é recomendado, mas naquela época pouco importava. E eu não parecia grávida. Usei minha calça jeans tamanho 38 até o final da gravidez. Então eu meio que só segui em frente. Aí as contrações começaram e eu tentei fingir que não estava acontecendo nada, porque não estava pronta. Eu realmente não estava. Ainda havia muita coisa que eu queria fazer. Eu estava na metade de um ensaio, e queria terminar o texto. E quase consegui, mesmo sentindo as contrações. Mas aí ficou demais, e minha mãe me enfiou num táxi rumo ao St. Mary's, e quatro horas depois o bebê chegou. O que aconteceu naquelas quatro horas não é algo em que eu queira pensar de novo, nem tenho vontade de falar a respeito.

— A que horas ela nasceu?
— Nossa. Nem sei. Creio que por volta das oito da manhã.
— E o que você sentiu quando a viu pela primeira vez?
— Eu senti...

Pat fica em silêncio. Esquadrinha o salão comunitário, e, quando para por um momento, seu olhar se torna inexpressivo.

— Eu fiquei apavorada.

Alix sente Josie estremecer ligeiramente na cadeira ao lado dela.

— Simplesmente apavorada. Eu não sabia o que fazer. Continuei insistindo no maldito ensaio.
— Você conseguiu terminar?
— Consegui. Bem, recém-nascidos apenas dormem, não é? Terminei. Entreguei. Tirei dez. Mas depois disso... Acho que simplesmente me entreguei à maternidade. Deixei a coisa de ser mãe me absorver. Sempre pensei em voltar para a faculdade, concluir a graduação. Mas aqui estamos. — Ela estende as mãos, indicando a sala. — E, na verdade, aqui eu provavelmente aprendi mais sobre a vida, sobre *as pessoas*, do que jamais poderia ter aprendido ao longo de uma vida inteira estudando. Então, tudo deu certo no final.

Alix estreita um pouco os olhos e pigarreia.

— E no hospital, naquele dia, quando a Josie nasceu, você se lembra de alguma das outras mulheres lá? Desta aqui, por exemplo? — Ela tira da bolsa a fotografia que colocara lá na noite anterior. Era sua mãe, de moletom cinza e calça jeans, o cabelo loiro cortado curto e com permanente, segurando nos braços a recém-nascida Alix (ou Alexis, nome que seus pais lhe deram), sorrindo para a câmera. — Aqui nesta foto eu estou com cerca de quatro dias, tinha acabado de chegar em casa do hospital.

Pat olha para a foto, sorri secamente e diz:

— Meu Deus. Elvis Presley poderia ter estado lá naquele dia e eu não me lembraria. É tudo um borrão. De verdade. Quantos anos tem sua mãe aí?

— Trinta e um.

— Não era tão jovem.

— Não, não era. Ela estava construindo uma carreira.

Alix vê uma expressão amarga passar pelo rosto de Pat.

— Bem — diz ela. — É ótimo se a pessoa tiver condições de se planejar dessa maneira, eu acho.

Alix pestaneja de surpresa. Ela quer perguntar a Pat por que ela não planejou as coisas dessa maneira. Ela era inteligente e tinha ambições. Por que engravidou aos vinte anos? Por que não voltou para a universidade depois? Mas não pergunta. Em vez disso, guarda a foto de volta na bolsa e diz:

— Tudo bem se dermos uma olhada no condomínio? Você pode me mostrar onde Josie foi criada, lembranças etc.

— Termine o seu chá primeiro — diz Pat, num tom que parece soar mais como uma ordem do que como uma sugestão.

Alix bebe o chá e se levanta. Durante meia hora, Pat as conduz pelo condomínio, sem parar de fazer comentários sobre suas realizações: o que fez, quando fez, as dificuldades que enfrentou para conseguir fazer isto e aquilo e a gratidão das outras pessoas por tudo o que ela ajudou a concretizar. E é impressionante, é o tipo de trabalho de uma vida inteira que poderia até render uma homenagem da rainha, e Alix consegue imaginar Pat vestindo um terninho elegante e um chapéu ligeiramente excêntrico, flexionando um joelho diante da monarca, um sorriso arrogante estampado no rosto.

Mas fica evidente para Alix que Pat é na verdade uma grande narcisista, e que nenhum filho ou filha de um pai ou mãe narcisista sai ileso para enfrentar o mundo. Saber disso acrescenta nuances à forma como ela vê Josie e a ajuda a entendê-la melhor.

Pat as leva até seu apartamento, onde Josie morou quando era criança. Fica no andar térreo, com um canteiro de flores na frente. Pat as conduz para dentro.

— Aqui — fala Josie, abrindo a porta de um quarto com paredes cor-de-rosa e decoração feminina. — Este era o meu quarto. E foi aqui que eu vi o Walter pela primeira vez, pela janela.

Por um momento, Alix fica parada e absorve a energia do cômodo, imagina uma jovem Josie espiando através da cortina que outrora cobria a janela. De volta à cozinha, ela toca o tampo da mesa de jantar.

— Era aqui que você estava sentada? Quando Walter comeu seu bolo de aniversário?

Josie sorri.

— Sim. Não era esta mesa, esta é nova, mas sim, bem aqui mesmo.

Alix se vira para Pat.

— Você sabia? Naquele dia. No aniversário de quatorze anos de Josie. Você sabia o que iria acontecer?

— Você está falando de Josie e Walter? Não, claro que não. Quer dizer, ele era mais velho que eu! Como eu poderia ter imaginado? Como eu poderia saber?

— E o que você achou quando descobriu? Você deve ter ficado bastante chocada, não?

— Bem, o que você acha? — diz Pat, num tom sombrio e furioso.

Alix olha para Josie, cujo rosto está contorcido. Alix respira fundo e se contém, segurando-se para não fazer outra pergunta.

Oito da noite

Nathan tem sido legal até demais desde os acontecimentos de quinta-feira à noite. Não que Nathan não seja sempre legal. É a configuração padrão dele. Mas agora ele tem voltado mais cedo do trabalho, o suficiente para passar tempo no jardim com as crianças, ajudar nos preparativos do jantar, ver alguma coisa na TV, conferir o dever de casa dos filhos, conversar e participar da rotina. Ele ainda não se explicou sobre o episódio de quinta, só disse que "perdeu o controle".

Prometeu que não fará isso de novo; por ora, enquanto seu casamento parece um mar de rosas, Alix escolhe acreditar nele.

Agora, enquanto arrumam juntos a cozinha, ele diz:

— Ah, a propósito, amanhã eu vou trabalhar de casa.

— Ah, é? Por quê?

— Como não tenho nenhuma reunião marcada, pensei em aproveitar. Talvez eu possa te levar para um almoço rápido fora?

Alix não responde. Ainda não contou a Nathan sobre seu novo projeto de podcast, mas Josie estará aqui amanhã às nove e meia, e Alix precisará explicar a situação ao marido. Depois de um momento, ela diz:

— Amanhã uma entrevistada virá aqui de manhã.

— Ah, tudo bem. Achei que você tinha terminado sua série. Isso é algo novo?

— É... Bem, é uma espécie de experimento, eu acho. É a mulher do pub da outra noite, aquela minha gêmea de aniversário. Estou criando algo sobre... há... pessoas que fazem aniversário no mesmo dia, as aleatoriedades da vida, encontros com pessoas desconhecidas, natureza versus criação, esse tipo de coisa.

Ao contar essa mentira inofensiva, seu rosto cora, então ela se vira de costas para Nathan não ver.

Nathan lhe lança um olhar cético.

— Parece... diferente.

— Sim. Exatamente. Diferente.

— Difícil de fazer?

— Talvez. Mas, pra dizer a verdade, já descobri algumas coisas instigantes a respeito dela.

— Que tipo de coisas?

Alix prende a respiração. Poderia falar do marido que a assediou e aliciou quando ela ainda era uma criança de quatorze anos; da mãe narcisista; das duas filhas problemáticas; da questão com o serviço social. Mas de alguma forma essas informações lhe parecem preciosas, incompletas e delicadas, e Alix ainda não quer submetê-las ao julgamento do marido.

— Bem — desconversa Alix —, você vai ter que ouvir o podcast pra descobrir.

Nathan arqueia uma sobrancelha e diz, bem-humorado:

— Justo. Muito justo.

Alix leva o lixo para fora. Depois de despejar o saco no contêiner plástico com rodinhas, ela se detém e observa o céu escuro de verão, deixando o tempo passar. Não quer falar sobre isso com Nathan. Não agora. Ele não merece suas confidências. Não merece saber tudo o que ela faz.

Nathan tem suas prioridades, seus segredos. Portanto, ela pode ter alguns também.

QUARTA-FEIRA, 26 DE JUNHO

Josie está esbaforida quando chega à porta da casa de Alix na manhã seguinte. É tudo o que queria fazer, o único lugar do mundo onde gostaria de estar, e foi andando às pressas para chegar. Ela tira um lenço de papel da bolsa e enxuga o suor da testa e do lábio superior antes de tocar a campainha.

Josie está preparada para encarar o rosto reconfortante e angelical de Alix Summer quando a porta se abre, mas em vez disso quem aparece é o marido dela. As feições dele são grosseiras e toscas, o tipo de homem que só é atraente por conta de sua postura e alguns procedimentos estéticos. Não há nada em seu rosto que Josie possa destacar; até seus olhos têm uma cor estranha, difícil de descrever. Ele tem cílios curtos e grossos e uma barba grisalha por fazer, com tons de ruivo e loiro. Sua boca é pequena e fina. Ele veste uma camiseta folgada e calça de moletom cinza, e olha para Josie com curiosidade por cima de um par de óculos de leitura com armação tartaruga.

— Josie? — pergunta ele, estalando os dedos.

Ela faz que sim com a cabeça e responde:

— Oi. A Alix está me esperando.

De súbito, ele se inclina, aproximando-se do rosto de Josie, que por um terrível momento pensa que ele vai beijá-la. No entanto, logo ela percebe que ele está indo em direção a Fred, que está com a cabeça para fora da bolsa a tiracolo.

— Ei, oi! — diz ele, recuando um pouco quando Fred começa a rosnar. — Você é mal-humorado, hein, carinha? É ele ou ela?

Nathan oferece o dorso das mãos para Fred cheirar, o que o cachorrinho faz com cautela.

— Ele — esclarece Josie. — Fred. Ele é um pomchi.

— Pomchi — repete Nathan. — Que fofo. Entre, Alix está na cozinha.

Nesse instante, Alix surge por trás do marido, parecendo um pouco decepcionada por Nathan ter recebido Josie, não ela. Josie sorri para Alix e, ao passar por Nathan, seu braço esbarra na camiseta de algodão dele, rente o suficiente para sentir o calor reconfortante que emana do homem.

Eles atravessam a cozinha, onde a gata está sentada na ilha, parecendo uma estátua. O cachorro rosna baixinho quando eles passam.

— Vamos demorar mais ou menos uma hora! — grita Alix por cima do ombro para Nathan, que ainda está parado no corredor.

— Entendido! — responde ele de longe.

Desta vez, Josie tenta absorver cada ínfimo detalhe da cozinha. Ela nota que a geladeira não é cromada. Está escondida dentro de refinados armários embutidos que combinam com o restante da cozinha. Sobre a bancada, avista uma enorme batedeira do mesmo tom azul-claro da porta da frente. Na janela com assento estofado e vista para o jardim, há um monte de almofadas de algodão em vários tons de azul-oceano. Vê-se uma fileira de sapatos e botas de plástico alinhados perto da porta dos fundos. As tigelas de comida da gata são de cobre, e as cadeiras ao redor da mesa da cozinha têm formatos e tamanhos diferentes.

— Como você está? — pergunta Alix enquanto atravessam o gramado.

— Ah. Estou bem, eu acho.

— Você me pareceu um pouco... estressada ontem...

— Sim. Eu estava um pouco. É a minha mãe que sempre me deixa assim. Quer dizer, eu sei que ela parece muito responsável e focada.

Também sei que ela passa essa imagem de pessoa decente, com toda aquela conversa sobre salvar o condomínio e tudo mais, mas, acredite em mim, ela não é o que parece. Ela foi uma mãe terrível, Alix. Uma mãe terrível, terrível pra mim.

— Na verdade, eu senti isso, Josie. E gostaria de conversar sobre esse assunto hoje, se estiver tudo bem pra você.

Josie dá de ombros.

— Acho que tudo bem, sim. Eu realmente não sei. Se você acha que vai ser bom pro podcast, então eu topo.

— Acho que vai ser ótimo pro podcast. Mas é claro que caberá a você dar a aprovação final antes de ir ao ar, e se houver alguma coisa, qualquer coisa, de que você não goste, eu vou tirar.

No estúdio, Alix prepara um café para Josie na máquina Nespresso, e Josie a observa por trás. Ela está usando uma blusa longa e fina por cima da calça legging. Pelo tecido, Josie pode ver as saliências de sua coluna e o contorno de um top esportivo.

— Como foi seu fim de semana? — pergunta.

— Caramba, parece que já foi há tanto tempo... Mas foi agradável. No domingo eu vi minhas irmãs. Isso é sempre bom.

— Como elas se chamam?

— Zoe e Maxine.

— Belos nomes. O que vocês fizeram de bom?

— Um almoço longo e regado a álcool.

Um almoço longo e regado a álcool. As palavras percorrem o corpo de Josie como um sonho. Ela aquiesce, sorri e comenta:

— Parece divertido.

Alix coloca o café na frente de Josie e depois se senta. Ajeita o cabelo atrás das orelhas e abre um sorriso.

— Certo. Vamos ajeitar esses fones de ouvido e começar, tudo bem? Eu queria retomar de onde a gente parou da última vez. Falando do Walter. E de como vocês dois se tornaram um casal.

Oi! Eu Sou Sua Gêmea de Aniversário!
UMA SÉRIE ORIGINAL NETFLIX

A tela mostra o estúdio de gravação de Alix vazio.
A câmera percorre os detalhes da sala.
Ouve-se a voz de Josie durante uma conversa com Alix.
A legenda diz:

26 de junho de 2019, gravação do podcast de Alix Summer

Josie: Ah, sim. Então, estamos no meu aniversário de quinze anos. A essa altura, eu e o Walter éramos meio que amigos. Toda vez que a gente se cruzava no condomínio, ele parava e conversava comigo. Sempre acenava e dizia algo legal pra mim, sabe? E no dia em que fiz quinze anos, ele foi atrás de mim a caminho da escola. Ele se lembrou do meu aniversário do ano anterior e comprou um presente pra mim.
Alix: O que ele comprou pra você?
Josie: Uma pulseira. Olha só. Esta aqui.
Alix: Você usa até hoje. Uau.
Josie: Bem, por que eu não usaria? Ainda estamos juntos.
Josie solta um suspiro pesado.
Josie: E aí nesse dia meus amigos me levaram ao parque depois da aula, e havia um menino... ele se chamava Troy, eu acho. E a Helen queria muito que eu o beijasse, sabe? Eu ainda não tinha namorado ninguém, e ela vivia tentando me convencer a ficar com algum menino, só que eu não queria ficar com menino nenhum, porque, para ser sincera, eles eram todos nojentos. Ele estava bebendo sidra, e o hálito dele... eu sinto o cheiro até hoje. Quando o garoto veio na minha direção e chegou bem perto de mim, senti aquele bafo azedo, então simplesmente me levantei e saí andando, e no exato momento em que saí eu soube, eu soube que aquilo

não era pra mim. Eu não queria mais ser esse tipo de adolescente. Fui embora pra casa. Minha mãe disse: "Você voltou mais cedo." Expliquei a ela que não estava me sentindo bem. Ela me perguntou se eu tinha bebido. Contei sobre a sidra e o menino, e ela me disse que eu tinha bons amigos e que deveria me esforçar pra ser mais legal com eles. Eu disse: "Mas eu me esforço. Só que eles fazem coisas que eu não quero, então não tem nada que eu possa fazer." Ela me perguntou: "E o que você quer fazer, Josie?" Eu respondi: "Não sei. Como é que eu vou saber? O que a senhora queria fazer quando tinha quinze anos?" Ela me encarou com uma expressão incrédula e disse: "Eu queria conquistar o mundo, Josie. Era isso que eu queria fazer." Eu respondi algo como: "Bom, eu não vou conquistar o mundo bebendo sidra no parque, vou?" E ela rebateu: "Você também não vai fazer isso sentada aqui comigo no dia do seu aniversário." Aí eu disse: "Tudo bem, então. Beleza. Eu vou sair." Bati a porta com força e atravessei o condomínio até o contêiner onde Walter trabalhava. Eu queria apenas agradecê-lo pela pulseira, mas eu sabia, acho, eu sabia o que iria acontecer. Nesse momento, eu me senti poderosa. Ele me levou ao pub. Eu me sentei em um pub com um homem de quarenta e dois anos, enquanto eu tinha quinze. Ele despejou uma dose de vodca na minha limonada e me beijou, e eu me lembro de olhar para as minhas mãos completamente rabiscadas de caneta da escola, depois olhei meus sapatos, aqueles Kickers velhos e surrados com etiquetinhas de couro que todo mundo usava naquela época, e pensei: "É isto. Vou dar o salto. Vou mesmo. Agora é a hora de ir embora deste mundo e entrar em outro." Era quase como se eu soubesse, mesmo naquela ocasião, que não havia mais volta. Assim que eu tinha feito amizade com o monstro, já era, estava tudo acabado. Pra sempre.

***

Meio-dia

— Ah, meu Deus... — sussurra Alix para si mesma assim que Josie sai e fecha a porta. Ela fica de costas contra a porta, com os braços atrás do corpo. — Ah, meu Deus... — sussurra novamente.

Ela fecha os olhos e tenta se recompor, mas sua cabeça está girando. Enquanto Josie ia falando, ela fez de tudo para esconder a perplexidade. Passou a conversa inteira apenas concordando com a cabeça, avidamente, fazendo sons de incentivo, demonstrando interesse. Vez ou outra interrompeu o relato com perguntas neutras, resistindo à tentação de dizer: *Porra, Josie, você se casou com um pedófilo!*

Alix volta ao estúdio para recolher as xícaras e os pires e tranca a porta. Na cozinha, coloca tudo na lava-louça e depois vai até o banheiro do andar de baixo, que fica sob a escada. Após usar o vaso sanitário, abre a torneira para lavar as mãos e se detém quando percebe que o sabonete líquido não está lá. Ela confere no armário embaixo da pia, mas não o encontra, então apenas molha as mãos e volta à cozinha, à procura de Nathan.

— Você fez alguma coisa com o frasco de sabonete líquido do banheiro do andar de baixo? — pergunta Alix ao marido.

— Tipo o quê?

— Tipo tirar do lugar? Jogar fora? Tem pouco tempo que eu coloquei lá.

— Não — responde ele. — Claro que não. Talvez tenha sido aquela sua amiga esquisita.

Alix faz uma careta para ele.

— Não seja ridículo. Deve ter sido uma das crianças. Tenho certeza de que mais cedo ou mais tarde ele vai aparecer.

Uma da tarde

Josie guarda o sabonete líquido no fundo da gaveta de roupas íntimas junto com a cápsula Nespresso. O frasco é tão lindo, cinza-escuro com uma estampa de flor de cerejeira, tipo arte japonesa. E tem o cheiro de Alix.

A experiência de estar novamente na casa de Alix lhe deu uma estranha energia. Conhecer o marido foi um bônus, embora ela não entenda o que Alix vê nele. Além do fato de ter usado o banheiro lindo de Alix, com espelho de vidro manchado, papel de parede extravagante de pavões, sabonete líquido caro para as mãos e toalha preta macia pendurada em uma argola dourada. A entrevista em si foi revigorante: reviver o início de seu relacionamento com Walter; contar a ela sobre sua mãe terrível; a expressão de fascínio no rosto de Alix, como se Josie fosse a mulher mais interessante que ela já conheceu na vida.

Animada, Josie vai até a porta do quarto de Erin e encosta o ouvido. Ouve a cadeira rangendo, o clique dos botões do controle e os leves ruídos dos fones de ouvido. Sente o cheiro característico do quarto da filha. Não pode continuar ignorando isso. O problema não vai desaparecer. Então, ela abaixa a maçaneta e empurra a porta. A porta se desloca apenas alguns centímetros antes de parar, emperrada contra as pilhas de coisas no chão. Ela chama Erin em voz alta, mas a filha não consegue ouvi-la. Josie empurra com um pouco mais de força, e a porta se abre mais alguns centímetros. Agora consegue entrever um pouco de Erin, a lateral do rosto, seus surrados chinelos de pele de carneiro, as mãos pálidas e ossudas segurando o controle. Josie conclui que não consegue fazer isso. Não hoje.

Josie evoca mentalmente a cozinha de Alix. O brilho do ambiente, a doçura, os desenhos das crianças afixados na parede especial. Então ela se lembra de como era o quarto de Erin, no tempo em que ela ainda o dividia com a irmã. Havia duas camas cor-de-rosa e um guarda-roupa branco com corações vazados. No lugar onde agora fica a mesa de Erin havia um baú repleto de bonecas e brinquedos. Em sua cabeça, ela ouve o som de duas menininhas rindo juntas na hora de dormir.

Ela fecha os olhos e a porta.

SÁBADO, 29 DE JUNHO

Alix vasculha o baú que fica ao lado da porta da frente à procura de sua capa de chuva, aquela que ela comprou para usar em um festival de música alguns anos atrás, quando a previsão era de chuva para todo o fim de semana. A onda de calor e tempo seco acabou por ora, e os próximos dias devem ser frios e chuvosos. Ela encontra a capa, veste-a por cima da roupa e chama Eliza. Vai levar a filha na casa de uma amiga para uma festinha de aniversário.

As calçadas estão cheias de poças, e os veículos fazem sons sibilantes ao passar pela água. A princípio, Alix não percebe a presença de Josie por conta do capuz de sua capa de chuva. Ela repara primeiro no cachorrinho, olha para ele e pensa: *Ah, um pomchi igual ao da Josie!* Então ela vê os tênis jeans molhados de chuva, uma jaqueta jeans amarrada na cintura com um cinto combinando e um guarda-chuva estampado com um padrão imitando brim e exclama:

— Josie!

Josie pisca para ela:

— Alix! Que surpresa!

— Não é exatamente o clima ideal pra passear com o cachorro — comenta ela.

— Não. Não é. Mas se eu ficasse esperando o dia inteiro até parar de chover, o coitado do Fred não conseguiria fazer seu exercício diário. Aonde você está indo?

Alix pousa as mãos nos ombros de Eliza e diz:

— Levar esta mocinha aqui a uma festa de aniversário. É aqui pertinho.

Ela vê Josie ficar com os olhos marejados, como se estivesse com saudade de fazer o mesmo com as filhas.

— Ah, que legal — diz ela. — Quantos anos?

— Onze.

— Bem, divirta-se, viu? Aproveite cada minuto.

— Em algumas horas ela estará de volta em casa, cheia de energia de tanto açúcar e TikTok.

— Bem, aproveitem. E tenha um bom fim de semana, Alix. A gente se vê na semana que vem.

— Sim. A gente se vê na semana que vem.

Enquanto descem a rua, Eliza olha para Alix e pergunta:

— Quem é aquela moça?

— Ah, é a mulher que estou entrevistando pro meu podcast.

— Por quê? Ela parece muito chata. Menos o cachorrinho dela.

— Sim. Mas esse é meio que o ponto. As pessoas que parecem chatas às vezes podem ter histórias interessantes pra contar. Você só precisa arrancar isso delas de alguma forma.

Alix fica um tempo na festinha, o suficiente para tomar uma xícara de chá e fofocar sobre a escola com algumas mães. Depois ela volta para casa por entre poças e guarda-chuvas. Ao passar pelo local onde se encontrou com Josie, ela se detém, assustada. Josie ainda está lá.

— Ei, Josie! O que você ainda está fazendo aqui na chuva?

— Eu realmente não sei. Eu só estava...

Josie se cala e encara Alix com um olhar estranho, como se estivesse prestes a chorar.

— Você está bem?

— Sim. Sim. Estou bem. Eu só... Esse negócio todo da entrevista está me fazendo sentir muitas coisas. Muitas coisas que eu não sentia há muito tempo, sabe? Isso tem me dado a sensação de que eu estava entorpecida. E quando vi você agora há pouco, com sua linda menininha... eu só... pra ser sincera, eu realmente não sei, Alix. De verdade, eu não sei. Eu simplesmente não consegui fazer meus pés funcionarem. Isso parece loucura?

— Não, Josie. Não. Não, nada disso parece loucura. É completamente compreensível. Escute, vamos sair da chuva, ok? Venha. Eu pago um chá pra você. Ou será que algo mais forte?

Alix conduz Josie até o café mais próximo e a ajuda a se sentar a uma mesa antes de ir até o balcão e pedir dois cappuccinos. Ela acrescenta ao pedido mais dois cookies de chocolate e leva tudo numa bandeja até a mesa.

Mas Josie sumiu.

Quatro da tarde

Josie está totalmente encharcada quando chega em casa. Ela enrola o cachorro em uma toalha e o seca, depois prepara uma xícara de chá para se aquecer e vai descalça até a sala, onde Walter está no sofá assistindo a uma partida de futebol.

— Você está ensopada.

— Sim. Não sei no que eu estava pensando quando saí nessa chuvarada.

Fred olha com anseio para o sofá. Walter olha para o cachorro e diz:

— Sem chance. Você fede. De jeito nenhum você vai subir.

Josie pega Fred e o aninha junto ao peito. Ela não gosta quando Walter fala de forma ríspida com o cachorro.

Ela se senta do outro lado do sofá e observa, apática, a partida de futebol. Josie odeia os sons dos jogos, o grave maçante e monótono da torcida, a incessante entonação crescente e decrescente dos comentaristas, os apitos e batucadas. Parece o pano de fundo de um pesadelo, um exército de assassinos que se aproxima. Tem sido a trilha sonora dos fins de semana de Josie há vinte e sete anos, desde que ela se mudou para o apartamento de Walter. Nos primeiros anos, ela assistia às partidas com ele, professava seu entusiasmo pelo jogo, gritava de empolgação quando o time marcava gols, ficava arrasada quando o time perdia. Mas na época não era fingimento. Era real. Naquele tempo, tudo que ela pensava, fazia, queria, todas as coisas com as quais se importava passavam pelo filtro e pelo crivo de Walter. Tudo o que ela almejava, desde o momento em que começaram a namorar, era agradá-lo, ser a pessoa que ele pensava que ela era, ser a concretização do sonho dele.

Ela termina o chá, leva a caneca para a cozinha e diz:

— Vou pra cama. Estou com um pouco de frio.

Walter se vira para ela, a preocupação reluzindo em seus olhos.

— Ah, meu amor. Espero que você não tenha ficado doente...

— Não. Com certeza estou bem.

— Quer que eu leve um antigripal pra você?

— Ah, não. Mas obrigada. Te amo.

— Também te a... — Antes de ele terminar de dizer a última palavra, algo emocionante acontece na tela e a atenção dele se desvia de Josie.

Josie leva o cachorro para o quarto no colo e fecha a porta. Ela se sente arrasada, derrotada. Não sabe o que aconteceu. A última hora é um borrão. O aguaceiro que desabou sobre ela, depois Alix em sua capa de chuva, a filha dela encarando-a com curiosidade por debaixo do capuz de seu casaco, e depois... um branco. Mais tarde, sentada no café, observando Alix no balcão, as gotas de chuva escorrendo em sua roupa; e então ela se lembra de ter visto algo pela janela... o que era? Não tem certeza. Na hora, pensou que fosse Roxy. Estava convencida de que era a filha. Pegou o cachorro, a bolsa e correu para a calçada. Nenhum sinal de Roxy. Aquilo aconteceu mesmo? Ou foi uma lembrança? Uma sombra? Será que era só alguém parecido com ela?

Na cama, Josie pega o celular e procura o podcast de Alix. Escolhe um episódio aleatório e deixa a voz da mulher preencher seus ouvidos, afastando o barulho irritante dos torcedores de futebol vindos da sala de estar.

SEGUNDA-FEIRA, 1º DE JULHO

Josie ouve a rádio Heart FM com fones de ouvido. Por trás da gloriosa melodia de "Greatest Day", do grupo Take That, há o zumbido das máquinas de costura, o rugido dos trens do metrô, a conversa de suas colegas de trabalho e a voz alta dos clientes, mas Josie se concentra nos fones, na sensação que a música causa nela, preenchendo seus sentidos. O fim de semana parece um borrão. Ela passou a maior parte do tempo na cama. Walter a diagnosticou com um resfriado e levou comida e bebidas para ela. Ele saiu para passear com Fred e o alimentou. Mas esta manhã ela acordou revigorada, então foi para o trabalho, apesar dos protestos de Walter de que ela deveria ficar em casa, descansando.

No intervalo das três da tarde, ela prepara um chocolate quente e manda uma mensagem para Alix.

Sinto muito pelo sábado. Peguei um resfriado. Passei o fim de semana de cama, tremendo. Acho que tive até delírios! Estou bem agora e aguardo ansiosamente nosso próximo encontro. Estou disponível amanhã de manhã.

A resposta de Alix chega um segundo depois.

Ah, não! Poxa, sinto muito que você tenha ficado mal. Você parecia um pouco indisposta mesmo. Pode vir amanhã, sim, mas só se você estiver em condições, tá bem?

Animada, Josie responde:

Vou adorar! Te vejo amanhã, então.

TERÇA-FEIRA, 2 DE JULHO

— O que Walter faz, agora que está aposentado? — pergunta Alix assim que elas começam a gravação.

Josie suspira e responde:

— Boa pergunta. Ele não faz muita coisa. Está feliz da vida por ficar em casa, lendo notícias na internet, vendo canais de esportes, enviando e-mails para a família.

— Pra quem da família ele manda e-mails?

— Ah, pros filhos dele. Eles estão na casa dos trinta. Moram no Canadá.

— Ambos?

— Sim. A mãe deles foi morar lá quando ela e Walter se separaram. Desde então ele nunca mais viu os filhos.

— E eles tinham quantos anos?

Josie dá de ombros.

— Dez e doze.

— Ele não vê os filhos desde que eram crianças?

— Isso. É muito triste. Mas a ex dele não o deixou chegar perto deles.

— Por quê?

Josie encolhe os ombros novamente.

— Acho que ela não gostou nem um pouco do que aconteceu comigo.

O relacionamento de Josie e Walter já é em si uma narrativa complicada, mas essa nova informação deixa tudo ainda mais intenso.

— Então, Josie... — Alix começa a dizer com delicadeza. — Eu adoraria ouvir mais sobre isso, mas só se você se sentir confortável em falar a respeito. Lembre-se sempre de que antes de ir ao ar vamos excluir tudo o que você não gostar.

Josie faz que sim com a cabeça.

— Então, o Walter era casado quando você o conheceu?

Faz-se um brevíssimo silêncio, mas longo o suficiente para Alix perceber o desconforto de Josie com a resposta que está prestes a dar.

— Sim. Ele era. Mas obviamente eu não sabia. Ele não me contou. Caso contrário, eu jamais teria ficado com ele. Sabe, é claro que eu não faria isso.

— Certo, espere um pouco. Depois daquele dia, do seu aniversário de quinze anos, quando ele levou você ao pub, quanto tempo demorou até você descobrir que ele era casado?

Dessa vez o silêncio dura um pouco mais.

— Bastante tempo — diz ela. — Eu diria que alguns anos.

— Anos?

— Sim. Só descobri que ele era casado quando eu tinha dezoito anos.

— Então ele ainda morava com ela?

— Não. Ele não morava com ela. É por isso que eu não sabia. Ele tinha o apartamento em Londres, que herdou do pai. Mas a ex e os meninos moravam nos arredores da cidade, em algum lugar de Essex. Ele ia pra casa nos fins de semana. Era tudo... um pouco confuso, eu acho.

Alix assente, mas permanece em silêncio.

A sessão termina um pouco mais tarde. Está chovendo, então Alix se oferece para dar uma carona a Josie. Depois de deixá-la na esquina, de dentro do carro, Alix a observa caminhar, curiosa para ver em qual das casas ela vai entrar. Alix conhece essa rua. Já passou por lá milhares de vezes, é uma viela pavorosa que conecta Paddington a Kilburn. E lá, exatamente como Josie descrevera, havia uma longa fileira de enormes mansões vitorianas em pares geminados, todas construídas rente à rua, em mau estado de conservação e desbotadas, sem vegetação para protegê-las da fuligem do tráfego. Alix vê Josie destrancar a porta de uma casa situada logo ao lado de um ponto de ônibus. Ela nota Walter na janela, e mais uma vez fica surpresa com a aparência dele. Tenta imaginar o belo homem de quarenta e dois anos que Josie descreveu beijando-a em um pub quando ela era apenas uma menina, mas é difícil. A passagem do tempo foi cruel com ele. Ela percebe o instante em que Walter se vira quando Josie entra na sala; um pequeno sorriso surge no rosto dele. Ele murmura algo para ela e depois se volta de novo para seu notebook. Josie aparece brevemente perto da janela, com seu cachorro no colo e olhando para trás, antes de desaparecer novamente. Há outra janela próxima à reentrância onde Walter está sentado. Esta tem cortinas de brim meio abertas. Alix consegue ver a silhueta de um guarda-roupa e de uma porta. Em algum lugar além daquela porta, Alix supõe, está Erin, a filha mais velha, aquela que ainda mora com os pais, aquela que teve o braço quebrado pela irmã mais nova que saiu de casa aos dezesseis anos.

E então um ônibus para em frente à casa e tira Alix de seu devaneio. Ela engata o carro e vai embora.

Na bancada da cozinha, Alix abre o notebook e pesquisa no Google o endereço de Josie. Acrescenta o nome "Walter Fair", mas nada aparece. Ela adiciona os nomes "Josie Fair", "Erin Fair" e "Roxy Fair", mas não há resultados. Como ela suspeitava. Anônima, como 90% da população mundial. Mesmo vivendo na era do rastro digital onipresente em todas as redes sociais, a maioria das pessoas não é rastreável na internet. Ela insere o endereço no Google

Maps e passa um bom tempo olhando o Street View, percorrendo a rua de Josie de cima a baixo, à procura de alguma coisa, sem saber ao certo o quê.

QUINTA-FEIRA, 4 DE JULHO

Josie veste a jaqueta jeans por cima da camiseta e da calça de moletom e se olha no espelho. É a mesma jaqueta que ela usa desde a adolescência, a mesma que usou no seu aniversário de quinze anos no pub com Walter. Ao longo dos anos, ela conseguiu mantê-la inteira, conservada o suficiente para ser usada, embora esteja puída nos cotovelos e nos punhos. É sua jaqueta da sorte, a que estava usando quando sua vida mudou, quando ela deixou de ser a menina que bebia sidra quente com moleques toscos e se tornou a garota que tinha o amor de um homem de verdade, duas filhas lindas e um apartamento de dois quartos. Mas aquela garota... aquela garota está começando a se sentir uma fraude, uma boneca de papel unidimensional. Em sua imaginação, ela está se transformando em uma poça de lama ambulante. Josie tira a jaqueta e olha para si mesma novamente. De algum jeito ela manteve sua silhueta, sem ter feito qualquer esforço. A aparência dela está ótima. Provavelmente poderia usar roupas como as de Alix e ficar bem nelas. Josie inspeciona seu guarda-roupa, procurando alguma peça que não seja jeans (por que ela tem tanto jeans?) e algo que não seja cinza. Encontra uma blusa preta esvoaçante que certa vez comprou para cobrir o maiô nos dias de calor escaldante em Lake District. Ela a veste por cima da camiseta e da calça de moletom e se vira para um lado e para outro. Conclui que está bonita e pendura a jaqueta jeans de volta no guarda-roupa. Pega os óculos de sol na cômoda e os prende por cima do cabelo, depois tira os brincos pendentes turquesa e os substitui por um par de brincos de argola que Walter comprou para ela de presente de aniversário em um ano qualquer.

Walter olha de relance para a esposa enquanto ela coloca a coleira em Fred.

— Parece que você está de férias.
— Sério?
— Sério.
— Bem, está um dia lindo. Pensei em passear um pouco no parque. Tomar um sorvete.

Walter olha pela janela, depois de novo para Josie.
— Quer saber? Parece uma boa ideia. Eu vou com você.

Josie cambaleia ligeiramente e diz:
— Ah. Não. Quer dizer, eu vou encontrar aquela minha amiga. A mãe lá da escola, sabe?

Walter semicerra os olhos para ela.
— Tem certeza de que não é um pai que você vai encontrar?

Seu tom é de brincadeira, mas Josie sabe que por trás há uma fina camada de raiva.

Adotando o mesmo tom do marido, ela responde:
— Meu Deus, Walter! Está na cara que você nunca viu nenhum dos pais da escola pra dizer uma coisa dessas!

Ele balança a cabeça lentamente, depois recoloca os óculos, se volta para a tela e diz:
— Bem, então divirta-se. Até mais.

Ela prende a guia na coleira do cachorro e sai do apartamento.

— Caramba! — diz Alix, olhando Josie de cima a baixo na porta de sua casa, quinze minutos depois. — Sem jeans!

— Pois é — responde Josie, sorrindo. — Hoje não. Eu não estava com vontade.

— Um dia desses eu adoraria conversar com você sobre essa coisa do jeans. Você concordaria?

— Sim. Acho que eu também gostaria de falar a respeito disso.

Josie busca sinais do marido ruivo, mas hoje ele não está. Silenciosa e sossegada, a casa é somente das duas.

— Seu marido voltou para o trabalho?

— Sim. — Alix balança a cabeça e sorri. — Ele quase nunca trabalha em casa.

— O que ele faz?

— Ele é corretor de imóveis comerciais. Principalmente no centro financeiro e histórico da cidade.

— Parece estressante.

— Bem, é, acho que sim. Ele trabalha muito.

— Mas é claro que vale a pena — comenta Josie, olhando ao redor da cozinha ampla e aberta.

— Sim, sim. Temos muita sorte. A maioria das pessoas trabalha muito, não é? Mas nem todo mundo consegue morar numa casa como esta.

— Eu amo esta casa.

— Obrigada.

— Não só por ser linda. Mas porque é muito aconchegante. Não é só mais uma daquelas casas de revista. É uma casa de verdade. Ela é muito... *você*. — Enquanto diz isso, Josie desliza as mãos sobre o mármore cor de creme da bancada. — O meu apartamento nunca pareceu ser realmente meu. Sempre teve a cara do Walter. Os móveis são todos dele. São as coisas dele. E eu sei que pertence ao governo, então na verdade não podemos fazer uma reforma. Eu olho em volta e tudo que vejo são coisas de outras pessoas. E Walter não gosta de colocar coisas nas paredes. Nem de bagunça, sabe? Seria um sonho ter um lugar tipo este, que eu pudesse preencher com as coisas de que gosto.

— E de que coisas você gosta?

— Bem, isso é outro problema. Não sei. Juro que não sei. Eu simplesmente... perdi o rumo. Ou, na verdade, estou começando a perceber que, pra começo de conversa, *nunca tive* um rumo. Entreguei minha vida a Walter quando era criança e nunca me dei a chance de descobrir quem eu realmente era.

Josie se endireita quando percebe que pode estar prestes a cair no choro. Ela olha para Alix e abre o sorriso mais radiante que consegue.

— Ainda não é tarde demais pra você descobrir — incentiva Alix. — Vamos. — Ela a conduz em direção ao estúdio. — Vamos começar agora.

Oi! Eu Sou Sua Gêmea de Aniversário!
UMA SÉRIE ORIGINAL NETFLIX

A tela mostra a reconstituição de uma cena em que uma jovem acompanha um homem mais velho até uma casa grande e branca.

Ela está de jaqueta jeans.

O som que se ouve ao fundo é a voz de Josie, retirada do podcast de Alix Summer. A legenda diz:

4 de julho de 2019, gravação do podcast de Alix Summer

Josie: A primeira vez que ele me convidou pra ir ao apartamento dele foi quando eu tinha dezesseis anos, exatamente um ano depois do nosso encontro no pub no meu aniversário de quinze anos. Ele disse que comeríamos pizza e depois ele me daria meu presente. Eu nunca tinha ido lá. Sempre nos encontrávamos em lugares públicos. Ou no contêiner onde ele trabalhava no condomínio, depois que todos os funcionários da equipe iam embora. Não fazíamos nada além de trocar beijos e conversar. E eu sempre soube que, em algum momento, ele iria querer mais de mim, e deixei bem claro que, quando isso acontecesse, teria que ser perfeito. Então nesse dia ele comprou champanhe, botou uma música pra tocar, fechou as cortinas e acendeu uma vela. Ele me deu um anel de noivado e me pediu em casamento. Eu disse "sim". Claro. Claro que eu disse "sim". E então, cerca de doze horas depois de eu completar dezesseis anos, ele tirou minha virgindade.

SEXTA-FEIRA, 5 DE JULHO

Há um rapaz parado à porta da casa de Alix. Ela demora um momento para reconhecê-lo, e em seguida diz:
— Ah! Harry! Oi! Como você está?
Harry é o filho dos vizinhos da casa ao lado. Alix o conhece desde criança, mas agora ele é adulto, está no último ano da faculdade, e faz muito tempo que ela não o vê.
— Estou bem, e você?
— Tudo indo. E como estão as coisas, tudo certo?
— Bem, na verdade, não. Eu acabei de voltar, minha mãe saiu e só vai voltar de noite. Só que eu estou sem a chave. Ela disse que talvez tenha deixado uma extra com você, foi isso mesmo?
— Ah — diz Alix, virando-se para trás a fim de procurar no aparador de madeira maciça onde guarda coisas como as chaves dos vizinhos. — Sim, acho que sim, espera só um segundo.
Ela tateia as gavetas do aparador, mas as chaves não estão lá.
— Entre — diz ela ao rapaz. — Acho que podem estar na cozinha.
Harry a segue pelo corredor e se detém na entrada da cozinha enquanto ela vasculha mais gavetas. Por fim, Alix as encontra, dentro de um envelope com o nome da vizinha escrito.
— Ahá! — exclama, triunfante. — Aqui estão. Acho que você tinha uns dez anos de idade quando sua mãe me deu isto. Foi quando você estava fazendo uma viagem pelos Estados Unidos, lembra?

— Ah... — diz Harry, pegando o envelope. — Sim, eu me lembro. E obrigado.

— De nada. — Alix o leva de volta pelo corredor e então, pouco antes de chegarem à porta, se lembra de algo. — Ah, Harry. Por falar nisso. Você e seu irmão estudaram na Queen's Park, não foi?

— Sim, isso mesmo.

— E você está com quantos anos agora?

— Tenho vinte e um.

— Então, será que você se lembra de duas irmãs de lá, Erin e Roxy Fair?

Ela perscruta atentamente o rosto do rapaz enquanto ele tenta se lembrar.

— Ah, merda, sim. Claro que eu lembro — diz Harry, com um sorriso irônico. — A Roxy era da minha turma. Ela era louca.

— Louca?

— Sim. Assustadora pra cacete.

— Hum, que interessante. De que maneira?

— Simplesmente assustadora, sabe? Durona. Agressiva. — Harry inclina a cabeça e olha para Alix. — Espere aí. Você conhece a Roxy?

— Não. Não, eu não conheço, nunca a vi pessoalmente. Mas conheço a mãe dela.

— Entendi.

— Aparentemente a Roxy saiu da casa dos pais quando tinha dezesseis anos.

Harry lança outro olhar para ela.

— Ela se mudou ou fugiu?

— Fugiu? Por que você diz isso?

— Sei lá. Circulavam muitos boatos sobre ela. Sobre as duas. Sobre a vida da família delas. Tipo, umas coisas bem barra-pesada.

— Por exemplo...?

— Sei lá. Maus-tratos, eu acho. A mais velha, a Erin. Ela era muito estranha. Literalmente a pessoa mais esquisita que já conheci na vida.

Nunca falei com ela, mas de vez em quando a via pelos cantos, com aqueles olhos castanhos bem escuros, magra feito um palito. Parecia que nunca tinha comido comida sólida na vida. Foi isso que eu ouvi dizer. Nunca. Só comida pastosa. — Ele passa o envelope de uma mão para a outra e sorri para Alix. — Olha, muito obrigado pelas chaves. Eu te devolvo mais tarde, para o caso de eu precisar delas de novo daqui a onze anos. Até mais.

— Beleza — diz Alix, fechando a porta. — Até mais.

SÁBADO, 6 DE JULHO

Josie retorna ao mesmo lugar em que esbarrou em Alix por acaso na semana anterior, em frente à cafeteria da qual ela saiu às pressas com a plena certeza de ter visto Roxy na rua. Ela compra um café e se senta do lado de fora com sua xícara. É um dia fresco e nublado de início de julho, mas parece setembro, e o ar carrega a triste sensação do fim do verão, embora o tempo quente e seco ainda esteja a toda. Josie sabe que não era Roxy na semana passada. Ela tem 99% de certeza disso. Mas ainda há 1% que pensa: *Por que não? Por que não seria Roxy?* Roxy já andou muito por essas ruas, não há razão para que não frequente as redondezas de novo; não há razão para que não esteja aqui, na Salusbury Road, a centímetros de onde Josie está sentada.

Ela beberica o café e fita o outro lado da rua, seus olhos observando a silhueta de cada mulher jovem que passa. Seu cachorro avista um poodle gigante e começa a latir loucamente para ele.

— Shhhhhh! — sussurra Josie no ouvido de Fred. — Quietinho.

Ela faz o café durar o máximo que pode, e por fim suspira e se levanta.

Ela não viu Roxy.

O vazio dessa constatação parece abrir um buraco no fundo do seu estômago.

Mas então o alívio rapidamente se assenta e ocupa seu lugar.

*

É quase meio-dia, e a casa de Alix parece silenciosa, vazia. Josie procura o carro de Alix na rua, mas não está lá. Ela percorre a vereda da frente e olha por entre os espaços das venezianas. Nota uma sala de estar que não havia percebido antes. Alix sempre a leva diretamente da porta da frente para a cozinha e de lá para o jardim. Josie avista a gatinha, aconchegada numa cadeira. Então, espia pela janela ao lado da porta azul-clara. Há uma pilha de correspondências nos degraus, sapatos empilhados sob um aparador, uma planta espinhenta em flor num vaso de latão. Ela se detém para olhar por mais um momento, saboreando o luxo de ter tempo, de não precisar se apressar, de poder absorver detalhes. Uma fotografia da família, os quatro numa praia, todos de capa de chuva. O cabelo de Alix está escondido sob um chapéu, e escapa apenas uma mecha que o vento joga em sua testa. Nathan está corado e com a aparência um pouco ridícula.

Josie ouve um carro desacelerar na rua atrás de si e se vira. Não são eles, mas a adrenalina é um lembrete de que a família de Alix pode voltar a qualquer minuto e de que ela está parada na porta da casa sem nenhuma justificativa plausível. Josie procura desesperadamente algo para levar consigo, algum pedaço de Alix para preenchê-la até que se encontrem de novo. Ela levanta a tampa da caixa de lixo reciclável de Alix e a vasculha até encontrar uma revista em papel cuchê chamada *Livingetc*. Ela folheia e vê que está repleta de lindas fotos de casas. Enfia a revista na bolsa a tiracolo e vai para casa.

Quatro da tarde

— Há... Alix? — chama Nathan.

— Oi? — responde Alix, sentada à mesa da cozinha encarando seu celular com a testa franzida.

— Esta aqui não é aquela sua amiga Josie?

Alix interrompe o que está fazendo e dá um passo em direção a Nathan.

— O quê?

Ele vira o celular para ela.

— A câmera do aplicativo de monitoramento de segurança detectou movimento na porta da frente por volta do meio-dia, quando estávamos lá na casa do meu pai. Aí eu fui conferir. É ela, não é?

Alix se aproxima dele e tira o aparelho de sua mão. E, sim, claramente é Josie, espiando a sala de estar através das venezianas e depois pela pequena janela lateral na entrada. Seu rosto ora aparece em zoom, ora se afasta da câmera. Em dado momento, Josie se vira ligeiramente e o rosto do cachorro entra em foco, seus esquisitos olhos esbugalhados parecendo ainda mais estranhos.

— Ela deve ter passado aqui por acaso — sugere Alix.

— Mas dá só uma olhada — diz ele, apontando para a tela. — Olha só por quanto tempo ela ficou parada lá fora, espiando pela janela. Tipo, que porra é essa?

Alix continua assistindo à filmagem. Os segundos passam devagar, e ainda não há uma explicação óbvia para o que Josie está fazendo na frente de sua casa.

— Mas *isso*... — diz Nathan. — Isso é a coisa mais bizarra. Olha o que ela faz logo em seguida.

Alix assiste, mas não consegue entender o que seus olhos veem.

— Espera — pede ela —, volta essa parte.

Nathan volta o vídeo e Alix assiste novamente, e, sim, lá está, Josie abrindo a tampa da caixa de lixo reciclável e pegando uma revista, enfiando-a na bolsa e depois indo embora rapidamente.

— Ai, meu Deus — diz Alix, ofegante. — Ai, meu Deus...

*

Sete da noite

Alix está sentada ao lado de Nathan no banco de trás de um Uber, a caminho do jantar de aniversário de um amigo em Acton. Ela quer falar com ele sobre Josie, mas não quer que a opinião do marido atrapalhe a própria maneira de lidar com as coisas. Seu projeto parece ao mesmo tempo empolgante e assustador. Ela abriu uma porta física e metafórica para essa mulher, uma completa desconhecida. Alix a levou para dentro de casa, fez com que de alguma forma ela se sentisse parte de sua vida pessoal. Ela assume total responsabilidade pelas decisões que tomou até o momento, e de agora em diante precisa decidir se está preparada para lidar com as consequências do que pode acontecer a ela ou à sua família. Se ela debater esse assunto com Nathan, já sabe o que ele vai dizer: "Esquece. Descarta esse projeto. Diz pra ela que foi cancelado. Se livra dela." Se Alix ignorar a opinião de Nathan e no fim das contas o projeto se mostrar um desastre, ele lhe dirá que bem que a avisou, que ela estava errada e ele estava certo, e Alix não quer tomar decisões profissionais ou pessoais com base no que o marido achará caso ela cometa um erro.

Porque se ela estiver certa e ele errado, o podcast pode ser um marco na carreira de Alix.

Nessa noite, Alix observa o comportamento de Nathan à mesa de jantar. Todos que estão lá são amigos do marido: Giovanni é o melhor amigo de Nathan dos tempos da faculdade; sua parceira se chama Nathalie, e Alix mantém contato com ela apenas por ser esposa de Giovanni. Quando está com os amigos, Nathan é extrovertido, intenso, comunicativo, mobiliza cada elemento de seu ser para bancar essa persona que os amigos esperam dele, mas, para isso, ele bebe duas vezes mais rápido do que quando está com os amigos de Alix ou com sua família.

Uma sensação de desconforto percorre o corpo de Alix quando ela vê Giovanni se dirigir ao armário de bebidas para pegar uma segunda garrafa de vodca, as mãos meio frouxas reabastecendo os copos dos convidados num ininterrupto *glub glub glub*, os olhos vidrados de bêbado de Nathan, sua voz estridente, balbuciando besteiras, as risadas escandalosas. Alix já sabe que esta será uma noite caótica e ela não quer ser *aquela* esposa, tensa, rígida, estraga-prazeres, do tipo que faz beicinho de birra, nunca relaxa, incapaz de se divertir, que frustra a alegria de todo mundo. Ela quer beber tequila, cantar, dançar e morrer de rir, mas não pode assumir esse papel, porque Nathan já o reivindicou, e um dos dois tem que permanecer sóbrio e consciente. Um deles precisa ser o adulto do casal.

Às onze em ponto, Alix sussurra no ouvido de Nathan:

— A gente precisa voltar pra liberar a babá.

Ela sabe que ele não está ouvindo e que, mesmo que estivesse, não tem a menor intenção de voltar para casa, que ele entrou no estágio de embriaguez no qual o tempo e as consequências não têm sentido, então ela chama um Uber e vai embora.

Na cama, uma hora depois, ela olha para o celular. Encorajada pela bebida, digita uma mensagem para Josie.

Oi, Josie. Vimos você aqui em casa hoje, pela câmera de vídeo da porta da frente. Está tudo bem?

Os dois risquinhos ficam azuis imediatamente, e Josie começa a digitar.

Está tudo bem. Eu estava só de passagem. Pensei em dar um oi. Desculpa por deixar você preocupada.

Por um momento, Alix encara a mensagem, sabendo que nas entrelinhas há mais coisas do que a inocente resposta sugere. Mas já é tarde, e se o bizarro comportamento de Josie diante de sua porta hoje esconde mais do que ela está deixando transparecer, então talvez seja assunto para uma conversa cara a cara.

Não tem problema, responde Alix. *Durma bem.*

Você também, Alix, responde Josie, seguida por um emoji dorminhoco e um coraçãozinho apaixonado.

Alix desliga o celular e pega um livro, esperando que o sono a afaste das estranhas e turbulentas sensações de paranoia, nervosismo e leve pavor induzidas pelo álcool.

Meia-noite

Josie bloqueia a tela do celular e guarda o aparelho. Pega a revista que estava estudando antes de ver que Alix mandou uma mensagem, e retoma a leitura da matéria sobre uma casa à beira de um lago, nos arredores da Cidade do Cabo, na qual moravam um belo arquiteto, sua linda esposa com cabelo de sereia e um cachorro chamado Rafe, cuja pelagem semelhante a cordas se assemelha às tiras de um esfregão. Ela tem à mão um bloco de papel no qual anota as coisas que vê na revista e gostaria de comprar. Em maio, sua avó lhe deixou três mil libras de herança no testamento. Josie também tem cerca de seis mil libras na poupança que acumulou ao longo dos anos porque mal gasta o dinheiro que ganha, já que a família vive basicamente da aposentadoria de Walter. Ela teria condições de comprar o abajur com base em formato de coruja, ou o tapete azul com listras texturizadas que parecem ondulações na superfície do mar. Também poderia comprar uma manta de veludo da cor de framboesas bem maduras e enormes almofadas de seda estampadas com listras disformes azul-marinho e creme. E poderia comprar várias outras coisas, mas não quer passar do ponto.

Josie olha de relance para o lado da cama de Walter. Ele não está lá. Ela ignora a sensação sombria que isso lhe causa e volta sua atenção para a revista. Enquanto ela folheia, algo cai do meio das páginas. É um cupom fiscal. Está datado de 8 de junho. Aniversário dela. Aniversário de Alix. É do supermercado Planet Organic, 10h48 da manhã. Óleo de girassol. Pão de azeitona de fermentação natural. Achocolatado Alpro. Leite de aveia. Vinho Pinot Grigio orgânico. Um pacotinho de 200 gramas de manteiga sem sal por 3,99 libras.

Ter uma ideia do que Alix estava fazendo horas antes de elas se conhecerem parece estranhamente mágico, carregado de alguma essência de destino, de posteridade. Josie leva o papel à boca e o beija, depois o coloca de volta dentro da revista.

SEGUNDA-FEIRA, 8 DE JULHO

— Então — diz Alix, sorrindo para Josie do outro lado da mesa do estúdio. — Tudo bem se a gente falar sobre a questão do jeans hoje?
— Sim. Claro.
— Eu percebi que a maioria das coisas que você usa é feita de jeans, e fiquei curiosa. Por exemplo, hoje você está de saia jeans, blusa azul-clara e sapatilhas jeans. Sua bolsa é feita de jeans e seu cachorro está em uma bolsa jeans. Você tem um motivo ou alguma teoria sobre esse seu amor por jeans?
— Sim. Eu não tinha certeza a princípio, quando você mencionou isso na semana passada. Não sabia ao certo qual era o motivo. Acho que sempre pensei que gostava de jeans por ser algo prático, sabe? Fácil. Mas você tem razão. Uma jaqueta jeans é uma coisa, todo mundo tem uma. Mas acessórios jeans são outros quinhentos. Sabe que até a cortina do meu quarto é jeans? Então, claramente, tem uma questão aí. E acho que tem algo a ver com os primeiros dias do meu relacionamento com o Walter, sabe? Na primeira vez que saí com ele eu estava usando uma jaqueta jeans. Usei essa jaqueta muitas vezes durante os primeiros anos em que estivemos juntos, e pra mim ela é quase uma parte da nossa história de amor. Sempre lá. Nas costas de uma cadeira. Ou pendurada nos meus ombros. Ele a colocava sobre meus ombros, quando o sol se punha e eu ficava com frio, simplesmente colocava a jaqueta sobre meus ombros. Como se eu fosse uma

princesa ou algo assim. E então um dia ele pegou a jaqueta, a abraçou e cheirou e disse uma coisa bem brega, do tipo: "Essa jaqueta é a sua cara, é muito você." Talvez tivesse algo a ver com o fato de a minha essência estar naquela jaqueta? Ou a ver com o cheiro? Bom, ele fez a jaqueta parecer tão poderosa e importante que eu sentia que ela era uma espécie de amuleto da sorte. Será que foi ela que nos uniu? Não sei, tudo parece estúpido demais quando tento explicar. Mas, depois disso, acho que sempre fiz questão de usar alguma peça jeans para que assim, talvez, o que Walter sentia por mim pudesse durar pra sempre.

Alix fica em silêncio por um momento, e sua mente é preenchida com a imagem do velho na janela do apartamento de Josie.

— Você ficou de trazer hoje algumas fotos suas e do Walter, de quando ambos eram mais jovens. Vamos dar uma olhada nelas agora?

Josie assente e tira da bolsa um envelope.

— Não são muitas — explica ela. — Claro, isso foi antes da invenção dos smartphones, então só tirávamos fotos com câmeras e, obviamente, naquela época, bem, eu e ele ainda éramos meio que um segredo, então não vivíamos exatamente tirando fotos um do outro. Mas encontrei algumas. Aqui.

Ela entrega as fotos para Alix, que as examina uma por uma e arregala os olhos.

— Uau! — diz ela, depois ri secamente e olha para Josie. — O Walter era um gato, um pedaço de mau caminho.

— Era mesmo — concorda Josie, ficando vermelha.

Agora Alix analisa duas fotos com mais atenção. Em uma delas, Josie está usando jaqueta jeans e calça jeans folgada. Seu cabelo castanho está com comprimento médio e preso para trás com uma presilha num dos lados. Ela parece estar usando batom. Walter está ao lado de Josie e sorri para ela do alto de sua estatura, usando um moletom com capuz e uma calça jeans, além de um boné. Na outra, Josie está sentada no colo de Walter, com o cabelo preso em um rabo de cavalo, a cabeça apoiada no peito dele, sorrindo para a câmera, que o próprio Walter maneja. Ele tem cabelo espesso e reluzente, sua pele é clara e macia, e ele parece jovem para a idade, mais para trinta e poucos do que quarenta e tantos. Seus antebraços são grandes e fortes. Seus olhos são incrivelmente azuis. Alix sente um nó na garganta ao admitir que, se encontrasse hoje o Walter de quarenta anos, ela se sentiria atraída por ele. E ela entende. Ela entende. E o fato de entender isso lhe causa repugnância. Porque Josie era uma criança, e ele era um homem adulto, e talvez naquela época não tenha parecido que era um pedófilo, mas agora parece, e quer pareça ou não, ele era, e é.

— Você parece tão jovem! — comenta Alix, devolvendo as fotos para Josie. — Bem jovem.

— Bom — responde Josie. — Eu era. Eu era jovem. Eu era... É uma loucura, pensando bem.

— Então, se você pudesse voltar no tempo até a Josie de treze anos, pouco antes de ela conhecer Walter, o que você diria a ela?

Alix observa o semblante de Josie e nota que ela baixa um pouco o rosto antes de erguê-lo novamente, quase com esforço.

— Eu não sei — diz Josie, com a voz tensa de emoção. — Eu realmente não sei. Porque, de certa forma, estar com o Walter todos esses anos me moldou, sabe? Ter as bebês ainda muito jovem. Ter algo sólido na minha vida. Ter algo real, quando outras meninas da minha idade andavam por aí sendo falsas e ridículas, procurando outras coisas. Mas, por outro lado... — Josie fita Alix com olhos vítreos. — Por outro lado, eu fico matutando, pensando com meus botões, especialmente agora que as meninas estão crescidas, sobretudo agora que estou na meia-idade e o Walter está ficando velho e... — Josie faz uma pausa e suspira. Em seguida, olha diretamente para Alix, algo incisivo e claro brilha de repente em seus olhos quase pretos, e ela continua: — Eu me pergunto qual o objetivo disso tudo, sabe? Fico imaginando o que mais eu poderia ter sido. E, levando em consideração todas as coisas que vivi, eu provavelmente diria à minha versão de treze anos para correr em direção às montanhas e não olhar para trás.

Onze da manhã

— Como se chama a sua gata? — pergunta Josie quando elas voltam para a cozinha, uma hora depois.
— Skye.
— Skye. Que nome lindo. Você ainda está querendo um cachorrinho?
— Hum. Na verdade, não. Acho que seria muita coisa agora, sabe? Tenho outras questões que parecem mais urgentes do que adestrar um cachorro e noites sem dormir.
— Que tipo de questões?
— Ah. É só que... — Alix se cala e fita o chão por um momento. Ela não contou a ninguém sobre como Nathan tem se comportado, nem mesmo às irmãs. Elas o julgariam, e julgariam Alix por tolerar o comportamento dele. Elas a mandariam resolver a situação, enfrentá-lo, fazer algo a respeito. Alix pensa em tudo o que Josie compartilhou com ela nos últimos dias e se pega dizendo: — O Nathan. Ele é incrível, sabe? Sem dúvida, ele é incrível. Mas ele tem... ele tem um problema com bebida.

Ela vê Josie estremecer.
— Tipo, não o tempo todo. Na maior parte do tempo ele está bem. Mas, quando não está bem, ele não está bem *mesmo*. Some, toma um porre. E não volta pra casa.

Porre.

Que palavra antiquada. Certamente já foi substituída por algo mais moderno.

Mas é a única palavra que Alix consegue encontrar para explicar o que acontece com o marido. O que ele fez no sábado, depois do jantar de Giovanni. O que aparentemente vai continuar fazendo, a menos que ela tome providências.

Josie prende a respiração e diz:

— Ah. Isso não é bom.

— Não é — concorda Alix. — Não é nada bom.

— E ele trai você? Quando ele fica fora a noite toda.

A pergunta faz Alix se sobressaltar.

— Meu Deus, não! Nada a ver. Não. Acho que ele não seria capaz de fazer algo assim, mesmo que quisesse. E ele não quer. Não é a cara dele fazer esse tipo de coisa.

Contudo, no instante em que Alix profere essas palavras, ela se lembra: seu reflexo no espelho do banheiro na noite de sua festa de aniversário, os braços de Nathan em volta de sua cintura, o sorriso dele enterrado em seu pescoço, a forma brusca como ela o rejeitou — NÃO, VOCÊ ESTÁ DOIDO? — e o subsequente desaparecimento do marido.

Ela afasta a lembrança da mente.

Josie a encara com um olhar intenso.

— O que você vai fazer a respeito?

Alix suspira.

— Eu não tenho a menor ideia. Ele costumava fazer isso antes de as crianças nascerem, e naquela época eu tinha minhas preocupações. Me perguntava se ele seria um bom pai para meus filhos. Mas então a Eliza chegou, e ele mudou da água pro vinho, então eu pensei que a situação estava resolvida. Mas depois, alguns anos atrás, começou tudo de novo. É quase como se ele pensasse que a parte mais difícil da criação dos filhos terminou, que fizemos um bom trabalho, então ele está, bem... *livre de novo*.

Ambas ficam em silêncio. Então Josie suspira e diz:

— Homens.

E aí está, o xis da questão. Aquilo a que tudo se resume no fim das contas, quando não há palavras, nem teorias, tampouco explicações para comportamentos que desconcertam, enfurecem e magoam. Apenas isto: *Homens*.

— Alix, eu estive pensando sobre o jeans. É estranho. Eu sei que é estranho. É como se eu ainda estivesse apegada a algo que não tem mais sentido. O Walter não sente mais o mesmo por mim. Já faz tempo. Ele mal me vê, sabe? Então, de que adianta? Eu tenho um pouco de dinheiro, uma herança, e acho que eu quero *mudar* minha vida, sabe? As minhas roupas. O apartamento. E espero que isto não pareça estranho, mas você... — Ela acena com uma das mãos na direção de Alix. — Você está sempre tão bonita, então eu queria saber se, talvez, um dia, você sairia para fazer compras comigo. Me ajudar.

Alix pestaneja de surpresa, depois sorri.

— Mas é claro! Eu adoraria!

Ela olha a hora no relógio acima do fogão. Ainda não é nem meio-dia.

— Você conhece aquela butique da esquina, a Cut?

— Sim. Acho que sim.

— Ela fica no seu caminho pra casa. E se a gente der um pulo lá agora, que tal?

Josie também consulta a hora.

— Tudo bem. Claro.

Meio-dia

Josie já passou por esta butique centenas de vezes e nunca tinha colocado os pés lá dentro. *Não é pra mim.* Ela imaginava que as roupas custassem centenas de libras, que as vendedoras seriam rudes e arrogantes, que as outras clientes seriam esnobes e cheias de si. Mas, quando puxa a etiqueta para conferir o preço de um vestido de jérsei preto, vê que custa apenas 39,99 libras. E então uma jovem aparece ao seu lado e começa a conversar com seu cachorro como se estivesse falando com um bebê:

— Ai, meu Deus, que fofo! Qual o nome dela?
— Ah — diz Josie. — Dele. É macho. Ele se chama Fred.
— Fred! Ai, meu Deus. Que nome fofo. Sophie, olhe!

Ela acena para sua colega, também muito jovem, que pergunta:

— Quantos anos ele tem?
— Um ano e meio.
— Ai, meu Deus, ele é um bebê!

Josie espera que Fred não rosne para as vendedoras, e ele se comporta direitinho.

— Você quer experimentar esta peça? — pergunta a garota chamada Sophie.
— Ah, sim. Claro.
— Vou pendurá-la no provador pra você. Se precisar de ajuda, é só chamar.
— Aqui — diz Alix, indo em direção a Josie com um punhado de vestidos de verão, algumas malhas de tricô e um blazer vermelho.
— Experimente estas peças também.

Josie entrega Fred para Alix e entra no provador. Ela experimenta primeiro o vestido de jérsei preto, o que ela mesma escolheu. Ele fica largo como um saco, sem um bom caimento no corpo, então ela imediatamente o tira e o devolve ao cabide. Em seguida, experimenta um dos vestidos que Alix escolheu: jérsei floral macio com decote em V, justo, até os joelhos; Josie verifica o preço e vê que custa 49,99 libras, preço que ela pode pagar, e então sente um arrepio de empolgação, porque o vestido é chique, tem caimento perfeito e a deixa bonita, bem torneada e jovem, além de não ser jeans, mas sim de um tecido macio e sedoso que é lindo e confortável. Ela então o tira e experimenta outro e outro e outro, e em todos ela vê uma mulher que não conhecia, mas gostaria de conhecer melhor. Josie leva os três vestidos, as duas peças de malha de tricô e o blazer de algodão vermelho para o caixa e observa com admiração enquanto uma atendente confere e soma todos os seis itens e outra os embrulha em papel de seda. O total é 398,87 libras, e isso é mais do que ela já gastou de uma só vez em qualquer coisa a vida inteira, mas, de alguma forma, o clima é de comemoração, como se Alix e as vendedoras da loja estivessem torcendo por Josie, como se a compra fosse algum tipo de conquista, uma recompensa, uma medalha de ouro, um prêmio por bom comportamento.

Josie tenta preservar esse sentimento do lado de fora da butique, enquanto se despede de Alix, que a envolve em um abraço, um gesto fácil e rotineiro, mas que para Josie ainda parece estranho. Ela tenta se agarrar a esse sentimento enquanto caminha para casa. Tenta se agarrar a ele enquanto entra no apartamento, vê os olhos de Walter se voltarem para ela, interrogativos, sente o fedor do quarto de Erin, vê o rosto das pessoas no ônibus no ponto do lado de fora, que fitam entorpecidas através das janelas encardidas e imaginam como é a vida dos moradores desse apartamento, e nunca, disso Josie tem certeza, nem sequer chegam perto de adivinhar a realidade.

Ela leva a sacola direto para o quarto e pendura os vestidos no armário, guarda as malhas embrulhadas em papel de seda numa gaveta e depois, do bolso interno de sua bolsa, tira a pulseira que viu no aparador ao lado da porta da frente da casa de Alix. Segura a joia e a observa atentamente. É de ouro com gotinhas de diamante, como uma pequena poça de glitter. Ela leva a pulseira aos lábios e a beija antes de colocá-la no fundo da gaveta de roupas íntimas.

Em seguida, entra no Pinterest e abre a pasta que criou há alguns dias para salvar citações inspiradoras sobre ser solteira. Ela pensa no marido de Alix desaparecendo por horas e dias a fio, deixando sua linda esposa sozinha em casa, assustada, irritada e infeliz. Josie se dá conta de que Alix se abriu com ela, e chega à conclusão de que talvez seja disso que Alix precise hoje: saber que tem opções. Josie percorre as imagens, escolhe uma e envia para Alix.

UM HOMEM FRACO NÃO É CAPAZ DE AMAR UMA MULHER FORTE.

ELE NÃO SABERÁ O QUE FAZER COM ELA.

Abaixo da imagem, ela digita uma fila de emojis de coraçõezinhos apaixonados intercalados com emojis de braço musculoso num bíceps flexionado. E aperta "enviar".

TERÇA-FEIRA, 9 DE JULHO

Alix observa a imagem que Josie lhe enviou ontem. Um quadrado preto com as palavras "Um homem fraco não é capaz de amar uma mulher forte. Ele não saberá o que fazer com ela" em letras maiúsculas brancas. Abaixo há uma porção de emojis, e por alguns segundos Alix semicerra os olhos, tentando descobrir o que significa e por que Josie lhe mandou aquela mensagem. Ela conclui que Josie está reafirmando a própria decisão de mudar de vida, então digita um emoji de polegar para cima e toca em "enviar". Depois continua se preparando para sair de casa com as crianças.

— Nathan, você viu minha pulseira? Aquela que você me deu de aniversário?

Ela ouve a voz do marido vindo de algum outro lugar da casa.

— Não. Se não me engano, estava no móvel perto da porta da frente, não?

— Pois é. Foi o que pensei.

Ela abre as gavetas e as vasculha novamente. Pergunta a Eliza, que também não tem ideia do paradeiro da pulseira. Então, suspira e fecha as gavetas. Ela pode procurar de novo mais tarde, agora precisa levar as crianças para a escola.

Josie está usando um dos vestidos que comprou ontem na butique quando chega à porta da casa de Alix às nove e meia. Parece quase uma pessoa completamente diferente, e Alix fica confusa por um segundo antes de sorrir e dizer:

— Josie! Oi! Eu não sabia que nós tínhamos marcado...

— Não marcamos?

— Não que eu... — Alix busca na memória, mas não consegue se lembrar do momento em que elas concordaram em fazer outra sessão hoje. — Não que eu me lembre, mas tudo bem. Eu não estou ocupada. Entre. A propósito: você está linda.

— Obrigada! O Walter quase teve um infarto.

— O que ele disse?

— Ah, o Walter não é de falar muito. Um homem de poucas palavras. Perguntou quanto custou, *obviamente*. É a primeira coisa que todos eles perguntam, não é?

Alix ri. Nathan *nunca* pergunta quanto custam as coisas.

— A mais pura verdade! — concorda ela.

— Enfim. Acho que ele gostou. Mas o importante é que *eu* goste, não é?

Há uma vaga nota de incerteza em seu tom de voz, e Alix se dá conta de que precisa apoiá-la.

— Sem dúvida — diz ela. — Nisso você está absolutamente certa. Venha.

— O Nathan não está? — pergunta Josie, olhando em volta enquanto vão em direção ao estúdio.

— Não. Como eu te disse, ele raramente trabalha em casa.

— E está tudo bem? Você sabe, sobre aquele assunto que você estava me contando ontem?

Alix empalidece. Está começando a desejar nunca ter dito nada a Josie.

— Acho que sim — responde ela. — Quer dizer, na verdade eu e ele não conversamos sobre isso ainda.

— É realmente uma merda essa situação, né? Você merece coisa melhor. Isso é o que nós duas precisamos começar a entender. Temos quarenta e cinco anos, Alix. Podemos fazer melhor. Nós *temos* que fazer melhor.

As palavras de Josie doem um pouco. Alix sabe que merece mais do que ser abandonada pelo marido duas vezes por semana enquanto ele gasta dinheiro em doses de tequila e quartos de hotel, que merece que suas mensagens sejam respondidas, suas ligações atendidas, uma explicação adequada para a ausência do marido por doze horas seguidas. Ela sabe disso, mas de alguma forma o pêndulo de prós e contras continua oscilando para os prós.

— Você ama seu marido?

Alix se vira para encarar Josie.

— O Nathan. Você o ama?

— Ah. Bem, sim. Sim. Claro que eu amo.

— Ultimamente eu tenho pensado muito sobre o amor, sabe? Sobre o que é o amor, e para que serve. E sinto que talvez eu não tenha a menor ideia. Eu tenho quarenta e cinco anos e realmente não sei. E as pessoas falam sobre o amor o tempo todo como se fosse algo real, algo que você pode tocar... como se, quando falamos sobre ele, estivéssemos todos falando sobre a mesma coisa. Mas não estamos, não é? Não é uma coisa real. Não é nada. E às vezes eu fico imaginando como seria se o Walter morresse, se isso me faria saber se eu o amo de verdade ou não. Só que eu realmente acho que se ele morresse tudo ficaria melhor. E se eu tenho essa impressão, então quer dizer que eu não o amo de verdade. Amo?

Alix não diz nada.

— E aí eu começo a me perguntar qual o objetivo de tudo isso, no final das contas. A *pequenez* de tudo. Toda a *calmaria*. E você ainda não sabe, Alix. Você ainda está no meio de tudo isso. Seus filhos ainda precisam de você. Mas depois que eles partirem, o que vai acontecer? Você ainda vai querer isso? Tudo que você construiu? Você ainda vai querer o Nathan?

— Eu... — Alix leva a mão ao pescoço e aperta o pingente de abelha. — Eu realmente não sei — diz ela. — Antes eu pensava que nunca conseguiria viver sem ele. Mas, nos últimos tempos, com todas essas bebedeiras dele, às vezes eu me pergunto se a minha vida seria mais fácil sozinha.

— Mas se você pensar na morte do Nathan, como você se sente? De verdade? No fundo? Isso te deixa triste? Ou faz você se sentir... *livre*?

Alix olha para dentro de si mesma, em busca de uma resposta sincera para dar a Josie. Ela imagina Nathan morto, os filhos órfãos de pai, seu futuro sozinha, e diz:

— Não. Isso não faz com que eu me sinta livre. Isso me deixa triste.

Há um silêncio desconfortável que Alix sente estar carregado de julgamento. Josie a encara com um olhar impassível.

— Ah — murmura ela, e o clima esfria um pouco. — De qualquer forma — continua Josie num tom ríspido —, se você estiver ocupada agora, vou te deixar em paz.

— Não! — protesta Alix, com a estranha sensação de que precisa reconquistar a aprovação de Josie. — Está tudo bem. Estou com a agenda livre agora. Podemos fazer outra sessão se você quiser.

Josie parece mais calma, então sorri e concorda:

— Claro.

— Ótimo.

Alix a leva ao seu estúdio.

Oi! Eu Sou Sua Gêmea de Aniversário!
UMA SÉRIE ORIGINAL NETFLIX

A tela mostra a reconstituição de uma cena em que uma jovem está sentada à mesa da cozinha.

À sua direita está um homem mais velho.

De pé ao lado da pia da cozinha está uma mulher mais velha, a mãe da menina.

A legenda diz:

9 de julho de 2019, gravação do podcast de Alix Summer

A voz de Josie começa a soar.

Josie: Contei pra minha mãe no meu aniversário de dezoito anos. Contei a ela que eu e Walter estávamos noivos e que eu ia me mudar pra casa dele. O Walter estava lá comigo. Ele disse que de jeito nenhum ia me deixar fazer aquilo sozinha, sem me dar apoio. Eu realmente não tinha ideia de como minha mãe ia reagir. Não fazia ideia se ela ia rir, chorar, gritar ou chamar a polícia. Mas ela apenas suspirou e disse: "Você é adulta agora. Não posso fazer suas escolhas por você. Mas, Josie, eu não gosto disso. Eu não gosto nada disso." Depois ela segurou meu rosto com tanta força que quase doeu, olhou fixamente nos meus olhos e disse: "Lembre-se de que você tem opções." Aí ela soltou meu rosto e saiu do cômodo, batendo a porta com força. Eu e Walter apenas nos entreolhamos. Depois ele me levou pra jantar em um restaurante italiano na West End Lane. Voltei pra casa dele e nunca mais pisei na minha. A vida realmente começou para mim ali. Ou pelo menos foi o que eu disse a mim mesma. Foi nisso que eu acreditei. Só agora eu consigo ver o quanto estava errada. Que eu estava apenas saindo das mãos de uma pessoa controladora para as de outra.

A tela muda para um jovem casal sentado em um sofá em um apartamento vazio decorado com móveis vintage e holofotes.

O homem segura um cachorrinho no colo. Ele o levanta sobre as patas traseiras, segura as patas dianteiras e o vira de modo a ficar de frente para a câmera.

"Diga oi, Fred", diz ele, acenando com a pata dianteira do cachorro.

O cãozinho se desvencilha e salta para o colo da mulher.

Ambos riem.

A legenda diz:

Tim e Angel Hiddingfold-Clarke,
atuais donos do cachorro de Josie, Fred

Fora do microfone, um entrevistador começa.

Entrevistador: Vocês podem contar como foi que conheceram o Fred?

Tim e Angel trocam olhares, e então Tim fala.

Tim: Uma mulher nos abordou há alguns anos. Estávamos em lua de mel em Lake District, no verão de 2019, almoçando em um banco do parque. E ela simplesmente apareceu na nossa frente. Parecia meio assustada. Apavorada, na verdade. E fazia calor, mas apesar disso ela estava com o capuz levantado, óculos escuros e uma jaqueta fechada até o queixo. Ela disse: "Por favor, por favor, me ajudem. Eu não consigo mais cuidar do meu cachorro. Por favor, vocês poderiam levá-lo pra algum abrigo de animais? Por favor. Por favor, me ajudem." E então ela simplesmente o entregou para nós, dentro de uma dessas bolsas de transporte acolchoadas, e nos passou uma sacola cheia de ração. Ela disse: "Ele é muito bonzinho depois que conhece a pessoa. O garotinho mais adorável de todos." E então ela meio que o beijou e foi embora, e isso foi literalmente a coisa mais bizarra que já aconteceu. E é claro que na época não tínhamos ideia de quem ela era. Nenhuma ideia. Só depois de alguns dias descobrimos que tinha sido ela. Josie Fair.

Entrevistador: Mas vocês ficaram com o cachorro?

Tim: Ah, meu Deus, sim. Claro que sim. Quer dizer, olha pra ele. É só olhar pra ele!

***

Onze da manhã

Josie está sentada na área externa do café onde achou ter visto Roxy daquela vez, tomando um cappuccino com o cachorrinho no colo.

Suas mãos tremem um pouco e sua mente pulsa e se contorce com pensamentos contraditórios. Ela pensa no marido sem graça de Alix, com seus olhos cor de lama, o homem que abandona a esposa e os filhos e sai pra beber até cair. Ela pensa: *Pelo menos o Walter nunca fez isso. Sempre esteve ao meu lado e das crianças.* Mas em seguida começa a refletir: *O Walter está sempre, sempre lá, nunca está em outro lugar.* Josie gostaria que o marido pudesse estar em outro lugar. E gostaria que *ela* pudesse estar em outro lugar. Para sempre. Mas logo depois se pergunta: *Que alternativa eu tenho?* E então conclui: *Alix*. Alix é a resposta para tudo, de alguma forma, mas Alix "ama" o marido traidor e burro, o que a faz pensar que Alix talvez seja tão burra quanto ela. E Josie *precisa* que Alix seja mais inteligente que ela. Josie sempre precisou que os outros fossem mais inteligentes do que ela. E ela não sabe mais o que sente por Alix. Tampouco sabe o que sente por Walter. Enquanto seus olhos esquadrinham a calçada em busca da filha que ela não vê há cinco anos, seus pensamentos retornam ao dia em que Roxy saiu de casa e à razão pela qual ela foi embora, e sente uma escuridão nauseante envolvê-la. Quando isso começa a sufocá-la, ela fica sem ar, entra em pânico e derruba a xícara de café enquanto sua mão vai até o bolso da jaqueta e tira de lá a colherzinha que tinha estado ao lado da xícara de café que tomara no estúdio de Alix.

Com gestos suaves e lentos, Josie acaricia a colherzinha, e isso a acalma. Ela dá uma olhada ao redor e, quando tem certeza de que não está sendo observada, leva a colherzinha aos lábios e a beija.

Josie chega em casa uma hora depois. Walter, sentado à mesa junto à janela, se vira e sorri para ela.

— Não te vejo mais — diz ele.
— Não seja bobo. Claro que me vê.
— O que está acontecendo com você e essa mãe da escola?
— Nada. Estamos apenas nos conhecendo.
— Aonde vocês vão?

— Aqui e ali. Cafés. Na casa dela. No parque.

— Qual o nome dela?

— Alix.

— Alix? Não é esse o nome da mulher do pub no seu aniversário?

— Sim.

— É ela?

— Sim.

Ela vê o rosto de Walter se retorcer de confusão.

— Por que você não me contou?

— Não sei. Pensei que você poderia achar estranho.

A sobrancelha direita de Walter se arqueia ligeiramente, e, soltando um suspiro, ele volta para o notebook.

— Como se *alguma vez* eu já tivesse achado você estranha — diz ele em tom seco.

Todos os circuitos de Josie se desligaram depois de falar com Alix. Em vez de ignorar Walter, como normalmente faria, agora Josie sente a escuridão nauseante cair sobre ela de novo, cruza os braços sobre o peito e diz:

— Como assim? Do que você está falando?

— Ah, nada, amor. Nada. Obviamente.

— Não! Walter! Sério. O que isso quer dizer? Apenas me diga.

Walter tira lentamente os óculos de leitura e enxuga o suor da ponta do nariz. Em seguida, ele se vira para ela e diz:

— Josie. Deixa pra lá.

— Eu não vou deixar pra lá, Walter. Se você tem algo a dizer, então diga.

— Não. Eu não vou fazer isso, Josie. Nem pensar.

De repente, ela se vê atravessando a sala, impulsionada por pura adrenalina. Ela se detém a um passo de Walter, respira fundo e depois dá um tapa no rosto dele, um tabefe sonoro e terrivelmente forte.

— EU ODEIO VOCÊ, PORRA! — berra ela. — EU ODEIO VOCÊ, PORRA!

Josie para e recua, assustada com a própria fúria.

Walter pisca, atônito, e toca a lateral do rosto com a ponta dos dedos. Depois, lentamente, recoloca os óculos no rosto e se volta para a tela do computador.

Duas e meia da tarde

— Alix? É você?

Alix se vira e leva um segundo para reconhecer a mãe de Josie, Pat O'Neill.

— Ah, Pat. Olá!

Alix a cumprimenta. Ela está na Kilburn High Road, a caminho do banco para descontar o cheque no valor de vinte e cinco libras que sua tia-avó lhe envia todos os anos no dia de seu aniversário. Alix já vinha adiando isso há muito tempo, não quer ofender a tia-avó, que fica vigiando a conta bancária até ver que o dinheiro foi sacado. Se o cheque não for descontado, a tia-avó vai pedir à mãe de Alix que lhe envie uma mensagem para verificar se o cheque não foi extraviado no correio.

Pat está vestindo uma camisa de linho verde-maçã, jeans skinny e sandálias de tiras. Ela é vibrante e glamourosa, exala a aura de uma pessoa ocupada e importante.

— Tudo bem?

— Tudo ótimo — responde Pat. — Só estou resolvendo uma papelada para uma das senhoras do meu condomínio. Sally. Ela tem quase noventa anos de idade. Ainda acha que pode fazer tudo. E você, como está?

— Ah, sim, tudo bem. Só estou indo ao banco.

— Tem visto a Josie ultimamente?

— Sim! Na verdade, eu a vi hoje cedo.

— Então, aquela coisa de podcast. Ainda está acontecendo?

— Sim, sim, está. — Alix faz uma pausa. Ela sente a necessidade de sondar um pouco. — O que você acha da ideia do podcast?

— Pra ser sincera, eu acho estranho. Se você não parecesse uma pessoa tão normal, eu estaria me perguntando qual foi sua motivação. Mas dá pra ver que você é honesta e confiável. Pesquisei no Google e vi suas credenciais. Você é decente. Mas essa coisa de gêmeas de aniversário... ainda não entendi direito.

Alix inclina a cabeça para o lado, olha brevemente para cima e diz:

— É, agora já não se trata tanto disso. Está evoluindo pra outra coisa, algo que tem mais a ver com o fato de sermos mulheres numa idade muito específica, à beira da menopausa, não tão jovens, mas não muito velhas, questionando nossas escolhas, os caminhos que trilhamos, nosso futuro. Examinando as semelhanças entre nós, mas também... — Alix faz uma pausa, escolhendo com cuidado as próximas palavras. — Bem, a Josie... Ela é muito diferente.

— Disso eu tenho certeza. — Pat franze os lábios no final da frase. — Vocês duas são polos opostos. Você é o tipo de mulher que eu sempre imaginei que uma filha minha seria. Firme, talentosa, corajosa e determinada.

Alix ignora o comentário desdenhoso sobre Josie e pergunta:

— O que você acha do Walter?

— Ela te contou, não foi? Como eles se conheceram?

Alix assente.

Pat faz cara de desprezo.

— Bem, então... O que você acha que eu penso dele? Um homem de quarenta e cinco anos namorando uma garota de dezoito. Nojento. E sabe lá Deus por quanto tempo isso já vinha acontecendo antes de eles decidirem me contar. Você o conheceu?

— Não, só o vi de longe. Ele... é controlador?

Pat pondera sobre a pergunta por um momento e responde:

— Se você quer saber o que eu penso, é o seguinte: os dois são ruins um para o outro. Eles são o que se chama de combinação tóxica. E aquelas pobres meninas...

— Ah, sim, me fale sobre elas. A Josie não fala muito a respeito. Só mencionou que uma ainda mora com ela e a outra saiu de casa aos dezesseis anos. Não pude deixar de sentir que havia mais alguma coisa nessa história que ela não quis me contar.

Alix percebe imediatamente que ultrapassou os limites. Pat fecha a cara e dá um passo para trás.

— Talvez seja melhor você conversar com a própria Josie sobre esse tipo de coisa. Não cabe a mim falar disso. Mas, escute, boa sorte com tudo. Você vai precisar.

Pat coloca a bolsa no ombro, faz força para esboçar um sorriso desanimado, dá meia-volta e vai embora.

Assim que chega em casa, Alix envia uma mensagem para Josie:

Acho que é muito importante que eu conheça o Walter para ouvir o lado dele da história. Ele estaria aberto à ideia de vir ao estúdio? Ou então eu poderia ir até a sua casa e conversar com ele aí mesmo. O que você acha?

Uma resposta aparece alguns segundos depois.

Não tenho certeza se o Walter gostaria de fazer isso. Ele é muito reservado.

Alix encara a mensagem por um momento. Em seguida, digita uma resposta.

O Walter sabe sobre o projeto?

Mais ou menos. Ele sabe que estou falando com você.

Certo. Bem, acho que preciso mesmo falar com ele. Poderia ser algo extraoficial, se ele preferir. Como você acha que poderíamos convencê-lo?

Alix demora um instante para perceber que Josie está digitando uma resposta. Ela mantém os olhos fixos na tela à espera da mensagem.

Se for algo social, ele provavelmente vai aceitar. Contanto que seu marido esteja presente. Talvez um jantar?

QUARTA-FEIRA, 10 DE JULHO

— Eu estava pensando em convidar a Josie e o marido dela para um jantar neste fim de semana. Tem a ver com meu projeto.

Alix está criando coragem para falar com o marido há mais de uma hora, desde que ela e Nathan acordaram. Ela passou metade da noite desperta, oscilando entre a mais absoluta certeza de que seria excelente e apenas outra maneira de fazer seu trabalho e a plena convicção de que era a pior ideia de todos os tempos. Até dez segundos atrás ela ainda não sabia ao certo qual caminho seguir. Mas as palavras já saíram de sua boca, e agora ela morde o lábio enquanto espera a resposta do marido.

— Jesus Cristo.

— Eu sei — diz Alix. — Eu sei. Vai ser estranho pra caralho. Mas eu realmente acho que isso vai levar meu projeto adiante.

— Mas *eu* tenho que estar presente?

— Sim. Sim, acho que sim. Parece que ele é o tipo de homem que se sente mais à vontade na companhia de outros homens. Não acho que ele gostaria de ficar sozinho com duas mulheres. Eu poderia simplesmente entrevistá-lo, mas tenho a sensação de que seria mais proveitoso se estivéssemos em um ambiente social. Com álcool, sabe?

Ela lança um olhar suplicante para Nathan, cuja expressão se abranda.

— Então tá — concorda ele. — Qualquer coisa por você, meu amor.

Nathan diz isso com sarcasmo, mas também, Alix sabe, com um quê de sinceridade, levando em consideração o quanto ele está em débito nas atuais circunstâncias.

Alix solta o ar, aliviada.

— Obrigada — diz ela, depois pega o celular e envia a Josie uma mensagem para formalizar o convite.

Oito e meia da manhã

Josie olha de relance para o celular no balcão da cozinha e, ao ver o nome de Alix, pega imediatamente o aparelho.

Que tal você e Walter virem jantar na minha casa na sexta à noite? Me avise! Nos vemos amanhã pra outra sessão, pode ser?

Josie fica imóvel. Seu olhar passeia pela sala até Walter, sentado no sofá, de roupão, assistindo ao programa *BBC Breakfast* e comendo torradas. Ela relê a mensagem e processa a informação por um tempo, enquanto espera sua torrada ficar pronta. De vez em quando, seus olhos se voltam para Walter, para a mecha de cabelos brancos espetados da nuca, para suas orelhas cheias de pelos e para a barba por fazer.

— Walter — chama ela. — Você precisa ir ao barbeiro.

— Eu sei — diz ele. — Eu vou no sábado.

— Fomos convidados para um jantar na sexta-feira. Na casa da Alix. Você precisa ir ao barbeiro antes de sexta.

Ele se vira abruptamente e cerra os olhos na direção de Josie.

— O quê?

— Jantar. Na casa da Alix. Nós vamos. Tudo bem?

— A mulher que faz aniversário no mesmo dia que você? A mulher com quem você vive pra cima e pra baixo?

— Sim.

— Por que raios ela convidou a gente pra jantar?

— Eu te disse. Nós somos amigas. É isso que os amigos fazem.
— Onde ela mora?
— Numa daquelas ruas entre o parque e a Salusbury Road.
Walter levanta a sobrancelha esquerda.
— Puta que pariu.
— Sério, Walter. Isso é importante. E você precisa também de uma roupa nova. Você não pode ir com nenhuma daquelas suas roupas. Quando foi a última vez que comprou algo novo?

A atmosfera do apartamento se transforma a cada frase que ela pronuncia. É como se a cada palavra ela esmagasse com murros violentos uma sequência de paredes invisíveis, aproximando-se cada vez mais de algo que se assemelha à verdade de tudo.

Walter levanta as mãos, num gesto de rendição.
— Jesus Cristo, Jojo. Relaxe. Eu vou resolver isso, tá legal?
— O cabelo? As roupas?
— Sim. O cabelo. As roupas. Caramba...

Walter desliga a TV e leva o prato para a cozinha. Ele exala um odor desagradável, provavelmente seu roupão precisa ser lavado. Além do mau hálito e da barba por fazer. Cheiro de decomposição. De derrota. Isso se assenta no fundo da garganta de Josie e a enfurece.

— Não sei o que deu em você ultimamente, Jojo — diz ele enquanto se dirige ao banheiro para tomar sua chuveirada. — Eu não sei mesmo.

À tarde, no trabalho, Josie passa a bainha de um vestido pela máquina de costura overloque, as mãos se movendo de forma mecânica enquanto sua mente rodopia, caótica, em meio ao novo universo de coisas em que ela vem pensando nos últimos dias. Ela está planejando obsessivamente o que vai vestir na sexta-feira, ao mesmo tempo que, ansiosa, imagina Walter em uma centena de trajes que não combinam com ele. Na cabeça de Josie passa um filme com imagens granuladas de todos os convidados sentados à mesa na cozinha de Alix, as cadeiras descombinadas, as crianças ruivas correndo de um lado para outro em pijamas coloridos, vinho sendo servido em taças enormes pelo chato de galochas do marido ruivo, música legal tocando em uma caixa de som, a gatinha se enroscando nos tornozelos de todos, a luz esmaecendo no céu enquanto a conversa flui. No instante seguinte, os pensamentos em espiral de Josie a trazem de volta para Walter e seus dentes de velho, seu tom de voz monótono e irritante, seu ar derrotado, e ela volta a ter quatorze anos, dezesseis anos, dezoito anos, uma jovem mãe gastando o dinheiro do marido no supermercado, uma mulher de meia-idade em um apartamento silencioso, e em todas as versões ela é a mesma pessoa: uma menina estagnada. E agora, exatamente como esperava que acontecesse quando pensou pela primeira vez em pedir a Alix para torná-la tema de um podcast, uma outra pessoa está rompendo sua carapaça. Uma pessoa totalmente diferente. E essa pessoa é maior, mais barulhenta, mais dura e mais velha que ela. Essa pessoa está finalmente pronta para contar a verdade.

Ela corta as pontas da linha da máquina de overloque e vira o vestido, pronta para fazer a bainha do outro lado.

Um trem passa ribombando pelos trilhos além da grande janela, e Josie vê no vidro o reflexo borrado de seu rosto. Ela parece uma pintura inacabada, esperando que o pintor volte para acrescentar os detalhes.

Seu celular vibra com uma mensagem de Alix. Como sempre, Josie sente uma onda de endorfina invadi-la assim que o nome de Alix surge na tela. É como se, só de saber que recebeu uma mensagem dela, Josie sentisse que algo bom está prestes a acontecer.

Amanhã você pode trazer uma foto das suas meninas? Adoraria ver como elas são. Até mais, então!

Um arrepio percorre Josie. *As meninas. Como falar com Alix sobre as meninas?*, pergunta-se. Mas em seguida olha novamente para a versão borrada de si mesma na grande janela e, de repente, vê que o retrato inacabado é o de uma mulher soberana, uma rainha, não uma garota acanhada, e ela se dá conta de que, finalmente, depois de todos esses anos, é hora de colocar sua vida sob os holofotes.

QUINTA-FEIRA, 11 DE JULHO

— Aqui. — Josie passa algumas fotografias sobre a mesa para Alix. — Minhas meninas.

Alix levanta o olhar para Josie e sorri.

— Ah, você lembrou. Obrigada.

A primeira foto mostra duas crianças rechonchudas com pulôveres grossos de tricô e calça jeans, de mãos dadas, paradas de pé no que parece ser o parquinho de Queen's Park. A menina mais velha e Josie têm o cabelo da mesma cor, sendo o da filha de uma tonalidade mais intensa. A mais nova tem cabelo loiro-areia, com o tipo de cacho nas pontas que nunca mais cresce depois do primeiro corte.

— Qual é qual? — pergunta Alix.

— Esta aqui — Josie aponta para a menina de cabelo cacheado — é a Roxy. Esta outra — ela indica a menina de cabelo castanho — é a Erin.

— Elas são lindas — elogia Alix. — Simplesmente lindas.

Josie meneia a cabeça e sorri enquanto observa Alix passar para a fotografia seguinte. São as duas meninas, lado a lado, no portão da escola onde agora estudam os filhos de Alix, usando as mesmas camisas polo azul-celeste e calças azul-marinho do uniforme que os filhos dela vestiam ao sair de casa esta manhã.

— O primeiro dia da Roxy na escola — conta Josie, num tom nostálgico doloroso. — Eu chorei por umas quatro horas nesse dia.

Alix olha de relance para Josie.

— Ô, meu Deus. Sério?

Ela se lembra do primeiro dia em que levou Leon à escola e depois voltou para uma casa vazia pela primeira vez em sete anos, e da euforia de saber que ficaria sozinha por um tempo. Nunca entendeu as mães que ficavam aos prantos no pátio da escola.

— Eu fiquei desolada. Não sabia o que fazer. De repente, todo aquele tempo livre e todo aquele silêncio.

Alix pensa na conversa que teve com Mandy na secretaria da escola e diz:

— E as meninas? Como elas se saíram na escola? Gostaram?

Ela repara que Josie fica ligeiramente tensa, os ombros erguendo-se em direção às orelhas.

— Ah, você sabe — começa Josie. — Na verdade, não. Bem, Erin, minha mais velha, sempre teve alguns problemas. Não sei ao certo como descrever isso. Os professores chamaram de "atraso global no desenvolvimento", mas eu não via dessa forma. Ela era só um pouco preguiçosa, eu acho. Passiva, sabe? É difícil arrancar uma reação dela, saber no que ela estava pensando. E com a Roxy era o oposto. "Transtorno opositor desafiador", disseram os professores. Acho que com essa definição eu concordei. Ela nunca fazia nada que ninguém pedisse. Nunca obedecia. Estava sempre com raiva. Ela batia em mim. Batia na irmã dela. Simplesmente a criança mais raivosa do mundo. — Josie estremece com a lembrança. — Então não foi uma época feliz para nenhuma das duas. E o ensino médio não foi nem um pouco melhor, é claro.

Alix não diz nada, apenas vai até a última das três fotografias.

— Esta é a última que eu tenho das duas — diz Josie, tocando suavemente a borda da foto. — Pouco antes de a Roxy sair de casa.

Alix prende a respiração enquanto absorve a imagem. Não era nada do que ela esperava. Ela não consegue associar as meninas desta fotografia àquelas das anteriores. Não consegue acreditar que são as mesmas pessoas.

A menina que antes tinha cachinhos loiros agora é uma garota parruda com o cabelo penteado com força para trás, testa larga e oleosa, piercings em ambas as narinas e no septo. Erin, que outrora tinha sido uma criança radiante, de expressão doce e tímida, tem um rosto impassível e tão pálido que a deixa com um aspecto abatido, além de olheiras escuras e cabelo escorrido sem vida.

— Elas mudaram muito, não é? — diz Josie com um tom frágil na voz.

— Sim, sim. Mudaram mesmo.

Há um silêncio amargo antes de Josie juntar as três fotos novamente e enfiá-las dentro da bolsa.

— Por favor, não me julgue.

Surpresa, Alix olha para Josie.

— Como assim?

Josie abre a boca, as palavras na ponta da língua, mas sem ser proferidas. Em seguida, ela força um sorriso com os lábios cerrados e diz:

— Nada! Nada. — Ela coloca a bolsa no chão, puxa para si os fones de ouvido e diz: — Vamos começar?

Oi! Eu Sou Sua Gêmea de Aniversário!
UMA SÉRIE ORIGINAL NETFLIX

A tela mostra uma cadeira de madeira cor-de-rosa com um coração vazado no espaldar.

A cadeira, envolvida por tiras e cintos, fica em uma sala vazia, iluminada por raios de sol que brilham através de janelas imundas.

A legenda diz:

11 de julho de 2019, gravação do podcast de Alix Summer

Josie começa a falar.

Josie: O Walter não conseguia lidar com elas. Ele era bastante ausente. Depois de ser demitido da empresa na qual trabalhava em Londres, acabou conseguindo um emprego muito melhor em uma empresa elétrica que atuava principalmente na Escócia e no nordeste do país. Então ele ficava fora por dias e só voltava nos fins de semana. Eu até gostava disso. Durante muitos anos eu existi apenas como a metade de um casal e como mãe. Nunca estive sozinha, não de verdade. Antes de as meninas nascerem, eu nem sequer tinha a chave do nosso apartamento, acredita? Eu só ficava esperando meu marido chegar do trabalho. Só ficava esperando, o dia todo... então eu gostei daqueles anos em que Walter trabalhava fora durante a semana, quando éramos só eu e as meninas. Nós éramos felizes. Livres. Eu deixei as meninas serem elas mesmas, dei a elas espaço pra respirar. Mas aí o Walter voltava nos fins de semana e, bom, tudo mudava. E não no bom sentido.

A imagem da cadeira cor-de-rosa com tiras de couro desaparece. A tela escurece.

***

Onze da manhã

Walter foi ao barbeiro e, para a grande decepção de Josie, voltou praticamente do mesmo jeito. Ela tenta ao máximo fingir que não está frustrada e lhe agradece pelo esforço. Ele solta um grunhido em resposta, e Josie sabe que a tolerância dele não vai durar muito.

Às vezes o casamento deles parece um enorme navio que zarpou do porto virado para um lado e, lentamente, deu uma guinada de 180 graus, seguiu na direção errada e depois parou de vez. De alguma forma, Josie assumiu o controle do convés, mas ela era tão ruim quanto Walter em pilotar o navio e, desde então, eles vêm girando e girando em círculos, fitando, desconsolados, a distância, à espera de um resgate.

Até Alix surgir.

Josie pega no armário três potes de papinha para bebê e os aquece para Erin. Ela os coloca em uma bandeja junto com uma colher e um sachê de purê de manga e maçã da marca Ella's Kitchen. Deixa a bandeja do lado de fora do quarto de Erin. Beija a ponta dos dedos, pousa-os sobre a porta e depois vai para o quarto se arrumar para o trabalho.

Quando Josie volta do trabalho, descobre que Walter comprou roupas. Ele não faz um desfile de moda para ela, apenas inclina a cabeça na direção das sacolas da loja Primark e diz:

— Olha ali, Josie. Veja o que acha.

Ele se saiu muito bem. Uma bela e descontraída camisa azul-marinho de mangas compridas e uma calça jeans bege. Comprou até algumas meias novas.

— Bom — diz a ele, com um meneio da cabeça. — Muito bom.

Walter solta um grunhido e Josie sente que ele está se retraindo.

Ela começa a preparar uma torta de carne. Entre os pratos de seu limitado repertório, este é o favorito de Walter, e, embora nos últimos tempos Josie esteja tentando experimentar mais na cozinha (ontem ela fez um prato com cuscuz, queijo haloumi e grão-de-bico), hoje Walter merece algo de que ele goste bastante. Depois ela leva o cachorro para dar uma volta no quarteirão. Nos dez minutos em que fica fora de casa, Josie pensa ter visto Roxy três vezes; assim que volta para casa, imediatamente abre seu notebook e procura a filha nos lugares em que costuma rastrear. Mas, como sempre, não encontra nada.

Normalmente Josie não fala com Walter sobre Roxy; eles nunca conversam sobre as meninas, e de alguma forma isso simplesmente tornou tudo mais fácil. Porém, mais tarde, enquanto estão sentados lado a lado no sofá comendo a torta de carne, Josie se vira para Walter e pergunta:

— Você alguma vez já achou ter visto a Roxy por aí?

Ele lança um olhar para ela. Josie sabe que ele planejou não falar com ela esta noite; ainda está magoado com a forma horrível como ela o vem tratando nos últimos dias, mas esse não é o tipo de pergunta que alguém pode ignorar simplesmente por estar zangado. Josie vê o marido baixar a guarda e, no instante seguinte, se fechar novamente.

— Como assim?

— Quero dizer, quando você sai de casa. Você vê alguém na rua e pensa que é ela por um instante? E logo em seguida percebe que não é?

Ele fica em silêncio por um segundo antes de menear a cabeça.

— Sim. Às vezes.

— Você já se perguntou se ela está morta?

— Claro que sim. O tempo todo.

Por um momento, eles ficam em silêncio e voltam a comer, mas o ar está carregado de coisas que ambos querem dizer. Josie começa:

— Sabe de uma coisa? Eu acho que vou contar a Alix sobre as meninas.

Walter se vira para ela.

— Como assim você vai contar para ela?

— Eu vou falar tudo. O que aconteceu. O que nós fizemos.

Walter semicerra os olhos para encará-la.

— Você está louca?

Josie recua ligeiramente. Ela odeia quando Walter diz coisas assim.

— Chegou a hora. Só isso. Ela pode nos ajudar.

— Ajudar? Porra, Josie. Ela vai chamar a polícia, caralho!

— Que bom.

— Ai, meu Deus do céu, Josie. Você enlouqueceu de vez, não é? Realmente perdeu o juízo. Está maluca de verdade. Já passamos por tudo isso. Achei que tínhamos concordado...

— Não, nós não concordamos. Não concordamos em nada. Precisamos...

— Não precisamos fazer *nada*, Josie. Não precisamos fazer nada. Porra, que inferno...

Ele dá um tapa na própria testa e empurra a bandeja de comida do colo para se levantar.

Quando Walter começa a se afastar, Josie o puxa de volta pelo braço e se encolhe ao ver a mão dele se curvar em sua direção. Ele rapidamente leva a mão de volta para o lado do corpo e continua a andar em direção à janela.

— Vai acontecer, Walter. Goste você ou não. Vou contar tudo pra Alix. Não posso mais viver assim. Nós vamos seguir em frente.

— Eu não posso falar com você. Você está insana. Literalmente maluca! Eu sou casado com uma maluca.

— E eu sou casada com *um pedófilo filho da puta!*

O ar na sala congela. Por um segundo, nem Josie nem Walter respiram ou se movem.

Por fim, Walter fala:

— Como é que é?

Josie quer repetir a frase que acabou de dizer. E de novo e de novo. Ela quer esmurrar o peito de Walter e cuspir a palavra na cara dele até ele engasgar. Mas ela não consegue. O momento se dissipou.

Ela recolhe os pratos de ambos, despeja um pouco de comida no liquidificador para Erin e depois joga o restante na lixeira.

Ela faz um purê da torta de carne para a filha e usa uma colher para encher uma tigela. Coloca a papa em uma bandeja com um pote de iogurte sabor morango. Deixa a bandeja do lado de fora do quarto de Erin, a mão livre tapando a boca e o nariz para mascarar o cheiro. Ela está prestes a tocar a porta e beijar os dedos, mas se detém.

Está começando a sentir que Erin é parte do problema. Que Erin não está mais do seu lado.

SEXTA-FEIRA, 12 DE JULHO

Nathan manda uma mensagem para Alix às seis e meia da noite:

Estou só bebendo um negócio bem rapidinho aqui com o Gio. Devo estar de volta antes das 19h30. Você precisa que eu leve alguma coisa pra casa?

Alix solta um suspiro pesado, com o polegar sobre o teclado, pensando em uma dezena de respostas grosseiras que ela imediatamente descarta, antes de digitar apenas *OK*, bloquear a tela e largar o celular. Ela volta a picar a cebola para o prato que está preparando para Josie e Walter e depois coloca tudo na panela, onde os pedaços começam a chiar numa poça de manteiga derretida.

Eliza está na casa de uma amiga para uma festa do pijama. Leon está assistindo a alguma coisa na TV da sala. Alix se lembra da garrafa de vinho aberta na geladeira, pensa em se servir de uma taça grande agora mesmo e beber um gole generoso. Mas é melhor não. Ela precisa se controlar. Em seguida, corta os peitos de frango em tiras e os mistura com as cebolas refogadas.

São sete e meia, e nem sinal de Nathan. Alix olha desesperadamente para o celular, mesmo sabendo que não haverá nada lá. Faz uma oração ao universo para que Josie e Walter se atrasem, mas às sete e meia em ponto a campainha toca e ela seca as mãos, arruma o cabelo e vai até a porta da frente.

— Oi!

Josie está no primeiro degrau, usando um dos vestidos que elas escolheram juntas na butique. O cabelo está preso em uma trança francesa em um dos lados da cabeça, e ela segura um buquê de rosas e uma garrafa de champanhe caro. Ela abre um sorriso radiante para Alix, o que é um tanto inquietante, porque geralmente Josie não sorri. Alix se inclina e, com firmeza, dá dois beijinhos nela.

— Oi! Você está linda!

Então Josie se vira e, com delicadeza, puxa Walter pelo cotovelo.

— Alix, este é Walter. Walter, esta é Alix.

Walter sorri timidamente para Alix, que lhe estende a mão. O cabelo dele parece mais curto que da última vez que ela o viu; suas roupas são novas, com acentuados vincos nas pernas e mangas. Alix sente uma pontada de ternura por ele, mas depois lembra que esse homem não é o idoso inocente que aparenta ser.

— Entrem! Entrem! Infelizmente o Nathan ainda não voltou do trabalho, mas deve chegar a qualquer minuto.

Ela pega o buquê de rosas de Josie e se derrete em agradecimentos. Em seguida, coloca o champanhe para gelar e oferece bebidas. Depois de acomodar os dois em tamboretes na ilha da cozinha, empurra tigelas com batatas fritas, nozes e patês na direção deles e verifica o molho do macarrão.

— Sua casa é linda — comenta Walter, com os dedos em volta da garrafa de cerveja italiana Peroni que Alix acaba de lhe entregar.

— Obrigada!

— Há quanto tempo vocês moram aqui?

A voz de Walter é monótona e o faz parecer sarcástico.

— Ah... Uns dez anos — responde Alix. — Antes disso, morávamos num apartamento em Kensal Rise.

— Você é de lá? Kensal Rise?

— Não. Na verdade, fui criada em Paddington. O Nathan e eu nos mudamos para cá depois que nos casamos. E por falar no Nathan, deixe-me ver se ele falou alguma coisa...

Ela pega o celular e toca na tela.

Não há nenhuma mensagem dele, e já são quase quinze para as oito. Ela liga, mas cai direto na caixa postal. Após esboçar um sorriso forçado, diz:

— Caiu na caixa postal. Ele deve estar no metrô.

— Saiu pra beber depois do trabalho? — pergunta Walter.

— Sim. Imagino que sim.

— O que ele faz, seu marido?

— Ele negocia aluguéis de espaços comerciais para grandes empresas.

Walter assente, pensativo, como se estivesse refletindo se aquela afirmação é verdadeira ou não, e em seguida pega um punhado de nozes de uma tigela e as leva diretamente para a boca.

— Como você está, Josie? — pergunta Alix, num tom que soa alto demais aos próprios ouvidos.

— Ótima, obrigada.

— Adorei o seu cabelo assim. — Alix aponta para a trança francesa muito profissional. — Você mesma que fez?

— Sim. Eu arrumava o cabelo das meninas assim. Sempre fui muito boa em penteados.

— Eu simplesmente não consigo — diz Alix. — Meu cérebro dói só de tentar descobrir como fazer!

— Acho que eu sou o que as pessoas chamariam de "jeitosa". Tenho habilidade com corte e costura, tricô, crochê, esse tipo de coisa.

Alix vê Josie lançar um rápido olhar de soslaio para Walter, que fita com tristeza o rótulo de sua garrafa de cerveja.

— Sempre fui boa em coisas assim — reforça Josie, lançando outro olhar de relance para o marido. — Não é, Walter?

Walter assente, a ponta dos dedos cutucando o rótulo da cerveja.

— Sim. Sempre foi.

Alix se volta para ele.

— Conte-me sobre você, Walter. Você é daqui da região?

— Não. Fui criado em Essex. Quando eu tinha quinze anos meus pais se separaram e eu vim morar em Kilburn com meu pai.

— No apartamento onde você mora agora?

— Sim. Isso mesmo.

— E você criou sua família lá também?

— Sim. A Erin e a Roxy.

— E o que a Erin vai fazer hoje à noite?

— Ah, ela simplesmente vai ficar em casa jogando videogame.

— Ah! Ela é gamer?

— Sim. Até demais.

Ele ri secamente, e Alix nota uma expressão estranha no rosto de Josie. *Por que ela não mencionou esse detalhe sobre Erin?*, pergunta-se ela. Alix espia o relógio da cozinha e vê que são quase oito horas. Pede licença a Josie e Walter e liga de novo para Nathan. Desta vez o telefone pelo menos toca, e Alix sente uma onda de esperança de que talvez ele esteja, agora mesmo, no meio do caminho, com a gravata afrouxada, de bom humor por conta das cervejas, pronto para trazer energia renovada a esta bizarra reunião de pessoas. Mais do que qualquer coisa no mundo, Alix deseja que Nathan esteja aqui, com sua voz alta e seu jeito intenso de ser. Ela não se importa que ele esteja embriagado, ela só o quer aqui.

— Então — diz Walter. — Você e a Josie. Isso é estranho, não?

— Você quer dizer...?

Ela aponta para si mesma e depois para Josie.

— A amizade entre vocês duas. Sim.

— Amizade? — rebate Alix. — Achei que você estava se referindo ao podcast.

— Podcast? — pergunta ele. — Que podcast?

— Ah, Walter, para com isso! — intervém Josie. — Eu te contei. Eu te falei do podcast.

— Acho que não.

— Eu te contei que a Alix tem um podcast.

— Bem, talvez você tenha mencionado, mas não disse que ela estava fazendo um sobre você.

— Ah, não é sobre mim. É sobre sermos gêmeas de aniversário. A Alix e eu.

Alix sente uma estranha nuvem de desonestidade pairar sobre o ambiente. Ela tinha ficado surpresa por Walter ter concordado em acompanhar a esposa e colaborar com o projeto, e pensara que talvez ele fosse mais mente aberta do que Josie fazia parecer, mas não. Alix se deu conta de que esta era uma manobra clássica de Josie, como comprar um cãozinho pomchi sem verificar se era de fato da raça, ou permitir-se ser aliciada por um homem com idade para ser seu pai: uma espécie de abordagem desajeitada, impensada e despropositada da vida. Algo do tipo "faça a coisa agora e se preocupe com isso mais tarde". E agora Alix precisa endossar a mentira.

Ela pigarreia e sorri.

— Querem beliscar mais alguma coisa? — pergunta ela alegremente, antes de pedir licença para pegar algo na despensa.

Quando volta, Walter e Josie estão sentados em silêncio, comendo batata frita. Alix confere a hora. Já se passaram dez minutos desde que tentou ligar para Nathan pela última vez, e ele já deveria estar em casa. Ela liga para ele de novo. Cai direto na caixa postal. Ela suspira e procura o número de Giovanni. Normalmente não faria isso, mas precisa de ajuda para lidar com essa situação. Ela simplesmente não consegue sozinha.

— Ah, Gio! Oi! É a Alix. Desculpe te incomodar, mas o Nathan ainda está com você?

No fundo da chamada há sons frenéticos de risadas e música.

— Ah, oi, Al! Sim. Peraí. Ele está aqui.

Um momento depois, Nathan está na linha.

— Porra — diz ele, já com a fala lenta e arrastada, e ainda não são nem oito e meia. — Porra. Alix. Porra. Estou indo embora. Agora mesmo. Literalmente saindo neste segundo. Vou pegar um táxi, ok?

Me desculpe. Vejo você em... *meia hora*. Comecem a comer sem mim, se precisar.

Alix força um sorriso ao encerrar a ligação.

— Está tudo bem? — pergunta Josie.

— Sim, ele está a caminho. Perdeu a noção do tempo. Disse para começarmos sem ele. Então vou preparar o macarrão agora, tá bem?

— Me desculpa, Alix, mas eu acho isso nojento.

Segurando a panela de macarrão, Alix para no meio do caminho até a torneira e se vira na direção de Josie.

— Eu...

— Sério. Desculpa. Mas eu ouvi o Nathan ao telefone, com aquela fala enrolada de bêbado. E você aqui, trabalhando feito uma condenada, preparando uma refeição deliciosa pra ele, recebendo convidados, toda arrumada. Quem ele pensa que é?

A respiração de Alix fica presa no fundo da garganta. De repente, ela se sente ameaçada. É o tom agressivo de Josie, a mudança de personalidade dela, além de Walter ao seu lado, respirando tão alto que dava para ouvir. Alix pensa em Leon no cômodo ao lado, com seus grandes fones de ouvido, as pernas cruzadas sob o corpo no sofá que ainda o faz parecer minúsculo, apesar de estar crescendo, e se pergunta o que havia feito. E então se lembra de Josie à espreita na porta de sua casa, vasculhando seu lixo, levando consigo a revista velha. Pensa em Walter mantendo a jovem Josie trancada em casa sem chave, esperando até ele voltar do trabalho. E em seguida pensa nas filhas de Josie, meninas de olhos mortos, e de súbito sente o impulso de acabar com tudo aquilo. Quer tirar o champanhe da geladeira e devolver a garrafa para eles, empurrar o casal pelo corredor porta afora e esquecer que um dia permitiu que Josie Fair entrasse em sua vida.

Mas agora é tarde demais. Eles estão ali, sentados nos bancos sem encosto da cozinha, comendo batata frita sabor pimenta doce, esperando o macarrão ao molho alfredo com frango, bacon e espinafre, insultando seu marido. Ao sentir os olhos de Josie cravados nela, Alix tenta sorrir novamente e diz:

— Ah, não é nada de mais. Sexta à noite, você sabe. Tenho certeza de que ele não é o único homem por aí que perde a noção do tempo. Mas, mudando de assunto, o que mais eu posso oferecer a vocês? Outra cerveja, Walter?

Ele aceita com um aceno de cabeça e agradece quando Alix o serve. Então Josie sugere:

— Por que você não mostra ao Walter seu incrível estúdio de gravação, Alix? Ele adora essas coisas.

Alix lança um olhar de dúvida para Walter, mas ele assente e diz:

— Sim. Eu gostaria de ver. Tudo bem por você?

— Sim. Claro. Você também vem, Josie?

Josie sorri e responde:

— Não, não, vão vocês. Eu já conheço.

Alix conduz Walter pelo jardim, que está todo iluminado com lâmpadas solares e luzinhas pisca-pisca. Ela destranca o estúdio e aperta os interruptores.

— Uau! É muito legal! — exclama Walter, observando cada detalhe do recinto; ele faz perguntas sobre a fiação e a parte elétrica que Alix não sabe responder.

— Essas coisas só o Nathan conseguiria responder — explica ela. — Foi ele que fez tudo pra mim.

Eles trocam comentários breves e secos sobre a ausência de Nathan, até que, por fim, Alix encontra coragem para perguntar a Walter algo que ela queria saber desde o dia em que conheceu Josie:

— Posso perguntar uma coisa sobre você e a Josie? Como vocês se conheceram?

Ela nota que Walter fica ligeiramente pálido, tomando um vagaroso gole de sua cerveja.

— Depende do que ela te contou, na verdade.

— Bem, eu gostaria muito de ouvir o seu lado da história.

Ele encolhe os ombros e suspira.

— Eu conheço a Jojo desde que ela ainda era só uma criança. No começo eu era amigo da mãe dela, mas aí a Jojo e eu começamos a bater papo e passar tempo juntos. Ela era madura demais para as pessoas da idade dela, sabe? Dizia que todo mundo da idade dela era chato. Isso vem da experiência de ser filha única, eu acho. Eu era igual. Sempre preferi a companhia dos adultos. E, sim, uma coisa levou à outra, e em algum momento a gente acabou se apaixonando. E acho que deve ter sido estranho para algumas pessoas, por eu ser muito mais velho que ela. Mas, para nós, nunca pareceu estranho. Nunca mesmo.

Alix faz que sim com a cabeça lentamente, um tanto hipnotizada pelo tom baixo, grave e monótono de Walter, pela maneira como ele faz a opinião parecer um fato, pela falta de nuance, espaço e dicotomia no jeito como ele explica as coisas. *Sim*, pensa ela, *sim. Eu entendo isso. Consigo entender que isso pode acontecer entre duas pessoas.* Mas então ela se recompõe, volta à realidade, lembra que aquele homem comprou uma pulseira de ouro para presentear uma menina de quinze anos no dia do aniversário dela, levou-a a um pub e despejou vodca em sua limonada. Tudo isso enquanto era casado com outra pessoa.

— E sua ex-mulher — continua Alix. — Ela era muito mais nova que você?

— Não. Na verdade, ela era só dez anos mais nova que eu.

— E quantos anos você tinha quando a conheceu?

— Ah, meu Deus. — Ele coça a nuca e estreita os olhos. — Eu devia ter quase trinta anos, acho.

Alix deixa passar, preferindo não comentar que a diferença de idade não era tão pouca assim.

Pensativo, fitando Alix com os olhos semicerrados, Walter diz:

— Ela é complicada, a minha Jojo. Ela passa essa impressão, não passa... de ser... simples?

— Simples?

— Sim. Você sabe. Como se não houvesse muita coisa acontecendo na cabeça dela. Mas se tem uma coisa que eu aprendi sobre ela ao longo dos anos é que *muita coisa* acontece naquela cabecinha. A Jojo não é quem aparenta ser. De jeito nenhum.

As palavras dele pairam no ar, feito bombas-relógio. Alix assente e diz:

— Sim, eu realmente acho que o buraco é mais embaixo, que ela é mais do que aparenta.

— Isso é pra dizer o mínimo — corrobora Walter.

— Você gostaria de... — Alix começa a dizer, hesitante. — Que tal se você falasse um pouco comigo? Pro meu podcast?

— Aquele sobre as gêmeas de aniversário?

— Sim.

Alix aperta o lábio inferior entre o polegar e o indicador e olha para ele, ansiosa.

— Mas o que isso teria a ver comigo? Eu não faço aniversário no mesmo dia que você.

— Bem, não, você não faz. Mas você é casado com uma mulher que faz. E Josie passou a maior parte da vida dela com você. Seria ótimo ter o seu ponto de vista.

Ela o observa em busca de uma reação, que vem lentamente, na forma de um balançar da cabeça.

— Não — diz ele. — Melhor não. Mas só para deixar registrado, se é que faz alguma diferença: a Jojo costuma distorcer um pouquinho a verdade.

— Como assim?

— Ah, é que, há... como eu posso descrever? Quando ela não gosta da realidade ela vai atrás de uma que ela prefira.

— Você está querendo me dizer que todas as coisas que ela tem me contado sobre si mesma, sobre a vida dela, são tudo mentira?

— Bem. Não. Eu não iria tão longe. Mas você não pode acreditar em tudo o que ela diz. Apenas mantenha o bom senso e esteja preparada.

Alix semicerra os olhos e encara Walter, avaliando se ele está tentando manipulá-la. Então diz:

— Ok, tá legal. Vou manter isso em mente.

— Provavelmente é melhor não dizer nada pra Jojo. Sobre esta nossa conversa, sabe?

— Por que não?

— É que... — Ele faz uma pausa. — A Josie é muito controladora, entende? Se ela souber que andei conversando com você, vai achar que está perdendo o controle sobre você.

— Sobre mim?

— Sim. Sobre você e toda a situação. — Ele suspira. — Acredite em mim, eu conheço a Josie melhor do que ninguém, e ela é maníaca por controle. A pessoa não percebe que está sendo controlada, e, quando vê, já é tarde demais.

Alix fita Walter por mais um momento. Novamente, fica impressionada com a calma dele, com o muro que o separa do resto do mundo. No entanto, ele é claramente um mestre da manipulação psicológica. Por trás dos olhos vazios há a alma de um aliciador, de um mentiroso e de um abusador. Ela sente calafrios pelo corpo todo e estremece de leve.

Meia hora depois, Alix serve o macarrão à mesa da cozinha. Nathan ainda não voltou. A conversa prossegue aos trancos e barrancos. Eles falam sobre a escola das crianças, quais professores ainda trabalham lá e quais já saíram. Conversam sobre política de forma casual. Em certo momento, Leon entra na cozinha, e Alix sai da mesa por alguns minutos para pegar um sanduíche e uma bebida para o menino e também procurar o carregador para ele. Josie e Walter comentam que a comida está deliciosa, e Alix consegue a proeza de falar sobre a receita por cinco minutos.

Após um silêncio um tanto doloroso, Josie se manifesta:

— Mas, afinal de contas, cadê o seu marido? Não é melhor você ligar de novo?

— Sim — concorda Alix. — Talvez. Vou esperar mais dez minutos.

— Agora nem vale a pena ele voltar — opina Josie. — Quer dizer, o jantar já acabou. — Josie balança a cabeça com tristeza, faz uma careta e lamenta: — Que terrível. Sinto muito, Alix. Coitadinha de você.

Alix sente uma raiva estranha crescer dentro de si e o corpo enrijecer de tensão.

— Eu não sou uma coitadinha — responde ela. — Não mesmo.

Ela se levanta, sua cadeira raspando ruidosamente o piso, depois junta os pratos e os deixa cair com estrondo na bancada acima da lava-louça. Então vai ao corredor e grita para um Leon assustado:

— Hora de dormir! Agora!

Quando volta para a cozinha, Josie e Walter estão se recompondo. O clima entre os dois é péssimo.

— Bem — diz Josie. — Muito obrigada por essa noite tão agradável! A comida estava deliciosa, mas acho que agora é melhor deixarmos você em paz.

Alix abaixa a cabeça em derrota. Então solta um sonoro suspiro e diz:

— Eu sinto muito. Muito mesmo. Mas sim. E obrigada por terem vindo.

Walter coloca sua garrafa de cerveja vazia delicadamente sobre a bancada. Parece prestes a dizer alguma coisa, mas então o momento passa e ele se vira para sair. Alix os acompanha até a porta; Josie dá um tapinha no braço dela e em seguida a envolve em um abraço estranho.

— Homens... — sussurra ela no ouvido de Alix. — Esses *homens* do caralho.

Assim que eles vão embora, Alix limpa a cozinha e liga a lava-louça. Depois apaga a luz e se senta no cômodo às escuras para terminar o último terço da garrafa de vinho. Por fim, sentindo-se bastante bêbada, se levanta e vai até a sala de estar, onde encontra Leon ainda encolhido no escuro, enrolado no grande sofá, a gata ao seu lado, fitando a tela da TV com olhos arregalados e exaustos.

Ela se senta junto ao menino e delicadamente afasta os fones de ouvido dele.

— Já é tarde, meu bem. Nós dois precisamos ir pra cama agora.

— Posso ficar só mais cinco minutinhos? — pergunta ele com doçura.

O sofá é confortável. A gata está ronronando. Alix balança a cabeça e diz:

— Tá bom. Vou ligar o cronômetro.

Ela ajusta o cronômetro do celular para tocar em cinco minutos e se recosta no sofá, puxando os pés do filho para seu colo.

— Por que aquelas pessoas estavam aqui? — pergunta Leon depois de alguns instantes.

— Ah — responde ela, distraída, esfregando os dedos dos pés dele.

— Estou entrevistando os dois. É para um podcast.

Ele assente. Em seguida, o menino se vira para a mãe e diz:

— Por que aquela moça estava parada do lado de fora do seu estúdio?

— A moça que esteve aqui?

— Sim. A moça que esteve aqui. Ela ficou parada do lado de fora do seu estúdio depois que você entrou lá com aquele velho. Parecia que ela estava ouvindo. Eu vi. Pelas portas. Ela parecia muito zangada. Muito zangada mesmo, de verdade.

Dez da noite

Josie e Walter voltam para casa em silêncio. Josie está passando mal, nauseada. Toda aquela comida pesada e calórica (ela esperava algo mais sofisticado do que aquele macarrão insosso, e não consegue evitar a sensação de ter sido ludibriada) e todo aquele vinho. Está irritada porque seu champanhe caríssimo nem sequer saiu da geladeira e pelo modo como Alix simplesmente jogou as rosas em um vaso de aspecto barato, sem se dar ao trabalho de aparar os talos ou de arrumar as flores. Não eram rosas das mais baratas; custaram doze libras. Mereciam um trato melhor.

E a noite inteira, é claro, foi completamente arruinada por causa de Nathan. Alix estava desatenta e ríspida. Não foi uma boa anfitriã, e a noite foi péssima.

Quando chegam em casa, Josie abre a porta da frente e grita na escuridão do apartamento:

— Fred! A mamãe chegou!

O cachorro vem correndo em sua direção e pula em seus braços.

Ela volta à rua com o cachorro para ele fazer xixi e depois retorna.

Josie percebe que Walter já trocou de roupa e vestiu novamente sua calça de moletom e uma camiseta folgada. Amontoadas no chão ao lado do cesto de roupa suja, a camisa e a calça elegantes se assemelham a um silencioso dedo do meio apontado para ela.

Josie passa pelo quarto de Erin e encosta o ouvido na porta, atenta aos rangidos da cadeira gamer. Ela pensa no garotinho de pijama no sofá da casa de Alix, com enormes fones de ouvido, olhando fixamente para a tela por horas a fio, totalmente ignorado e negligenciado, e pensa: *Realmente, qual é a diferença?* Ela é mesmo uma mãe tão ruim? Quem sabe como aquele menino vai acabar daqui a dez, vinte anos?

Ela observa Walter pegar uma cerveja na geladeira, abri-la e ir até a mesa da janela de sempre. Ele limpa a garganta e abre o notebook. Ainda não se falaram. Nunca, em todos os anos de convivência, o clima entre os dois esteve tão ruim quanto agora.

— Você foi uma vergonha esta noite — diz Josie ao marido.

Ele a ignora. Ela o ouve suspirar pesadamente pelo nariz.

— A noite toda, Walter. Eu queria morrer.

— *Ahã...* — entoa ele, olhando para o notebook, a ponta dos dedos percorrendo as teclas.

— Walter! Eu estou falando com você! — vocifera ela.

— Sim. Estou ouvindo.

— Então fale comigo!

— Falar com você sobre o quê, exatamente?

— Sobre esta noite. Sobre como você me envergonhou.

Por fim, Walter para de digitar e se vira para Josie. Parece tão cansado e tão velho que por um momento ela se assusta.

— Por que eu envergonhei você? — pergunta ele.

— Só... só por ser *você*.

— Muita gentileza sua, Jojo.

— Não estou tentando ser gentil. A noite toda foi um desastre. Eu estava aguardando ansiosamente, e foi horrível. E você, você ficou lá sentado com sua cervejinha estúpida, com ar de superioridade, como se tudo fosse indigno de você. Você não fez nenhum esforço. Eu que tive que fazer todo o trabalho.

— Todo o trabalho? Que trabalho? Escute, eu realmente não sei o que está acontecendo entre você e aquela mulher, mas uma cosia eu posso te dizer com certeza: ela não é sua "amiga". Ela nem sequer gosta de você.

Josie sente a respiração dentro de seus pulmões congelar e parar.

— Claro que ela gosta.

— Não, Josie. Ela não gosta. Ela está apenas tentando entrar nesse seu cérebro minúsculo e estranho pra descobrir o que se passa na sua cabeça.

Por um momento, Josie tem a sensação de que está no olho de um furacão, que o universo se fragmentou em um milhão de pedacinhos e está girando e rodopiando ao seu redor, que ela é a única coisa que ainda está imóvel no mundo. Ela fecha os olhos, mas a sensação aumenta.

— Para. De. Me. Chamar. De. Estranha.

— Pois bem, para de *ser* estranha.

— Para com isso!

— Não sei se eu consigo mais lidar com isso.

— Lidar com o quê?

— Com você, Jojo. Eu não consigo lidar *com você*.

— E como você acha que é pra mim, Walter? Morar *com você*. Viver *assim*. — Ela gesticula para a sala. — Eu também não consigo mais fazer isso. Estou no limite das minhas forças. Não posso manter tudo trancado dentro de mim. Isso está me matando, Walter. Está me matando. Preciso que alguém saiba. Tenho que contar pra Alix!

Walter a encara com olhos cansados e decepcionados e diz, num tom lento e frio:

— Você é muito burra mesmo, não é? Mais burra que você, impossível.

Ao ouvir essas palavras, Josie tem a sensação de que os fragmentos rodopiantes do universo desaceleraram e então se afastaram para longe; resta apenas uma fúria incandescente que parece queimá-la de dentro para fora. Ela pensa nas coisas que ouviu Walter dizer a Alix no estúdio de gravação, envenenando-a com suas mentiras vis, e sabe que finalmente chegou o momento que ela tanto esperava. Então, sente a convicção assolar seu corpo como um ciclone.

Parte Dois

SÁBADO, 13 DE JULHO

O toque da campainha interrompe o sonho de Alix. A princípio, ela pensa que é o alarme, que já são seis e meia da manhã e que ela precisa se levantar e arrumar as crianças para a escola. Mas quando abre os olhos, vê que são 3h02 da manhã e lembra que ontem à noite foi sexta-feira e que hoje é sábado. E então ela percebe que o outro lado da cama está intocado.

— Porra, pelo amor de Deus... — murmura para si mesma, afastando o edredom e saindo do calor da cama. — *Puta que pariu.*

Enquanto desce as escadas na ponta dos pés, ela ouve a campainha tocar novamente, e seu sangue esquenta de raiva. Nathan, desgraçado, acordando a porra das crianças. Ela abre a porta com violência, pronta para voltar furiosa e em silêncio para a cama, mas arqueja e fica paralisada quando vê que não é Nathan.

É Josie.

Josie está imóvel, parecendo derrotada, com os ombros caídos e um filete de lágrimas escorrendo por entre arranhões e sangue ressecado em seu rosto. O cachorrinho espia por cima de sua bolsa jeans a tiracolo.

— Meu Deus, Josie! Ah, meu Deus. O que aconteceu?

Um soluço sufocado emerge, mas sem palavras.

Alix abre mais um pouco a porta e diz:

— Meu Deus, entre!

Ela ajuda Josie a entrar e atravessar a cozinha, depois a acomoda com cuidado no sofá.

— O que aconteceu? Por favor, me diga.

— Foi o Walter — diz ela entre soluços trêmulos. — Ele me atacou.

— O Walter fez isso?

— Fez! Não é a primeira vez. Acontece quando ele bebe. Ele tem ataques de raiva.

— Venha, vou pegar um pano úmido, limpar seu rosto e cuidar dos ferimentos.

Josie meneia a cabeça, num gesto derrotado.

Alix tira um pano de prato limpo de uma gaveta e o coloca sob a torneira. Esfrega com delicadeza o rosto de Josie, revelando um lábio horrivelmente inchado e machucado, além de marcas de arranhões em ambas as maçãs do rosto.

— A minha nuca também, eu acho...

Ela vira a cabeça, e Alix vê que há sangue seco no topo e uma pequena fenda no couro cabeludo.

— Está se sentindo tonta? — pergunta Alix.

Josie nega com a cabeça.

— Não. Estou bem. Só um pouco assustada.

— Devo chamar uma ambulância pra você?

— Não! Não, por favor, não. Isso só vai desencadear um monte de coisas com as quais eu realmente não tenho condições de lidar agora. Eu estou bem. De verdade.

Alix pega o pano de prato ensanguentado, enxágua-o, depois torce e entrega a Josie. Em seguida, enche a chaleira de água e a coloca no fogo.

— O que aconteceu, Josie? — pergunta ela. — Quer dizer, tudo parecia bem quando vocês foram embora.

— Bom... Sim e não. Quer dizer, o Walter estava claramente mal-humorado porque o Nathan não deu as caras. Ele deve ter achado que foi uma atitude muito grosseira, e foi mesmo. E não quis falar comigo durante todo o trajeto de volta. E aí, quando chegamos em casa, ele tomou outra cerveja e as coisas meio que pioraram. Ele me xingou dos piores nomes possíveis. Me chamou de burra, de estúpida. E aí eu fiquei com raiva e fui pra cima dele.

— Você quer dizer que o agrediu?

— Sim. Bem... Não. Eu queria, sei que ele é um homem velho, mas ainda é muito forte. Ele é grande e me dominou. Completamente. E depois começou a me bater sem parar, me espancou sem dó. E aí...

— E aí o quê? — Alix está ofegante.

— Aí a Erin apareceu. Ela chegou e viu o que ele estava fazendo e tentou tirá-lo de cima de mim, mas Walter bateu nela também.

— Ah, meu Deus. Isso é horrível. Ela está bem?

— Sim, ela está bem. Está na casa de uma amiga.

— E cadê o Walter?

— Não sei! Ainda está lá, eu acho.

Lágrimas voltam a cair dos olhos de Josie, e ela as enxuga com o pano de prato úmido.

Alix inspira e segura a mão de Josie.

— Você sabe que deveríamos chamar a polícia, certo?

Josie arregala os olhos

— Não! Não, por favor. Não.

— Mas, Josie, olha o que ele te fez. Ele cometeu um crime terrível. E você me disse que isso já aconteceu antes. Ele machucou sua filha! Eu...

— Não! Eu não vou envolver a polícia nisso. De jeito nenhum.

— Mas o que você vai fazer? Voltar pra lá?

— Eu não vou voltar.

— E a sua mãe? Você contou pra ela?

Josie encara Alix com olhos arregalados, as lágrimas escorrendo novamente.

— Eu não posso contar pra minha mãe! Ela vai dizer que é tudo culpa minha e ficar do lado dele.

— Ficar do lado dele? Depois de ele fazer uma coisa dessas com você? Claro que não vai.

— Você conheceu a minha mãe. Viu como ela é. Ela acha que eu sou a pior criatura do mundo.

— Não, isso não é...

— *Isso é verdade*. É, sim. Eu não posso contar pra minha mãe. Não posso contar nada pra ela.

— Mas você tem que contar pra alguém. Sem sombra de dúvida.

— Estou contando pra você, pelo amor de Deus! Estou contando pra você!

— Sim. E que bom que você me contou, mas...

— Mas o quê?

— Só acho que você precisa contar pra alguém próximo.

— *Eu não tenho ninguém* — choraminga Josie. — Só tenho o Walter, as meninas, o Fred e *você*.

A forma como Josie diz a palavra *você* faz Alix sentir o estômago se revirar levemente. É como se Josie fosse dona dela. *Não*, Alix tem vontade de dizer. *Não, você não* me *tem*. Mas em vez disso ela coloca o braço em volta dos ombros trêmulos de Josie e dá um leve aperto para tranquilizá-la.

— Vou trazer uma xícara de chá — diz ela. — Ou prefere algo mais forte...?

Josie olha para Alix com olhos vermelhos e vidrados e pergunta:

— Você tem conhaque?

Alix sorri e se levanta.

— Claro que tenho.

Josie solta um suspiro profundo enquanto Alix busca a bebida.

— Algum sinal do Nathan?

— Não. Parece que ele decidiu dormir fora.

Josie resmunga baixinho:

— Homens — repete ela. — Homens.

Alix não responde como gostaria. Ela não diz: "Por favor, jamais compare o seu marido velho, pedófilo, manipulador, sem escrúpulos, com o meu, que tem um problema com bebida, mas é decente." Em vez disso, recoloca com calma a rolha na garrafa de conhaque e leva o copo para Josie, que o pega com a mão trêmula.

— O que você vai fazer? — pergunta Alix, já sabendo que Josie quer ficar na casa dela, mas esperando, desesperadamente, que ela responda outra coisa.

— Eu não sei.

— Eu posso falar com a Mari, uma amiga minha que ajuda uma instituição de caridade que atua contra a violência doméstica. Talvez ela sugira um lugar seguro onde você possa ficar. Vou ligar agora mesmo.

— Não. Não precisa incomodar sua amiga. Está tudo bem. Eu estou bem. Se não tiver problema, Alix, eu me sentiria mais segura ficando aqui com você hoje. Pode ser?

Alix sente o estômago se revirar em um nó.

— Ah — faz ela. — Quer dizer, eu não sei, é um pouco...

Ao ouvir essas palavras, Josie arregala os olhos e se retrai, encolhendo-se ligeiramente. Ela parece prestes a cair no choro, então Alix diz:

— Tudo bem. Sem problemas. Eu vou arrumar o quarto de hóspedes pra você. Vai ficar tudo bem.

Alix percebe que Josie fica mais tranquila e seus ombros, relaxados. Ela ouve um suspiro hesitante sair de sua boca trêmula e depois as palavras:

— Obrigada. Muito obrigada.

Dez da manhã

Eu sou literalmente a pior pessoa do mundo. Eu posso voltar pra casa agora e me colocar aos seus pés ou eu posso me matar. Você escolhe.

Depois da bizarrice da noite anterior, Alix fica tão aliviada em ter notícias de Nathan que até esquece que estava com raiva do marido. Ela responde imediatamente:

Por favor, não se mate. Eu preciso de você. Estamos com um problema. Volte logo!

Ele responde com um GIF de um homem correndo e ela sorri, apesar de tudo.

Josie está no quarto de hóspedes no último andar. Mais cedo, Alix espiou por uma pequena abertura na porta, e o cãozinho, empoleirado ao pé da cama, mostrou levemente os dentes e começou a rosnar, então ela recuou em silêncio. Mas isso foi há duas horas, e até agora nem sinal de Josie. Alix sobe a escada na ponta dos pés e espia mais uma vez pela fresta. Um cheiro a atinge violentamente, um cheiro que ela reconhece muito bem de quando tinha um cachorro. No canto da sala, felizmente sobre as tábuas do assoalho de madeira, há um arco de minúsculos excrementos caninos e uma poça de urina. Fred rosna para Alix, e desta vez ela o deixa latir.

O barulho desperta Josie de um sono profundo, e ela logo se senta na cama. Alix fica surpresa com o estado do rosto dela, que parece pior do que na noite anterior, os hematomas se transformando em nítidos círculos escuros.

— Ai... — diz ela, piscando cegamente na penumbra. — Ai. Ah, meu Deus. Oi.

— Oi — diz Alix. — Como você está?

— Ah, meu Deus — repete Josie. — Desculpa. Eu apaguei. Que horas são?

— Já passa das dez.

— Desculpa. Eu não fazia ideia. — Ela vira a cabeça para o lado e fareja o ar. Quando seus olhos encontram a pilha de cocô e xixi do cachorro, ela solta um lamento: — Ai, não! Eu sinto muito, muito mesmo. Eu dormi e passei da hora de levá-lo na rua. Pobre bebezinho. Me dê algum material de limpeza que eu logo dou um jeito nisso.

Josie sai da cama com dificuldade. Ela está usando o pijama da marca Toast que Alix lhe emprestou na noite passada.

— Não tem problema, pode deixar que eu mesma limpo. Volte pra cama. Vou trazer um café pra você.

Josie assente, agradecida, e coloca as pernas de volta na cama.

— Muito obrigada, Alix. Isso seria maravilhoso.

Ao descer, Alix passa por Leon na escada.

— Por que ela ainda está aqui? — pergunta ele, aos sussurros.

— Ela sofreu um acidente a caminho de casa — responde Alix. — Eu vou cuidar dela só por hoje.

— Ela está muito assustadora — murmura o menino.

— Você a viu?

Ele faz que sim com a cabeça.

— Eu espiei. O cachorro dela rosnou pra mim.

— Bom, hoje na hora de dormir ela já terá ido embora, então vamos ser gentis com a Josie por enquanto. Combinado?

Leon concorda com a cabeça.

Alix prepara um cappuccino e o leva para o quarto de hóspedes, com um rolo de papel-toalha e um spray higienizador. Coloca o cappuccino ao lado da cama e usa uma folha do papel-toalha para recolher os excrementos de Fred e jogá-los no vaso sanitário do banheiro. Depois, borrifa e limpa toda a área. Ela abre a janela de guilhotina e diz:

— Vamos deixar entrar um pouco de ar fresco aqui? Se quiser, posso levar seu cachorro pra passear, que tal?

— Ah, sim. Ele adoraria. A coleira e a guia estão na minha bolsa. Ali.

Alix entrega a coleira para Josie, que a ajusta no cachorro e depois prende a guia. No momento em que Fred vê a guia, seu comportamento muda e ele sai alegremente com Alix, sem nem olhar para Josie.

Alix o leva ao parque. É uma manhã cinzenta, mas que promete melhorar. Enquanto caminha, sua mente se acalma. Então ela se lembra da interação com Walter na noite anterior, quando o levou para conhecer seu estúdio de gravação. Pensa nas coisas que ele disse sobre Josie.

A Jojo não é quem aparenta ser. De jeito nenhum... A Josie é muito controladora.

Ele a descreveu como uma mulher que se faz de inocente, que finge que não tem nada acontecendo em sua cabeça, quando na verdade há coisas até demais. Como alguém que costuma distorcer um pouquinho a verdade. E, assim como todas as palavras que Walter dissera na noite anterior, isso pode ser interpretado de outras formas. Ou ele estava pintando a esposa de uma forma negativa para ele próprio parecer uma pessoa melhor, ou estava dizendo a verdade. E, se ele estava dizendo a verdade, então o que isso significava? O que se passava na cabeça de Josie? Coisas boas ou coisas ruins? Desde o início do projeto, Alix sentiu-se atraída pela leve esquisitice de Josie: o excesso de jeans, o marido idoso, seu jeito hesitante e conciso de falar. Seria fácil supor que toda essa excentricidade fosse resultado de uma infância com uma mãe narcisista e a vida adulta com um homem como Walter. Mas e se a esquisitice fosse inata? E se foi justamente a esquisitice que a levou a um casamento tão estranho? E se na verdade Josie for realmente louca?

Enquanto pensa sobre essas coisas, Alix lembra que seu filho está sozinho em casa com uma mulher desconhecida e estranha. Então pega o cachorro, coloca-o na bolsa jeans a tiracolo e volta para casa o mais rápido que pode.

Dez e meia da manhã

Josie ouve a porta da frente abrir e depois fechar. Ela acha que é Alix voltando do parque com o cachorro, e espia escada abaixo. Mas não é Alix. É ele. O marido idiota. Ele está com uma aparência péssima, pior que a da própria Josie: o cabelo ruivo todo bagunçado em tufos grudentos, o paletó pendurado no ombro e óculos escuros, embora o tempo esteja nublado. Ela vê Leon disparar pelo corredor e se jogar nos braços do pai.

— Você tá fedido — fala o menino.

— Obrigado, cara — responde Nathan.

E então ele ergue o olhar e avista Josie. Ela o vê ter um sutil sobressalto, uma expressão de horror passando fugazmente por seu rosto.

— Meu Deus — diz ele, com uma das mãos no coração. — Desculpe. Você me assustou. É Josie, não é?

Josie faz que sim com a cabeça.

— Foi só o... há... o pijama. É da Alix, né? Fiquei um pouco... há... confuso. Como vai?

— Bem — responde Josie, apontando para os ferimentos no rosto. — Já tive dias melhores.

— Caramba. Espero que isso não tenha acontecido aqui!

Josie faz uma careta. Ele *realmente* acha que pode fazer piada em uma situação dessas?

— Não — responde. — Claro que não.

Nathan a encara, surpreso, depois se vira para a sala de estar e pergunta:

— Alguma ideia de onde a Alix possa estar?

— Ela levou o Fred ao parque. Deve voltar a qualquer momento.

— Fred?

— Meu cachorro.

— Ah! Certo. Bem. Eu, há... até mais.

Então ele pendura o paletó no balaústre ao pé da escada e vai para a cozinha.

Josie volta para o quarto e veste a roupa que Alix lhe deu esta manhã: uma camiseta branca e uma calça azul larga. Ela desfaz a trança do cabelo e o penteia com os dedos, observando os flocos de sangue seco caindo no chão. Faz um rabo de cavalo e o prende. Então escova os dentes no banheiro e admira os lindos azulejos dispostos no estilo espinha de peixe: tão simples, mas tão eficaz.

Quando termina, examina sua aparência no espelho. Medonha. Os hematomas se espalharam e mudaram de cor durante a noite. Seu lábio inferior parece um tomate rachado, e o sangue secou até formar uma crosta preta. Josie sorri, e a crosta se abre um pouco, liberando uma gotícula de sangue escarlate. Ela a limpa com a ponta da língua e desce as escadas.

Quando entra na cozinha, Nathan diz:

— O que aconteceu com o seu, há...?

Ele aponta para o rosto dela.

— Um homem furioso — responde ela.

— Sério?

Ele a olha através dos cílios claros, mordendo o lábio, inquieto.

— Sim. Meu marido fez isso.

— Meu Deus, isso é horrível.

— Sim. É horrível. Mas sabe o que também é horrível? Um marido que não volta pra casa pro jantar que a esposa preparou pra ele, e em vez disso passa a noite inteira em algum lugar com as mesmas roupas de trabalho.

Josie saboreia a sinfonia de expressões que se desenrolam no rosto inchado de Nathan, as feições já devastadas pela bebida. Ela o encara à espera de uma resposta.

— Bem, sim — responde Nathan. — Foi um grande vacilo mesmo. Isso é, é...

— É um problema.

Nathan ergue a sobrancelha direita.

— Sim — concorda ele, curto e grosso. — Mas é um problema entre mim e Alix, eu diria.

— Bem, ontem à noite não foi. Foi doloroso pra nós três e veja só no que deu.

Nathan parece horrorizado.

— Desculpe, como é que é?

Josie suspira.

— A única maneira de convencer meu marido a vir aqui ontem à noite foi dizendo que você estaria aqui, ou seja, outro homem. Porque ele é um homem, o Walter. E ele ficou constrangido. E você não deu as caras, então ele se sentiu um completo idiota. Foi uma noite horrível, e ele descontou em mim.

O rosto de Nathan é um espetáculo digno de nota.

— Bem, lamento muito ouvir isso — diz ele, corando de leve. — Peço sinceras desculpas.

Josie franze os lábios.

— Você deveria ser um marido melhor.

Nathan a encara e pestaneja, perplexo. Depois de alguns segundos, ele diz:

— Uau. Caramba.

A porta da frente faz um barulho, os dois se viram e veem Alix entrar, aparentemente um pouco sem fôlego e afoita. A expressão dela se abranda quando vê Nathan, o que deixa Josie furiosa.

— Oi — diz Nathan.

— Oi — responde Alix, tirando o cachorrinho da bolsa e passando-o para Josie. — Vejo que vocês se encontraram.

— Sem dúvida — responde Nathan secamente.

Josie o vê lançar um olhar expressivo para Alix, como se estivesse tentando comunicar algo para a esposa. Ela nota que Alix franze ligeiramente a testa, tentando decifrar o que Nathan quer dizer.

— Enfim — diz Josie. — Talvez seja melhor eu me deitar novamente. Tudo bem por você, Alix? Ainda estou me sentindo completamente destruída.

— Sim, claro. — concorda Alix. — Você precisa de alguma coisa? Está com fome?

— Ah, não. Obrigada. Não estou com muito apetite.

— Claro. Bem, se precisar de alguma coisa, é só me enviar uma mensagem ou gritar, tá bom?

Josie sorri sem ânimo e assente.

Ao sair da cozinha, ela passa bem perto de Nathan, e o vê recuar um pouco. Sente o cheiro de fumaça que emana dele e uma sombria onda de fúria. No alto da escada, ela se detém e espera, tentando escutar a conversa que vem da cozinha. Há um silêncio longo e revelador, e ela imagina os dois trocando olhares. Em seguida, ouve sussurros abafados e urgentes, que vão ficando cada vez mais altos, até que ela consegue distinguir Alix dizer "Bem, e o que você queria que eu fizesse?" e Nathan responder "Isso é um absurdo do caralho!". Depois ela ouve Leon entrar na cozinha e pedir algo para comer, então eles mudam de assunto.

Josie volta para o quarto de hóspedes e fecha a porta. Ela abre a bolsa em cima da cama e vasculha um dos bolsos internos, até sentir as laterais duras e pontudas da chave que havia tirado de seu apartamento na noite anterior. À medida que toca na chave, ela tem uma sequência de flashbacks: o peso da carne e dos ossos, os pingos, respingos, espirros e borrifos de sangue, vislumbres de flashes de luz por entre os dedos abertos, o gosto metálico do sangue, o gosto salgado de mãos suadas, os sons do choro abafado. Ela vê a si mesma, como se estivesse de cima, encolhida no chão, o cachorro farejando sua cabeça. E depois ouve o silêncio que se seguiu, rompido apenas pelo silvo de um ônibus abrindo as portas no ponto do lado de fora da janela, o choramingo do cachorro, o estrondoso barulho do ônibus indo embora.

Ela pega a chave e a desliza para debaixo do colchão.

DOMINGO, 14 DE JULHO

— Você falou com a Erin? — Alix pergunta a Josie na cozinha na manhã seguinte.

Josie faz que sim com a cabeça.

— Acabei de mandar uma mensagem pra ela. Ela está bem.

— E com o Walter, se me permite a pergunta? Já falou com ele?

— Não. Eu não falei. E não pretendo fazer isso.

— Então... como é que você vai seguir em frente?

Alix ouve uma pequena falha na própria voz enquanto formula essa última pergunta. Josie está aqui há apenas um dia, mas Nathan a odeia, as crianças estão assustadas por causa do rosto dela e a gata não está feliz por ter em casa um cachorro que insiste em rosnar para ela.

— Não sei, Alix, de verdade. Eu sinto que tenho muita coisa pra processar.

— Talvez a sua mãe pudesse...

— Não! — interrompe Josie antes que Alix complete frase. — Eu não vou envolver a minha mãe nessa história. Não. De jeito nenhum. Eu vou resolver isso sozinha.

— Sim, mas, Josie, você precisa resolver isso com o Walter. Entende? Você precisa conversar com ele.

Alix entrevê uma sombra passar pelo rosto de Josie, acompanhada por uma leve balançada de cabeça.

— Ainda não. Ainda não estou pronta pra falar com ele.
— Você quer que eu fale?
— Meu Deus do céu, claro que não. Eu só quero... eu só preciso... Alix, preciso ficar aqui. Só por uns dias. Tudo bem?

Alix sente o estômago se revirar.

— Eu... Bem, sim, claro. Por uns dias. Mas a minha irmã vem ficar aqui na semana que vem, então vamos precisar do quarto de hóspedes.
— Ah. — Josie pisca, surpresa. — Certo. Quando ela vem?
— No sábado.
— Ah, entendi. Tá legal. Até lá eu dou um jeito de não te incomodar mais. Prometo.

Alix se dá conta do que ela acabou de permitir que acontecesse: Josie acha que é bem-vinda para ficar em sua casa a semana inteira, até o sábado. Sorrindo, ela diz:

— Obrigada, Josie. E me desculpe, de coração.
— Você não tem nada do que se desculpar, Alix. De verdade. Você é incrível.

Alix espera um pouco antes de sugerir:

— Escuta, Josie. Eu conheço pessoas que podem ajudar você. Mulheres que podem ajudar você. Minha amiga Mari le Jeune, por exemplo, de quem eu te falei. Eu a entrevistei pro meu podcast, ela é cofundadora de uma instituição de caridade que atua contra a violência doméstica, a maior do país. Ela poderia te ajudar. Posso colocar você em contato com ela, se quiser. Caso esteja se sentindo insegura, sabe?

Ela prende a respiração enquanto espera pela reação de Josie, que, no entanto, limita-se a balançar a cabeça e dizer:

— Tá bom, obrigada. Mas estou me sentindo segura. Juro.
— Ah, que bom — comenta Alix.
— O que você vai fazer hoje, Alix? — pergunta Josie.
— Ah. Nada de mais, na verdade. O Nathan vai trabalhar hoje, então eu ia levar as crianças pra almoçar fora.

— Eu... Deixa pra lá, então.
— Não, diga.
— Eu estava pensando... Já que eu estou aqui, talvez pudéssemos fazer mais algumas entrevistas para o podcast. Eu realmente estou com vontade de falar sobre as meninas.

Alix concorda com a cabeça, refreando o entusiasmo na sua resposta:

— Claro. Vou só avisar as crianças, e aí podemos ir.

Oi! Eu Sou Sua Gêmea de Aniversário!
UMA SÉRIE ORIGINAL NETFLIX

Uma mulher está sentada em um café junto a uma grande janela de vidro laminado embaçado.

Atrás dela e fora de foco, um homem usa um pano de prato branco para limpar uma grande máquina de café cromada.

A mulher sorri para a entrevistadora e pigarreia, insegura.

A legenda diz:

Mandy Redwood, chefe da secretaria da Escola de Ensino Fundamental Parkside, 1998-atualmente

Mandy: Os filhos da Alix Summer estudavam na Parkside. Crianças adoráveis. Algumas famílias simplesmente iluminam uma escola como a nossa, sabe? E os Summer são assim. Por isso fiquei surpresa quando Alix veio falar comigo naquele dia, em 2019, perguntando sobre os Fair. Não dá pra imaginar duas famílias mais diferentes, duas mães mais diferentes. Obviamente, na época eu não fazia ideia de que Alix estava produzindo um podcast sobre os Fair, então contei a ela tudo de que eu me lembrava. Mas foi só mais tarde, depois de tudo acontecer, que revisitei os registros e acabei me lembrando de outras coisas também. Como o dia em que a Roxy quebrou o dedo de um coleguinha no cantinho da leitura, durante o recreio. Ela pisou na mão dele e simplesmente ficou lá, esmagando a mão do menino com a sola do sapato. E o menino berrando de dor.

Mandy estremece e sorri secamente.

Mandy: É claro que depois disso tivemos que chamar os pais dela, e eles se mostraram simplesmente...

Mandy olha para a mesa enquanto procura a palavra certa.

Mandy: Impassíveis. Completamente desprovidos de emoções. Foi a coisa mais estranha do mundo. Na época, eu atribuí isso ao choque, mas agora... agora que eu sei o que realmente estava acontecendo naquela casa. Bom, tudo faz mais sentido.

Ela estremece novamente.

Em seguida, balança de leve a cabeça e suspira.

A tela escurece e muda para um estúdio de gravação vazio.

A câmera percorre o local.

A legenda diz:

14 de julho de 2019, gravação do podcast de Alix Summer

Alix: O que o Walter fez quando você contou a ele sobre o dedo quebrado?

Josie: Eu não contei a ele. Naquela época ele saía cedo pra trabalhar, quase todo dia às sete da manhã ele já estava fora e só voltava às cinco ou seis horas; o dia a dia escolar das meninas era um completo mistério pra o Walter. Acho que ele só pisou na escola umas cinco vezes, no máximo, durante os anos em que as meninas estudaram lá. Então eu simplesmente não contei nada.

Alix: E a Roxy não contou a ele?

Josie: Não. A Roxy não contou a ele. Porque... bem, pelo temperamento dele. Todas nós tínhamos um pouco de medo.

Alix: Ele era violento? Com as meninas?

Josie: Nessa época não. Não... Mas era rude, grosseirão. Ele as intimidava. Principalmente a Roxy. Mas não era violento. Isso veio depois.

Josie suspira alto.

Josie: Eu não fui uma boa mãe. Eu não fui uma boa mãe.

Alix: Como assim?

Josie: Só estou dizendo que...

Ela suspira novamente.

Josie: Eu deixei coisas ruins acontecerem. Eu não impedi nada. Eu simplesmente deixei tudo acontecer.

***

Duas da tarde

O celular de Alix vibra pela terceira vez consecutiva. Ela ergue o dedo no ar e pressiona o botão de pausar a gravação, tira os fones de ouvido e diz:

— Desculpe, Josie. É melhor eu atender. É a Eliza. Oi, meu bem.

— Mamãe. Você pode voltar agora? O Leon está sendo muito chato, e eu estou com fome.

Alix olha de relance para o relógio. São quase duas horas.

— Sim, desculpe, filha. Vou entrar agora.

Ela lança a Josie um olhar pesaroso.

— Desculpa, mas é que já deixei as crianças sozinhas por tempo demais.

Josie assente.

— Sim, claro. Eu é que tenho que pedir desculpas. Estou sendo egoísta. É que eu tranquei tudo isso a sete chaves por tanto tempo que estou com medo de que tudo volte pra dentro se eu não tirar a coisa toda de uma vez.

Alix sorri.

— Nós não vamos deixar isso acontecer, Josie. Tá legal? Vamos fazer uma pausa por hoje e amanhã teremos o dia todo. Suponho que você não vá trabalhar.

Josie assente.

— O dia todo amanhã, então. Combinado?

— Sim — diz Josie. — Combinado.

SEGUNDA-FEIRA, 15 DE JULHO

Josie acorda ao som da família de Alix se preparando para a escola. Por um momento, soa tranquilizador, como o eco de um dia feliz na praia ou de um Natal da infância. Por um momento, ela está de volta aos primeiros dias de vida de suas filhas, quando suas bebês eram adoráveis e seu marido era bonito e forte. No entanto, agora ela pensa que talvez essa percepção esteja equivocada, que ela está olhando para o passado através de lentes desfocadas. Mas de fato foi melhor no início — *tinha* que ter sido melhor. Caso contrário, de que havia servido?

Josie sai da cama e coloca o vestido de linho que Alix deixou para ela. Pega o cachorro no colo, calça os sapatos e desce as escadas.

— Bom dia — diz ela ao entrar na cozinha.

O menino e a menina se viram e a encaram, surpresos. Vê-los nos uniformes da escola Parkside é inquietante, e Josie também fica atônita. O cachorro rosna ao ver a gatinha sentada na bancada da cozinha.

— Bom dia, Josie! — Alix está com uma túnica branca bordada por cima de uma calça de ioga e puxou o cabelo para longe do rosto com uma faixa de tecido. Ela está descalça, fatiando uma banana em cima de um bagel torrado, como se uma de suas postagens no Instagram tivesse ganhado vida. — Venha. Quer comer alguma coisa?

Josie balança a cabeça.

— Não, obrigada. Só vou tomar um café. Tudo bem se eu usar sua máquina?

— Ah, pode deixar que o Nathan vai fazer um pra você. Nathan!

Nathan surge do terraço segurando uma tigela de cereal vazia e uma caneca.

— Você poderia, por favor, preparar um cappuccino pra Josie?

Josie vê uma expressão de antipatia passar pelo rosto de Nathan, mascarada por um sorrisinho.

— Claro — responde ele. — Açúcar?

Josie assente.

— Um torrão, por favor. Obrigada.

Ela se senta em uma das cadeiras descombinadas da mesa, de frente para Leon, que a olha com desconfiança.

— Minhas filhas estudaram na escola de vocês — comenta Josie. — Quando eram pequenas. Mas agora elas são grandes.

— Onde elas estão agora?

— Ah. A Erin está na casa de uma amiga, e a Roxy está viajando pelo mundo.

— Então elas são adultas?

— Sim, elas são adultas. — Josie sente a voz ficar aguda e falhar na última sílaba, e pigarreia. — Ouvi dizer que a Mandy ainda trabalha na secretaria, é isso mesmo?

Leon assente com seriedade. Josie deixa os olhos pousarem nas mãos dele, ainda cheias daquela substância, seja lá o que for, que vive sob a pele das crianças. Na articulação do polegar do menino há uma casquinha de ferida, e Josie pensa em crostas e cascas. Ela se lembra de verrugas, lêndeas, unhas encravadas, dentes de leite pendurados por pedaços de linha e todos os outros minúsculos e perfeitos defeitos das crianças pequenas. Ela resiste ao impulso de tocar na casquinha na mão do menino e lhe dar um beijo mágico. Ela resiste ao impulso de dizer: "Ah, não, você fez um dodói na mãozinha..." Ela sente a perda de suas filhas de uma forma tão visceral e horrível que tem vontade de gritar de agonia.

Ela consegue abrir um sorriso e dizer:

— A Mandy já trabalhava na escola quando minhas filhas estudavam lá.

Leon desliza as mãos para a frente e para trás ao longo da borda da mesa, depois olha para Josie e diz:

— Por que você tem a mesma idade da minha mãe, mas suas filhas já são adultas e nós somos pequenos?

— Bom, acho que só a matemática pode responder isso, não é?

Leon olha para ela com expressão interrogativa.

— Então. Se eu tenho quarenta e cinco anos e minha filha mais velha tem vinte e três, quantos anos eu tinha quando ela nasceu?

Leon franze a testa e diz:

— Isso é quarenta e cinco menos vinte e três?

— Sim! Sim, é exatamente isso. Menino esperto!

— Então isso é... — Ele vai esticando os dedos um por um sobre a mesa, como uma flor se abrindo, enquanto faz a conta. — Vinte e dois?

— Ah, meu Deus! E quantos anos você tem?

— Tenho seis anos.

— Seis! E já sabe fazer contas tão complicadas! Isso é incrível. Sim, quarenta e cinco menos vinte e três dá vinte e dois. Essa é a idade que eu tinha quando minha primeira filha nasceu. E quanto é quarenta e cinco menos seis?

— Essa é fácil. Trinta e nove.

— Sim! Então sua mãe tinha trinta e nove anos quando você chegou. E é por isso que minhas filhas são adultas e você ainda tem apenas seis anos. Porque as pessoas fazem as coisas em momentos diferentes.

Josie se vira e olha para Alix, que está sorrindo.

— Ele é muito bom em matemática, o seu menino.

— Sim, ele é — confirma Alix. — O Leon é bom em tudo, não é, querido? Menos em estar prontinho pra sair na hora de ir pra escola. Então vamos lá. Vamos calçar os tênis, tá bem?

Em pouco tempo, a casa está vazia. Nathan saiu para trabalhar, e Alix foi levar as crianças até a escola e ficará fora por pelo menos meia hora. Josie está sozinha. Ela atravessa a cozinha e contempla as obras de arte no mural especial que foi instalado para as crianças. Ela procura, especificamente, quaisquer sinais de tensão ou sofrimento, lembrando-se dos perturbadores desenhos que Erin e Roxy faziam, dos olhares preocupados no rosto das professoras nas reuniões da escola enquanto esmiuçavam uma por uma as obras artísticas de suas filhas, evidências do que as professoras descreveram como "sinais de estresse emocional". Mas aqui tudo são sóis amarelos e flores alaranjadas e mamães felizes e papais sorridentes. É a produção artística de crianças saudáveis que vivem em um lar feliz. Josie desprende o alfinete de uma pequena folha de papel; é o esboço de uma menina, desenhada nos mínimos detalhes, com um laço gigantesco no cabelo e um cachorrinho numa coleira que se parece um pouco com Fred. Abaixo lê-se a palavra "Teeny".

Josie não sabe quem é a menina ou de quem é o cachorro, mas a imagem é tão pura e perfeita que ela sabe que precisa dela. Coloca o papel no bolso do roupão de linho e reorganiza um pouco os outros desenhos para esconder o espaço em branco.

Nesse momento, ela percebe um calendário. É impresso com fotografias de família. Seus olhos vão para o próximo sábado. Lá está anotado: "Zoe e Petal". Zoe é o nome da irmã de Alix. Ela é tomada por uma reconfortante sensação de alívio. Alix não estava mentindo. A irmã dela realmente vem no sábado. Ela abre um discreto sorriso e desliza a ponta dos dedos pelo calendário.

Em seguida, ela abre a geladeira e deixa seus olhos passearem pelo conteúdo. Fica surpresa ao encontrar petiscos como palitos de queijo e salaminho defumado e nem um pouco surpresa ao ver um pote de algo chamado *skyr* e outro pote de uma coisa chamada babaganuche.

Ela acha que é melhor tomar banho e trocar de roupa antes que Alix volte, então sobe as escadas. Neste andar há três quartos. Uma suíte para Alix e Nathan. Um para Leon. E, nos fundos da casa, com vista para o jardim, há um pequeno escritório. Josie vai até a porta e espia lá dentro. Uma escrivaninha junto à janela, uma parede com estantes de livros e, no canto, encostado na parede do fundo, o que parece ser um sofá-cama. Ela levanta a almofada e vê o mecanismo de metal, depois deixa a almofada cair novamente. Ou seja: há outro quarto livre na casa. Ela não precisa ir embora no sábado. Josie sorri e sobe o lance de escadas seguinte até seu quarto ao lado do de Eliza, no último andar.

Ela não está pronta para ir embora. De jeito nenhum.

Oi! Eu Sou Sua Gêmea de Aniversário!
UMA SÉRIE ORIGINAL NETFLIX

A tela mostra três jovens sentados em bancos altos em um bar mal iluminado. Duas garotas, um rapaz. Estão vestidos com roupas informais e descontraídas, calça jeans e camiseta; todos têm tatuagens; uma das garotas usa um gorrinho.

A legenda diz:

Ari, Juno e Dan: assinantes da plataforma de jogos on-line Glitch

O rapaz é o primeiro a falar. Ele tem sotaque norte-americano.

Dan: Então, é, acho que naquela noite a gente estava meio que à toa, só passando o tempo. Alguns amigos vieram visitar a gente, tomamos umas cervejas, era uma noite quente de julho. Todas as janelas estavam abertas. Então a gente não estava prestando tanta atenção quanto normalmente. Nenhum de nós estava, tipo, *fascinado*, sacou?

Entrevistadora, fora do microfone: Então vocês normalmente ficavam fascinados?

Dan: Sim. Eu acho. Quer dizer, ela era incrível. A gente só conhecia a Erin pelo nick de jogadora dela: *Erased*, sabe, Apagada.

Entrevistadora, fora do microfone: O apelido de jogadora dela era Erased?

Dan: Sim. Agora eu entendo que era uma espécie de trocadilho, combinando seu nome verdadeiro, Erin, e a forma como ela se sentia na vida real. Mas a gente não sabia nada sobre a vida dela. Pra nós ela era simplesmente a Erased. Ela jogava com uma tela verde de fundo, então ninguém conseguia ver o quarto dela; parecia que ela estava em um armazém vazio. Ela era muito quieta, praticamente só sussurrava. Isso é incomum neste meio, mas também parte do que a tornava legal. Então foi o barulho que alertou a gente de que algo estranho estava acontecendo.

Entrevistadora: Pelo seu computador?

Dan: Sim. A gente viu que ela levantou da cadeira, e isso nunca tinha acontecido antes. Ela nunca saía do lugar. Mas aí ela desapareceu, e ficou tudo meio borrado, por causa da tela verde, sabe? Aí ouvimos berros. Uma gritaria. Batidas. E depois nada. Literalmente, um grande nada. E a cadeira dela lá, vazia. A gente ficou olhando, olhando, olhando, sem desgrudar os olhos da tela, mas ela não voltou. E aí todo mundo começou a trocar mensagens. Tipo, no mundo inteiro. Mas ninguém sabia onde ela morava. Ninguém sabia o nome verdadeiro dela. Ninguém sabia nada sobre ela.

A garota de gorrinho fala.

Juno: A gente tinha a filmagem da coisa toda. Eu liguei pra polícia. Eles disseram, tipo: "O que vocês querem que a polícia daqui faça a respeito? Ela está do outro lado do mundo." Nós enviamos a filmagem pra a Glitch, mas eles não tinham o endereço da casa dela, só um endereço de IP e o e-mail. Disseram que era, tipo, no norte de Londres. Aí a gente começou a mandar mensagens pra qualquer pessoa conhecida no norte de Londres. Todo mundo ficou obcecado com isso tudo. Viralizou na comunidade. Só se falava nesse assunto. E então, de repente, quando a gente já estava quase descobrindo quem ela era e onde morava, a história veio à tona e caiu como uma bomba. E, puta que pariu, nossa mente explodiu. Nossa mente *explodiu* pra valer, total.

***

Nove e meia da manhã

Josie está pronta, vestida e sentada à mesa da cozinha quando Alix volta após deixar as crianças na escola. O cachorrinho está no jardim dos fundos, farejando os canteiros de flores. Alix vê que Josie tentou cobrir com base alguns dos machucados em seu rosto e, por um momento, tenta imaginar onde foi que ela encontrou maquiagem. Ela chegou aqui no sábado à noite apenas com sua bolsa minúscula e o cachorro.

— Você está com uma aparência melhor — diz Alix, indicando o rosto de Josie.

— Sim. Cansei de ver aquele show de horrores no espelho. Encontrei um frasco de alguma coisa no armário do banheiro. Espero que você não se importe.

Alix faz que não com a cabeça, distraída. Ela tem 99% de certeza de que não havia nenhum frasco de base ou maquiagem no armário do banheiro do quarto de hóspedes, mas talvez alguém o tenha deixado lá sem que ela percebesse.

— Josie, eu só preciso fazer algumas tarefas na casa, e aí podemos continuar. Tudo bem?

— Claro! Fico feliz da vida apenas de estar sentada aqui, na sua cozinha linda.

Alix lhe lança o sorriso mais caloroso que consegue e depois se dirige para os quartos. Tira as roupas de cama sujas da cama de Leon e junta tudo num montinho. Depois arruma a cama com lençóis limpos e esvazia o conteúdo da lixeira dele em um saco preto. Faz o mesmo em seu próprio quarto e seu banheiro. À medida que passa de uma tarefa doméstica para outra, uma sensação de desconforto aumenta dentro de Alix. Ela tenta afastar esse incômodo de sua mente, mas não consegue. Tudo parece errado, meio fora dos eixos. Ela ouve latidos no jardim dos fundos e vê o cachorro de Josie encarando ansiosamente um esquilo no alto de uma árvore. Alix imagina Josie sentada à mesa da cozinha, sua estranha serenidade, o sorriso plácido. Ela não parece uma mulher que foi agredida pelo marido no sábado à noite e que teve que fugir de madrugada e desde então não voltou para casa. Ela não parece alguém que está passando por um trauma pessoal terrível. Ela parece... feliz?

Alix traz a roupa suja e o saco de lixo preto para o andar de baixo e lá está Josie, exatamente como ela a havia deixado.

— Só preciso de mais dois minutos! — Alix avisa Josie aos gritos antes de levar a roupa suja para a área de serviço.

— Sem pressa!

Aí está: aquele estranho e inquietante tom de alegria.

Um momento depois elas estão no estúdio de gravação, cada uma com uma xícara de café diante de si e fones de ouvido ajustados. São quase dez da manhã, e Alix aperta o play.

Oi! Eu Sou Sua Gêmea de Aniversário!
UMA SÉRIE ORIGINAL NETFLIX

A tela mostra a reconstituição da cena de uma jovem sentada em um banquinho na cozinha do apartamento de Josie.

Ela está rindo de algo que outra jovem, uma atriz que interpreta a filha mais nova de Josie, Roxy, acabou de dizer.

A atriz que interpreta Josie está sentada no sofá, folheando uma revista e sorrindo em silêncio.

A legenda diz:

15 de julho de 2019, gravação do podcast de Alix Summer

Josie: Eu tenho que te contar sobre a Brooke.

Alix: Brooke?

Josie: Sim. Ela era amiga da Roxy. Da escola. Antes da Brooke, a Roxy nunca tinha tido uma amiga. Ela apareceu no início do primeiro ano do ensino médio, e imediatamente as duas se tornaram inseparáveis.

A tela mostra as duas meninas sentadas em cima de uma cama, de pernas cruzadas, jogando em seus celulares e rindo juntas.

Josie: A Brooke era rebelde, como a Roxy, e desbocada. E também era destemida. Não tinha medo de nada nem de ninguém. Mas eu gostava dela por ser uma boa influência pra Roxy. Ela fez a minha filha quebrar a cabeça de tanto estudar naquele ano. Ela convenceu a Roxy de que era importante tirar boas notas nas provas finais, além de ser divertida. Nós não éramos uma família divertida. Não dessa forma. Mas a Brooke era divertida e nos divertia também, até que se tornou quase parte da família. Ela morava em um apartamento minúsculo com dois meios-irmãos pequenos, não se dava bem com o padrasto, tinha muitos problemas em casa, então acho que ela via a nossa como uma espécie de refúgio, sabe? Foi uma época maravilhosa. E então chegamos ao segundo ano do ensino médio, as provas finais estavam se aproximando, e a Brooke e a Roxy passavam um bocado de tempo juntas revisando as matérias.

A tela mostra as duas meninas sentadas no chão, debruçadas sobre pilhas de livros e cadernos de exercícios.

Josie: Mas um dia, de repente, pouco antes do início das provas, tudo acabou. A Roxy voltou da escola e disse que as duas tiveram uma briga feia. Que deu um soco em Brooke. Que deixou a menina com o lábio inchado. Recebemos uma ligação da escola pedindo para comparecermos a uma reunião. Mas aí a Roxy desapareceu bem no meio das provas. Ela simplesmente sumiu por três dias inteiros. Depois ela reapareceu, imunda, em estado de choque, disse que estava dormindo na rua, que foi levada a um abrigo para pessoas em situação de rua, que não dormia direito havia três noites. Preparei um banho de banheira pra ela; ela ficou dentro da água por mais de uma hora.

A tela mostra a atriz que interpreta Roxy deitada numa banheira em um banheiro às escuras.

Josie: Então ela voltou e me contou o que tinha acontecido. Me contou sobre a Brooke... e o Walter.

Há um silêncio prolongado.

A tela mostra Roxy afundando sob a água da banheira, com os cabelos espalhados ao redor da cabeça.

Alix: O Walter?

Josie: Ele estava aliciando a Brooke o tempo todo. Assim como fez comigo. Todas aquelas vezes que a garota esteve lá em casa, quando parecia que fazia parte da família, era mais do que isso. E então, exatamente como fez comigo, o Walter comprou um colar pra ela, levou a menina ao pub, colocou uma dose de vodca na limonada dela e depois, no dia do aniversário dela, quando ela completou dezesseis anos, dormiu com ela.

A tela escurece e lentamente se altera para uma jovem sentada em um banquinho de um apartamento, nas sombras. A voz de Josie continua ao fundo.

Josie: Enquanto eu estava no trabalho e a Roxy estava na escola fazendo uma prova, ele chamou a Brooke pra ir à nossa casa e dormiu com ela na minha cama. *Na minha cama.*

Alix: Como a Roxy descobriu?

Josie: A Erin contou pra ela. Os dois achavam que a Erin não ia perceber porque ela não presta atenção em nada, só fica jogando e tudo mais. Mas ela percebeu. Ela os ouviu, e pela fresta da porta do quarto dela viu a Brooke sair, e contou tudo pra Roxy quando ela voltou da prova. No dia seguinte, a Roxy foi pra escola e espancou a Brooke. Bateu nela até fazer a menina sangrar.

A tela oscila entre encenações de duas garotas brigando no pátio de uma escola e da menina sentada no banquinho na sombra.

Josie: Pouco depois de ter voltado do abrigo, a Roxy foi embora pra sempre. Desde então nunca mais a vimos.

Uma luz pisca brevemente no rosto da garota sentada no banquinho, iluminando uma pequena parte de seu rosto.

Os créditos finais começam a rolar.

***

Onze da manhã

Josie encara Alix. A julgar pela expressão em seu rosto, Alix está estarrecida. Horrorizada.

— Eu sei — diz Josie. — Eu sinto muito, é nojento. Mas aí está. Essa é a verdade sobre o homem com quem me casei.

— Você o questionou a respeito disso, você o confrontou?

— Não. Não na época. Eu fingi que não sabia.

E lá está aquele estremecimento de novo, aquele horror na expressão de Alix.

Josie ouve Alix engolir em seco, depois continua seu relato até o desfecho, desferindo o golpe final:

— Naquela noite, na sexta-feira, quando chegamos em casa depois de jantar aqui com você. Essa foi a primeira vez. Foi a primeira vez que eu confrontei o Walter sobre o que aconteceu com a Brooke.

— E foi por isso que ele...?
Alix aponta para o ferimento no rosto de Josie.
Josie assente.
— Sim. Foi por isso. Exatamente.

Elas param para almoçar. Alix esquenta um pouco de pão e serve com homus e babaganuche.
Ela olha para Josie do outro lado da mesa da cozinha e diz:
— Alguma notícia do Walter?
— Não, nenhuma.
— Normalmente ele procuraria você depois de um episódio como este?
— Eu nunca saí de casa, nunca o abandonei.
— Então você normalmente suporta tudo e espera passar?
— Aham. Sim.
— Então o que foi diferente desta vez?
— Tudo, eu acho. Desde que completei quarenta e cinco anos, antes mesmo de começarmos a fazer este podcast, tenho me sentido diferente em relação a tudo. Quer dizer, foi por isso que eu estava naquele pub. Normalmente eu e ele nunca nem saímos juntos pra comer. Pelo menos, não em lugares como aquele. E aí eu conheci você e...
Alix tenta se manter impassível enquanto encara Josie, não quer que um movimento do rosto ou um piscar de olhos revele suas inquietações.
— Eu tive a sensação de que isso estava fadado a acontecer, tipo destino. Foi um ponto de virada pra mim, o momento decisivo de assumir o controle da minha narrativa, desabafar, compartilhar a minha verdade. Mudar. E aí, sexta-feira à noite, no minuto em que ele levantou a mão pra mim, eu já sabia que seria diferente. Eu já sabia que iria embora e que não voltaria.
Alix engole em seco.

— Quando ele bateu em você pela primeira vez?

— Ah, é difícil saber a data exata, entende? Foi uma coisa que aconteceu aos poucos. Um empurrãozinho aqui e ali. Na mesma época em que ele começou a punir as meninas com castigos físicos. De certa forma, eu preferia assim: preferia que ele me agredisse em vez de agredir as meninas. É repugnante, pensando bem. Um homem daquele tamanho. Um homem grandalhão. Tocar em meninas, mulheres. Machucá-las. Quer dizer, é impossível até mesmo imaginar. É como o tipo de pessoa que machuca animais.

Josie pousa o olhar em Fred, que está sentado a seus pés, observando-a. Ela arranca um naco de pão, mergulha no babaganuche e dá ao cãozinho. Ele mastiga com entusiasmo.

— Ele já machucou o Fred?

— Não. Ainda não. Provavelmente é apenas uma questão de tempo, eu acho. — Ela dá outro pedaço de pão ao cachorro e depois olha para Alix. — E você? O Nathan já machucou você?

— Nossa, meu Deus, não. — E Alix percebe, no momento em que diz isso, que suas palavras soam presunçosas e arrogantes, como se ela vivesse em um mundo diferente do de Josie. Como se apenas uma mulher como Josie pudesse ter um marido agressor, como se apenas pessoas que foram criadas no subúrbio e eram casadas com eletricistas sofressem violência doméstica, quando, é claro, isso não é verdade. — Não — repete ela, atenuando sua incredulidade. — Nunca.

— E as crianças?

— Não. Nenhum de nós jamais bateu nas crianças.

Josie afasta o prato e olha diretamente nos olhos de Alix.

— Mas obviamente vocês têm outros problemas. Como aquela coisa das bebedeiras.

— Sim — diz Alix. — É verdade. Mas a minha esperança é de que, depois da noite de sexta-feira, esse problema tenha chegado ao fim.

— Bem, isso é o que veremos, não é?

No tom de voz de Josie há uma aspereza que faz Alix pensar que ela deseja com todas as forças que Nathan passe outra noite bêbado, cometa outro pecado capital, estrague tudo de alguma forma. Que deseja com todas as forças que Nathan seja tão ruim quanto Walter.

TERÇA-FEIRA, 16 DE JULHO

— Quando é que ela vai embora? — Nathan sussurra alto no ouvido de Alix na manhã seguinte.

Eles estão lado a lado no banheiro da suíte, cada um debruçado sobre sua respectiva pia. Nathan está abotoando a camisa de trabalho. Alix está aplicando seu creme facial.

— Porra, não sei. Eu já avisei que a Zoe vem dormir aqui no sábado, então pelo menos ela sabe que vai precisar ir embora antes disso.

— Peraí. Só um minuto. A Zoe vem aqui? Eu sabia disso?

Alix suspira e revira os olhos.

— Sim, Nathan. Você sabia disso. Está marcado no calendário faz um mês. Nós já conversamos sobre isso. A Zoe e a Petal vêm dormir aqui. E a Maxine e os meninos dela também estão vindo, e vamos comer pizza e beber margaritas.

— Então é tipo uma noite das garotas? Nenhum homem?

Ela suspira de novo.

— Sim, você não precisa ficar por aqui. Mas, Nathan, por favor, volte pra casa na hora certa. Não quero que minhas irmãs julguem você também. Já é bastante ruim ouvir *ela* — Alix aponta para o teto, indicando Josie no quarto acima — julgando você. Por favor, saia pra se divertir, tenha uma noite normal, volte pra casa, vá pra cama e esteja aqui quando minha irmã acordar no domingo de manhã.

Nathan faz uma careta para o reflexo de Alix no espelho. É uma expressão doce. É inevitável que Alix se derreta e pegue mais leve com ele.

— Muito bem — diz ela, sorrindo de leve. — Muito bem.

— Mas se essa mulher ainda estiver aqui no sábado à noite, aí vai ser um caos, e tudo é possível.

— Ela não vai estar — responde Alix de imediato. — Eu prometo. Ela já terá ido embora.

Josie entra na cozinha às oito e meia, segurando uma pilha de roupas de cama.

— Alix! — exclama ela. — Eu sinto muito. O Fred passou mal durante a noite. Na verdade, passou bem mal. Talvez tenha sido aquela coisa que a gente comeu ontem. Aquela coisa marrom. O baba...?

— ... ganuche?

— Isso. Acho que não caiu bem no estômago dele. Desculpe, mas o chão está sujo também. Mas pode deixar que eu resolvo tudo. Apenas me diga onde está o material de limpeza e eu limpo.

Enquanto ela fala, Alix observa horrorizada que Fred está respingando diarreia pelo chão da cozinha.

— Ah — responde ela, tirando a roupa de cama das mãos de Josie. — Ai, meu Deus. Olha, leva seu cachorro lá pro jardim. Vou limpar isso.

— Eu sinto muito, Alix. De verdade. Ele nunca fez isso antes.

— Calma, tá tudo bem. Por favor, não se preocupe.

Josie lança um olhar de desculpas, pega o cachorrinho no colo e vai para o jardim, onde ele imediatamente se agacha e expele mais um pouco de fezes líquidas. Nathan, que está tomando café no terraço, olha do cachorro para Josie e depois se vira para encontrar os olhos de Alix através das portas duplas, encarando-a com uma expressão horrorizada. Alix dá de ombros e pega material de limpeza debaixo da pia. Ela pensa no sábado. Pensa no momento em que vai se despedir de Josie e depois na chegada das irmãs e nas garrafas de tequila e lima-da-pérsia, na baderna na hora de escolher o sabor da pizza, na gritaria para a pessoa incumbida de acessar o aplicativo de entrega e na barulheira das crianças correndo de cômodo em cômodo. Ela quer tanto isso que quase consegue sentir o gosto. Mas, por ora, ela tem merda líquida de pomchi para limpar, lençóis sujos para lavar e, claro, uma cama para arrumar. Ela sente uma ligeira ânsia de vômito enquanto elimina a sujeira de Fred com panos de cozinha superabsorventes e spray de cozinha antibacteriano e depois joga tudo no lixo.

— Crianças — chama ela, com os dentes cerrados. — Rápido, rapidinho. Vamos nos atrasar!

Cinco minutos depois, ela sai de casa, com as narinas ainda cheias de cheiro de merda de cachorro.

Harry, o filho dos vizinhos, está chegando em casa quando Alix volta meia hora depois.

— Oi! — cumprimenta ela.

Ao ouvir a voz de Alix, ele se vira e a cumprimenta com simpatia:

— Oi!

— Tudo bem?

— Sim, obrigado. E você?

— Ah, também estou bem. — Ela olha de relance para a porta da frente de sua casa e depois se põe bem ao lado de Harry na vereda do jardim da casa dele. — Roxy Fair — Ela começa a dizer com toda a calma do mundo. — Você se lembra de uma amiga dela chamada Brooke?

— Há... sim. Lembro. Ela era um pouco...

Alix observa atentamente o rosto dele enquanto ele se esforça para encontrar as palavras que procura.

— Um pouco... oferecida? — diz ele enfim.

Alix o encara com um olhar de desaprovação.

— E essa opinião é baseada em...?

— É, desculpe. Na verdade, não quero fazer nenhum juízo de valor. Ela era bastante madura para a idade dela. Bastante dura com os meninos. Não tenho ideia se ela estava realmente dormindo com alguém, mas era essa a impressão que passava.

— E o que aconteceu com ela? Depois que todos vocês saíram da escola? Você tem alguma ideia?

Ele suspira e diz:

— Ela desapareceu, pelo que eu sei. Fugiu de casa, talvez? Não consigo me lembrar. Mas eu sei que no fim houve algum tipo de desentendimento entre a Roxy e a Brooke.

— Ah. Certo. E por qual motivo?

— Não sei. Mas por um tempo a coisa ficou feia. Tóxica de verdade. Elas tiveram uma briga. Tipo, uma briga feia, física, sabe? Uma delas ficou com o lábio cortado. Não consigo lembrar qual das duas.

— E a Brooke... Você consegue se lembrar do sobrenome dela?

— Sim. Era Ripley.

— E como se soletra Brooke...?

— B-R-O-O-K-E. Acho.

— Ótimo! — Alix abre um sorriso para ele. — Muito bom. Obrigada. Mande um olá pra sua mãe e pro seu pai por mim, tá bom?

Alix entra em casa e constata que Josie não está. A cozinha ainda guarda um leve cheiro de desinfetante e merda, e ela abre as portas de correr para entrar ar fresco. Em seguida, prepara um café, abre o laptop e pesquisa "Brooke Ripley" no Google.

Há muitas, a maioria velhas demais para ser a Brooke da Roxy. Ela abre o Instagram para procurar e encontra cinco. Nenhuma parece ser a certa, mas clica em uma por uma. Elas moram em lugares onde alguém que foi criado em Kilburn não acabaria morando, pelo menos não aos 21 anos de idade. Mais uma vez, nenhuma delas parece ser a pessoa certa. Então Alix entra no Facebook e procura. Clica primeiro em *Pessoas*, mas se depara mais uma vez com uma série de candidatas improváveis, antes de clicar em *Publicações*. E aí seu coração para por um segundo e depois dispara. Lá está o nome dela, Brooke Ripley, em destaque, numa sequência de postagens sobre uma garota desaparecida.

Alix clica na primeira postagem e lê as primeiras palavras:

"Por favor, ajudem! Qualquer pessoa nas áreas de Kilburn/Paddington/Queen's Park/Cricklewood. Minha linda sobrinha, Brooke..."

E então ela tem um sobressalto.

Josie está parada bem na frente dela, segurando Fred.

— Ah! — exclama Alix. — Que susto!

— Eu limpei o chão lá no andar de cima — diz Josie. — E abri a janela pra deixar entrar um pouco de ar. Se você puder me dar uma roupa de cama limpa, eu mesma arrumo a cama.

— Ótimo. Assim que eu subir pego pra você.

— Mais uma vez, me desculpe, eu sinto muito. O Fred parece bem agora. Acho que ele só precisava tirar aquela comida de dentro dele. Eu nunca o alimentei com algo assim antes. Está na cara que ele não foi feito pra comer isso.

— Que bom que parece melhor! — diz Alix. — Pobrezinho. Você está pronta pra mais uma sessão agora de manhã?

Josie assente.

— Claro! Vou só pegar um café.

— Ótimo. Vou ao banheiro. Vejo você daqui a pouco.

Alix fecha o laptop e sobe as escadas para pegar roupas de cama limpas no armário. Ela as coloca ao pé da escada, com a intenção de deixar Josie fazer isso sozinha, mas algo a faz carregá-las escada acima até o último andar. A porta do quarto de hóspedes está entreaberta. Uma brisa agita as cortinas pela janela aberta. As roupas que Josie usava quando chegou nas primeiras horas da manhã de sábado estão penduradas, lavadas e dobradas, no rack. O pijama que Alix emprestou a Josie está cuidadosamente dobrado em cima da cama desguarnecida.

No banheiro, uma toalha úmida está pendurada no toalheiro de metal cromado. Na prateleira de vidro acima da pia há um frasco da base de Alix que ela não se lembra de ter colocado lá, além de um tubinho de seu rímel. Ela pega os produtos e os olha com curiosidade, como se pudessem lhe oferecer uma explicação.

Em seguida ela começa a refazer a cama com os lençóis limpos. Coloca os travesseiros nas fronhas, sacode o edredom e encaixa o lençol embaixo do colchão, e é nesse momento que sente algo duro e frio. Ela localiza o objeto e o pega.

É uma chave. Está presa a um chaveiro de plástico transparente com o número 6 escrito na etiqueta de papel interna. O chaveiro está manchado de sangue seco. Alix deixa o objeto cair, como se estivesse em brasa, depois o desliza, com um gesto rápido e urgente, de volta para debaixo do colchão, sai do quarto e fecha a porta.

Josie está esperando por ela na cozinha. Ela sorri e pergunta:

— Pronta?

Alix assente.

Oi! Eu Sou Sua Gêmea de Aniversário!
UMA SÉRIE ORIGINAL NETFLIX

A tela mostra uma mulher caminhando por um parque com um labrador marrom. O sol que se põe no céu atrás dela é de um intenso vermelho-sangue.

A cena seguinte mostra a mulher sentada em uma pequena poltrona, ao lado de uma lareira acesa, o cachorro dormindo a seus pés.

Ela está de pernas cruzadas e há uma taça de vinho à sua frente. A legenda diz:

Ffion Roberts, tia de Brooke Ripley

A mulher chamada Ffion abre seu laptop, que é mostrado brevemente na tela.
Nele há uma postagem aberta no Facebook.
A câmera se volta para Ffion, que está lendo a publicação.
Ffion: "Por favor, ajudem! Qualquer pessoa nas áreas de Kilburn/Paddington/Queen's Park/Cricklewood. Minha linda sobrinha, Brooke, foi ao baile de formatura da escola na quarta-feira. Ela disse aos amigos que depois iria se encontrar com 'uma amiga'; seus colegas da escola se despediram dela no ponto de ônibus em frente ao local do baile, na Shoot Up Hill, em Cricklewood, pouco depois das nove da noite. Temos imagens de câmeras de segurança que a mostram entrando no ônibus da linha 28 às 21h11 e desembarcando novamente nos arredores de Maida Vale às 21h22. Depois disso, não sabemos para onde ela foi; ela não atende o celular, e sua mãe e toda a família estão extremamente preocupadas. Se você tiver alguma ideia de quem é a pessoa com quem ela iria se encontrar na quarta-feira às nove e meia, por favor, avise-nos. E por favor, compartilhe esta mensagem o máximo que puder. A polícia foi informada, mas não há muito que possam fazer."
Ela fecha o laptop e olha para a entrevistadora. Seus olhos estão marejados. Seu rosto se contrai, e fica claro que ela está prestes a cair no choro.
Ffion: Desculpe.
Ela se afasta da câmera.
Ffion: Eu realmente sinto muito. Posso parar por um minuto?

QUARTA-FEIRA, 17 DE JULHO

A postagem no Facebook mostra Brooke Ripley de vestido branco e justo até o tornozelo e tênis prateados. Na foto ela parece pensativa, frágil e insegura. É somente por saber que apenas seis semanas antes esta menina estava sendo seduzida e abusada por Walter Fair que Alix consegue enxergar com tanta profundidade a alma dela, interpretar tanta coisa na inclinação incerta de sua cabeça, no seu sorriso retraído. Na verdade, ela está surpresa por Brooke Ripley ter ido ao baile de formatura da escola, levando em consideração a situação horrível em que se encontrava.

A postagem no Facebook, que foi compartilhada cerca de vinte vezes, é um apelo da tia de Brooke, Ffion, que escreveu em nome da mãe de Brooke.

Alix lê os comentários. São todos do tipo "rezando por vocês". Ninguém tem pistas a dar. Uma garota chamada Mia, que aparece na ponta da fotografia do baile com Brooke, responde: "Sou eu na foto. Tipo, eu vi a Brooke literalmente alguns minutos antes de ela desaparecer. Ela disse que estava indo embora pra casa. Queria saber pra onde ela foi", e encerra com o emoji de um rosto triste e um coração.

Alix clica no perfil de Mia e descobre que é fechado. Ela clica em *Mensagem* e por um momento encara a caixa de texto vazia. O que ela diria? E como?

E por que, Alix se pergunta, ela nunca ouviu falar de Brooke Ripley? Por que o nome e a foto dela com o lindo vestido branco não a remetem ao verão de 2014? E então Alix se dá conta de que em junho de 2014 ela estava às voltas com um bebê insone e uma criança de seis anos mal-humorada. Estava afundada no poço da maternidade, então talvez tivesse visto essa história na época mas se esquecido totalmente dela, ou talvez a história tenha sido rapidamente engolida por outra maior.

Ela troca a tela ao ouvir o som de passos descendo as escadas. É Josie, ainda usando a mesma roupa que Alix lhe emprestou no sábado. Já é quarta-feira. As roupas da própria Josie estão penduradas no quarto, limpas e prontas para serem usadas. No entanto, ela ainda prefere usar as de Alix.

— Eu estava pensando — Alix começa a dizer. — Se você vai ficar aqui por mais alguns dias, gostaria que eu fosse até a sua casa pegar algumas roupas pra você?

Ela vê um lampejo de algo passar pelo rosto de Josie, que responde com a boca rígida e a voz firme:

— Não, obrigada.

— Mas o tempo está mudando. Vai fazer muito calor nos próximos dias. Posso pegar mais alguns daqueles vestidos de verão pra você?

— De verdade. — A mandíbula de Josie se afrouxa. — Eu juro que não precisa, estou bem assim.

— Bom, me avise se você mudar de ideia.

— Claro — diz Josie. — Eu te aviso.

— E o que você vai fazer? No sábado? Pra onde vai?

Alix tenta não encará-la enquanto ela encontra a resposta para essa pergunta, pois já sabe que Josie está em maus lençóis, que não tem nenhum plano além de chegar ao final de cada dia.

— Eu acho que vou... — Ela se cala por um momento. — Eu não tenho certeza. Quer dizer, será que eu poderia...?

Alix sente seu corpo enrijecer.

— Eu reparei que há uma cama dobrável no escritório. Quer dizer, será que eu poderia dormir lá, enquanto sua irmã estiver aqui? Imagino que ninguém vá usar o escritório no sábado à noite, certo? E juro que eu não ficaria por perto, pra que você e sua irmã possam fazer coisas de irmãs...

A boca de Alix fica seca. É isso. Este é o limite que ela metaforicamente traçou com relação ao relacionamento com Josie desde o primeiro dia. E a cada dia elas têm se aproximado um pouco mais dele, ficando cada vez mais perto, já quase o tocando com a ponta dos pés. Se esse limite for ultrapassado, Alix não faz ideia de como retomar o controle da situação. Ela sabe, com profunda certeza, que Josie precisa sair de sua casa até a tarde de sábado. Mas sabe também, com a mesma certeza, que é Josie quem está com as rédeas da situação no momento, e que obrigá-la a ir embora de sua casa antes que ela esteja pronta para isso significaria dar fim ao podcast justamente no momento em que as coisas estão prestes a se tornar algo fascinante e imperdível. Alix pensa em tudo isso nos dois segundos que leva para dizer:

— Bom, eu vou perguntar pro Nathan. No sábado à noite eu vou expulsá-lo do espaço das mulheres, então pode ser que ele acabe no escritório, trabalhando.

Ela dá uma rápida olhada para Josie. É tempo suficiente para notar que ela inclina a cabeça ligeiramente pra trás, numa pose um tanto ameaçadora e fria na qual fica evidente que ela reencontrou seu prumo.

— Tudo bem — diz Josie. — Certo. Mas me avise assim que puder.

— Sim — responde Alix com cordialidade. — Sim! Claro.

Quando Josie menciona que não vai trabalhar naquela tarde, Alix inventa um motivo para sair de casa. Tudo tem sido intenso demais desde o momento em que Josie e Walter entraram na casa dela na noite de sexta-feira. Cada minuto de cada dia foi ofuscado pela vida horrível e caótica dessas pessoas e pela presença de Josie e seu cachorro na casa. O tempo perdeu a forma e o significado. Outro fim de semana está se aproximando, e logo depois o ano letivo chega ao fim, e então haverá seis longas semanas acompanhada dos filhos. Alix precisa de algo que pareça normal, de um tempo sozinha. Ela diz a Josie que vai devolver alguns livros da biblioteca e depois vai ao parque para almoçar no café.

Alix viveu muitos momentos importantes no café em Queen's Park desde que ela e Nathan se mudaram para a região há dez anos. Ela vê fantasmas e ouve ecos de si mesma em todos os diferentes estágios de sua vida ali: grávida de Leon e, mais tarde, sentada com um recém-nascido e uma criança de cinco anos; com outras mães da creche; com mães da escola; com Nathan e as crianças nos finais de semana. O quiosque de sorvete a faz pensar em Leon e Eliza com bocas azuis e brilhantes depois de tomarem o de sabor de chiclete. As cervejas no refrigerador a fazem pensar na sensação de leve tontura ao beber durante o dia nas tardes quentes de verão. Em diferentes pontos de sua vida ela se sentou a cada uma das mesas, viveu diferentes versões de si mesma em múltiplos fragmentos de luz. Então hoje ela vai se sentar no café, comer um panini e viver outro fragmento de sua vida e tentar se sentir normal, se sentir como a Alix de seis semanas atrás, a Alix que ainda não conhecia Josie Fair.

Ela pede o seu panini de sempre, de queijo de cabra e presunto, um chá gelado, e se senta com a plaquinha de madeira numerada na mesa à sua frente. Então fica à espera da comida e da sensação de normalidade. Mas a sensação não vem. Talvez o sentimento esteja ali, ela pondera, em algum lugar do outro lado do parque; talvez esteja no parquinho onde ela ainda leva as crianças de vez em quando. Ou talvez na tirolesa. Ou no zoológico, pelo qual ela e Nathan passaram, bêbados, na noite do seu aniversário de quarenta e cinco anos, o ar escuro da noite ainda quente na pele dos dois.

O panini chega, e é o mesmo panini de sempre, mas o sanduíche não traz a sensação que ela buscava. Ela sente que Josie pegou tudo o que era normal na vida de Alix e engoliu completamente com sua escuridão. Alix pensa na chave debaixo do colchão manchada de sangue com o número 6 rabiscado nela. Alix pensa em Josie vasculhando sua caixa de lixo reciclável enquanto ela estava fora com a família, pensa em Josie dentro de sua casa neste exato momento, usando suas roupas, sua maquiagem, espalhando o cabelo dela e as células de pele morta aonde quer que vá. Alix imagina Josie entrando no escritório, avistando o sofá-cama, entrando no banheiro de Alix, pegando sua maquiagem. Então visualiza Walter fazendo sexo com Brooke, Erin com o ouvido encostado na parede, Josie fingindo que nada tinha acontecido, seguindo a vida.

Alix empurra o panini e se levanta. Ela precisa terminar o podcast. Acabar de uma vez com isso, mergulhar nessa sujeira, chegar ao fim dessa história sórdida, tirar Josie de sua casa e recuperar sua vida. Mas primeiro precisa passar pelo apartamento de Josie, espiar pela janela e ver se consegue ter uma noção do que Walter pode estar fazendo ou pensando.

Meio-dia e meia

Alix disse que se ausentaria por uma hora e que fariam algumas gravações assim que ela voltasse, contanto que Josie estivesse disposta. *Uma hora é muito tempo*, pensa Josie. Muito tempo para ficar sozinha na casa de alguém. Alix autorizou Josie a ficar à vontade para almoçar. "Pode pegar qualquer coisa da geladeira."

Então Josie espia dentro da geladeira. Ela vê o resto do baba sei lá o quê, aquela coisa pastosa marrom que deixou Fred doente, e estremece. Em seguida vê um pedaço de cheddar e pensa que tudo de que precisa é um pedaço desse queijo e uma fatia de pão com manteiga. Ela come seu minúsculo almoço à mesa da cozinha, encarando fixamente o espaço ao redor com uma expressão vazia. Fred fareja pela cozinha em busca de migalhas. O chão está surpreendentemente bagunçado. Faz três dias que o lacre de plástico de uma embalagem de pão de forma está lá caído. Aparentemente ninguém viu. Isso não condiz nem um pouco com a imagem que Alix gosta de passar no Instagram. Nada é, na verdade, não quando se olha de perto e com atenção. Mas não importa. Josie não é uma pessoa organizada, ela só se esforça para ser um pouco porque Walter gosta de ver tudo arrumado. Por isso ela fica feliz por Alix ter permissão de deixar um lacre de plástico de embalagem de pão caído no chão por três dias sem que isso cause uma discussão.

Um momento depois, Josie se vê atravessando a cozinha, pegando o lacre e colocando-o no bolso da calça. Ela abre e fecha as gavetas dos armários, que deslizam, macias como seda, até chegar a uma gaveta bem bagunçada, atulhada com todo tipo de coisa. Josie folheia cardápios de delivery, fuça canetas esferográficas, pacotes de lenços de papel, clipes de metal, álbuns de selos postais, rolhas de garrafas de vinho e elásticos. Tudo foi jogado de qualquer jeito dentro da gaveta, não existe a mínima ordem. Os dedos dela sentem o lustro de uma fotografia e ela tira de dentro da gaveta um punhado de fotos 3x4. Leon aparece nas imagens com o semblante sombrio e sério, a gola azul-clara de sua camisa do uniforme escolar discretamente visível. Josie guarda uma das fotos no bolso também.

Josie pensa na gaveta de roupas íntimas de sua casa, nos troféus e bugigangas escondidos atrás das calcinhas. Não apenas as coisas de Alix. As outras também. Ela sente vontade de ir para casa, só por um momento, a fim de guardar o desenho de criança e o lacre da embalagem de pão e a foto de Leon que encontrou na gaveta. Ela poderia fazer isso, com certeza. Entraria e sairia em questão de segundos. Ninguém a veria. Ela decide que irá amanhã, depois do trabalho.

E então tira da gaveta um cartão de visita preto brilhante com os dados de Nathan. O nome de sua empresa — Condor e Bright, Consultores de Propriedades Comerciais, ECI — e seu número de celular abaixo do número do escritório. Ela coloca o cartão no bolso.

Oi! Eu Sou Sua Gêmea de Aniversário!
UMA SÉRIE ORIGINAL NETFLIX

A tela mostra uma mulher jovem e muito alegre. Seu cabelo cacheado loiro está preso em um rabo de cavalo, e ela usa grandes argolas douradas e um cardigã preto justo.

A mulher se senta em um pequeno sofá vermelho em um bar mal iluminado; nas imagens, ela aparece se arrumando algumas vezes e tentando encontrar a pose perfeita.

"Deste ângulo você consegue ver a minha blusa?", *pergunta ela à entrevistadora.*

Ouve-se a entrevistadora dizer fora do microfone: "Não, você está ótima."

A mulher ri e diz: "Que bom. Bem, então vamos lá."

A legenda diz:

Katelyn Rand

Katelyn: Bom, eu não diria que sou amiga da Josie. Eu sabia da existência dela e ela sabia da minha. Moramos no mesmo condomínio quando éramos crianças. Eu me lembro dela e da mãe dela. Principalmente da mãe dela. Todo mundo conhecia a Pat O'Neill, ela era uma figura e tanto. Não era nada bom arranjar encrenca com ela.

Katelyn dá uma risada sarcástica.

Katelyn: E eu me lembro dela me contando sobre a Josie ter saído repentinamente de casa aos dezoito anos e dos boatos que corriam na época, de que ela tinha saído com um homem mais velho. A última vez que eu vi a Josie, acho que eu tinha uns... dez anos? E durante anos eu nunca mais tive notícias dela. Até que um dia eu levei algumas coisas naquele lugar onde ela trabalhava, a Stitch, um ateliê de reparos e ajustes de roupas em Kilburn, e eu a reconheci na hora. Por mais estranho que pareça, ela não tinha mudado nada. Tenho certeza de que ainda usava as mesmas roupas de quando era adolescente! Aí começamos a bater papo, ela me perguntou o que eu fazia e eu contei sobre a minha carreira de atriz. Eu disse que estava passando por dificuldades, falei dos perrengues de quem vive de teatro. Fiz pouco-caso disso. E ela me disse nessas mesmas palavras: "Talvez eu tenha um servicinho pra você. Me dá seu número." Então dei o número do meu celular e alguns dias depois ela me ligou. E foi isso. Eu me envolvi até o pescoço. Até a porra do meu pescoço.

***

Meio-dia e quarenta

É uma caminhada de doze minutos do verde exuberante do Queen's Park até o cinza manchado da rua de Josie. Mesmo em um dia de sol, as casas de estuque parecem humilhadas, de tão ruim que é o estado em que se encontram. Alix olha diretamente janelas adentro, primeiro do outro lado da rua e depois bem na frente do prédio. Ela vê uma mesa pela janela dianteira. É de uma madeira escura, do tipo que hoje em dia já nem usam mais. Ao redor da mesa há três cadeiras da mesma madeira com pernas torneadas com gomos em espiral. Ela consegue distinguir um sofá voltado para uma televisão antiga. Paredes vazias. Nos fundos há uma cozinha aberta para a sala de estar. Os armários são revestidos de pinho com puxadores de plástico branco. Ela entrevê um corredor escuro que leva a uma porta. As cortinas jeans estão semicerradas em frente à janela menor. Pela fresta, ela enxerga uma cama feita com um edredom floral claro e duas almofadas florais, um par de almofadas jeans e algumas gavetas revestidas de fórmica branca.

Parece um imóvel alugado que acabou de ser desocupado pelos inquilinos anteriores e agora está sendo decorado para os próximos moradores. Não parece um apartamento que está sendo habitado no momento. Ela volta para a grande janela dianteira e espia novamente ao redor da sala. É difícil acreditar que uma briga tenha ocorrido ali no sábado, que um homem grandalhão tenha espancado a sua pequenina esposa até ela ficar ensanguentada e com hematomas.

E onde está o tal grandalhão?, pergunta-se Alix. Há um laptop fechado na mesa de jantar. Mas nada mais. Segundo Josie, ele nunca sai. Está sempre em casa. Mas ele não parece estar ali agora. Então, onde ele está?

Alix olha mais uma vez para o sofá. Ela imagina Walter e Josie sentados lado a lado após a atrocidade que ele cometeu com Brooke, vendo TV em silêncio. Em seguida, imagina Walter cinco anos depois, batendo violentamente a cabeça da esposa contra a parede, furioso com as acusações dela.

Ao se virar, Alix olha ligeiramente para a esquerda. Vê um ônibus de dois andares descendo a Kilburn High Road, a algumas centenas de metros de distância, em direção ao sul, em direção a Maida Vale. Enquanto observa, pensa em Brooke Ripley de vestido branco, descendo de um ônibus ali mesmo, cinco anos atrás.

Na verdade, é exatamente ali, no ponto onde a Kilburn High Road encontra Maida Vale.

Ali mesmo, a dois minutos a pé do apartamento de Josie e Walter.

Duas da tarde

Alix encara Josie, tentando manter uma expressão tranquila, mas é difícil, porque por dentro ela se sente perturbada. De fones de ouvido, Josie está tomando chá na caneca favorita de Alix, que suspeita que

Josie sabe disso, e que é justamente por isso que sempre faz questão de usá-la. Alix ajusta o volume e depois pigarreia, observando as linhas coloridas que se movem na tela do laptop. Sua próxima pergunta parece sólida em sua língua, como algo que ela corre o risco de engolir acidentalmente e acabar se engasgando.

Ela pigarreia novamente e diz:

— Então. O que aconteceu com a Brooke?

— Com a Brooke?

Alix sorri e faz que sim com a cabeça.

— Sim. Com a Brooke.

— Eu não faço ideia. Nunca mais ouvi falar dela.

— Nunca mais ouviu falar dela?

— Não.

— Você nunca tentou encontrá-la?

Josie estreita os olhos para Alix e a fuzila com um olhar inquisidor.

— Não. Por que eu deveria? Depois do que ela fez?

— Bem, talvez ela pudesse ter alguma ideia sobre o paradeiro da Roxy.

Alix perscruta o rosto de Josie enquanto ela procura uma resposta.

— Não — diz Josie depois de uma pausa. — Ela não saberia. Elas tiveram uma briga feia e pararam de se falar. Completamente.

Alix arqueia uma sobrancelha com frieza, achando praticamente impossível esconder seus sentimentos.

— Como você se sentiria se eu entrasse em contato com a Brooke? Tentasse entender o lado dela da história pro podcast?

— Não.

É uma reação tão imediata e definitiva quanto bater uma porta.

— Por que não?

— Porque... simplesmente não. Isso é demais. Eu estou te contando o que eu quero contar. O que eu *preciso* te contar. Eu tenho que viver a minha vida depois deste podcast, sabia? Mostrar minha cara ao mundo. E se você envolver essa mulher... — Josie se cala e inspira o ar.

Alix espera.

— Eu simplesmente não confio nela. Ponto-final.

— Mas você deve ter curiosidade de saber o que aconteceu com ela, não?

— Claro que eu tenho. Eu me pergunto isso o tempo todo. Sobre a Roxy e sobre a Brooke. O tempo todo. É como se a minha vida... é como se a minha vida tivesse acabado naquele dia. Sabe? Como se todas as coisas boas tivessem parado de acontecer.

— Mas a Erin... E a Erin?

— O que é que tem ela?

— Quer dizer, ela deve trazer felicidade pra você. Certo? Como foi pra ela quando a Roxy foi embora? Você mal fala sobre a Erin.

Josie dá de ombros.

— Não tenho muito o que dizer.

— Bem, vamos tentar?

Josie assente.

Oi! Eu Sou Sua Gêmea de Aniversário!
UMA SÉRIE ORIGINAL NETFLIX

A tela mostra a reconstituição de uma cena em que uma mulher está sentada no sofá de um apartamento, olhando pela janela enquanto um ônibus passa.

A legenda diz:

17 de julho de 2019, gravação do podcast de Alix Summer

Josie: Depois da história com a Brooke, meu relacionamento com o Walter se tornou um jogo de xadrez. Era como se eu fosse um peão, sendo empurrado por um enorme dedo invisível de casa em casa pelo tabuleiro, sem nenhuma consideração aos meus desejos e necessidades. O Walter era o rei, claro, e tudo em nossa residência era feito para protegê-lo. Eu criei uma espécie de barreira invisível em torno da minha família, da porta do nosso apartamento para dentro. Eu venho fazendo isso há anos, óbvio, durante todos os quatorze anos em que as crianças frequentaram a escola, com as outras mães, os professores, os assistentes sociais, os meus colegas de trabalho e os vizinhos do lado e do andar de cima. Eu mantive as pessoas afastadas, bem longe. Mas isso foi na época em que ninguém havia feito algo realmente errado. Quando a única coisa que me preocupava era ser julgada por ter filhas malcomportadas e um marido violento. Mas agora eu corria o risco de ser julgada por ter um marido que seduzia adolescentes e dormia com elas em sua própria casa, e, sim, eu mexi no laptop dele, e, sim, ele estava olhando coisas que eram ilegais, nojentas e na verdade bastante perturbadoras, e, sim, o Walter é um pervertido, um criminoso, nojento, repulsivo, um homem que eu nunca mais tocaria, não como esposa. E eu disse isso na cara dele. Disse que esse lado do nosso casamento havia acabado. Então eu cozinhava, limpava a casa, trabalhava e sorria para as pessoas em quem eu confiava, e mantinha a cabeça abaixada perto das pessoas em quem eu não confiava. Dois anos atrás, eu disse ao Walter que eu queria um cachorro porque estava cansada de não ter nada pra amar e ele respondeu que se íamos comprar um cachorro, então seria um akita, um dobermann ou algo que o enchesse de orgulho de levar para passear na rua, e eu falei: "Não, este cachorro é pra mim, e eu quero um cachorro que eu possa carregar como um bebê, porque você arruinou minhas bebês, você arruinou minhas filhas." Porque, a essa altura, não apenas a Roxy havia ido embora de casa, mas o Walter tinha começado a abusar da Erin.

A tela escurece e os créditos começam a rolar.

***

Duas e meia

— Abusar? Como assim? Do que você está falando?

Josie inclina de leve a cabeça para trás e revira os olhos para o teto. Alix aguarda, com a respiração dolorosamente entalada no fundo da garganta. Ela tem a sensação de que já sabia disso o tempo todo, de alguma forma. Como se, desde o início, isso tivesse sido um zumbido terrível no plano de fundo da história.

— O que estou querendo dizer é que quase todas as noites, quando eu pego no sono, o Walter sai da cama e vai pro quarto da Erin. E então, quando eu me levanto, ele está sentado à mesa, agindo como se nada tivesse acontecido.

— E? Quer dizer... como você sabe?

— Eu apenas sei. Esse homem pensa que é o rei, você entende? Ele cede um pouco e me deixa fazer o que eu quero aqui e ali, como fez com o cachorro. Como vir aqui na sua casa pra jantar. Mas ele faz isso como um rei faria. Ele atira uma guloseima. — Josie gesticula com o braço. — E eu que faça por merecer, eu que corra e me vire pra pegar o agrado que ele concede. Você sabe. Mas, na cabeça dele, tudo naquele apartamento é dele. Tudo pertence a ele, e assim que eu joguei na cara dele que *eu* não era mais dele, que ele não tinha mais permissão pra me tocar, ele tomou posse da coisa mais próxima a mim. Ele se apossou da Erin.

— Você já viu alguma coisa? Ouviu alguma coisa?

Josie balança a cabeça.

— Eu coloco protetores de ouvido. Fico dentro do meu quarto até o dia raiar.

— Porra! Josie!

Alix não consegue evitar explodir. Ela não consegue conter o choque e a consternação. Ela queria ser imparcial. Seu trabalho não é julgar nem reagir, mas simplesmente fazer perguntas e ouvir. Mas isso (ela sabe que vai cortar essa reação na edição final) é algo animalesco e brutal demais para manter uma atitude ponderada e neutra. Especialmente... sim, ela sabe que é o mais horroroso dos clichês: especialmente por ser mãe.

— O que eu deveria fazer? — rebate Josie. — Foi uma coisa gradual. A princípio eu não percebi o que estava acontecendo. Às vezes eu acordava e via a cama vazia e quando perguntava aonde ele tinha ido, ele me dizia que estava conversando pela internet com seus filhos no Canadá. Eu pensava: *Por que tem que ser no meio da noite? Por que não no fim da tarde?* E depois que eu descobri o que estava acontecendo, bem, pensei que ela viria me contar. A Erin. E continuei esperando. Mas, em vez disso, ela simplesmente mergulhou cada vez mais em si mesma. Parou de comer. Ela sempre foi chata pra comer, mas ficou cada vez mais enjoada, e depois começou a pedir comida de bebê.

— Comida de bebê?

— Sim. Ela disse: "Eu quero aquela coisa que eu comia quando era pequena. Aquilo que você tirava de um pote quando você me alimentava com uma colher." Presumi que fosse algum tipo de, como eles chamam isso? Regressão, acho. Ela queria voltar a ser um bebê. Se sentir segura.

— Mas, Josie, me desculpa — interrompe Alix. Precisa de um tempo para absorver todas as informações importantes que Josie está lhe dando. — O que o Walter disse a respeito? Quer dizer, você deve ter dito alguma coisa a ele, certo?

Josie balança a cabeça em negativa, e Alix solta um suspiro tão alto que faz o display de áudio de seu laptop oscilar descontroladamente.

— Eu sinto muito, Josie. De verdade. Mas preciso entender isso. Você está me dizendo que, depois do que aconteceu com o Walter e a Brooke, a sua filha mais nova fugiu de casa e você parou de ter relações com o seu marido e que, em resposta a isso, ele começou a visitar sua filha adolescente no quarto dela todas as noites para, você supõe, abusar sexualmente dela. Então sua filha começou a regredir a ponto de querer comer apenas papinha, e nunca mais saiu do quarto. E isso vem acontecendo nos últimos cinco anos?

— Mais ou menos isso. Sim.

O tom de voz de Josie é ríspido. Sua boca está franzida.

— E você não falou nem com sua filha nem com seu marido a respeito disso?

Ela assente.

— É isso.

— E isso simplesmente... acontece?

— Simplesmente acontece.

— E a sua filha. A Erin. Ela foi coagida de alguma forma? Digo, ela estava livre pra ir embora?

— Sim. Estava livre pra ir embora.

— Mas ela não foi?

— Não. Não foi.

— E por que você acha que ela não foi embora?

— Ele provavelmente entrou na cabeça dela. Ele provavelmente a fez pensar que estava tudo bem. Do jeito que ele sempre faz, sabe?

Alix fica em silêncio por um momento. Seus ouvintes precisarão disso nesse momento. Mas ela também precisa agora. Em seguida ela faz a pergunta cuja resposta mais teme.

— Josie, antes da sexta à noite, quando você e o Walter brigaram, na noite em que o Walter bateu em você, quando foi a última vez que você tinha visto a Erin?

Josie dá de ombros. Ela funga e se contorce levemente na cadeira.

— Há uns seis meses? Talvez um ano? Por aí.

— Você não a viu de jeito nenhum? Nem uma única vez? Nem quando ela ia ao banheiro?

— Ela espera até eu sair de casa. Não quer me ver.

— Mas como você sabe disso?

— Bem, se ela quisesse me ver, ela sairia do quarto, não é? Ela sabe quando eu estou lá. Eu a alimento. Deixo a comida dela junto à porta, e ela coloca os recipientes vazios do lado de fora do quarto. E não pense, nem por um minuto, que eu não quis vê-la, porque eu quis vê-la mais do que tudo. Mas quando alguma coisa dura tanto tempo, bem, vai ficando cada vez mais e mais difícil, sabe? Mais difícil voltar atrás e fazer a coisa certa. Eu parei diante da porta dela todo santo dia, duas, três vezes por dia. Eu parei. E eu tocava na porta e fazia assim com a mão... — Ela fecha o punho. — Como se eu fosse bater. Mas eu nunca bati, Alix. Eu simplesmente nunca fiz isso. E não pense que eu não me odeio, porque eu me odeio muito. Muito. Odeio ter demorado tanto pra acabar com isso.

— E bastou um jantar na minha casa...?

— Sim. Como eu te disse quando nos conhecemos, eu comecei a romper padrões. Ir ao gastropub chique naquela noite. Parar de usar jeans. Fazer isto. — Ela aponta para o espaço entre as duas. — Foi como se eu tivesse que quebrar pequenos padrões antes de estar pronta para quebrar os grandes.

Alix balança a cabeça lentamente e fita Josie com os olhos semicerrados.

— Eu entendo — diz ela, embora na verdade não entenda. — Eu entendo. Mas você diz que a Erin tem estado praticamente reclusa nos últimos meses, não saiu do quarto nem de casa. Então onde exatamente ela foi na sexta à noite? Para a casa de qual amiga?

Josie se reposiciona na cadeira.

— Não faço ideia.

— Alguém com quem estudou na escola?

— Ah, eu duvido disso. Não, provavelmente apenas alguém que ela conhece da internet. Uma amiga virtual.

— Você deve estar preocupadíssima com ela.

— Sim, estou. Estou terrivelmente preocupada com ela. Com ela e com a Roxy.

— E quanto ao Walter? Você está preocupada com ele?

— Meu Deus. Não. Por que eu estaria preocupada com ele? Ele é um pervertido, um espancador de mulheres. Ele é um monstro. Eu o desprezo. Eu o desprezo completamente. Estou feliz que...

Ela se detém.

— Feliz com o quê?

— Estou feliz que ele tenha batido em mim. Estou feliz que ele tenha me machucado. Isso me tirou de lá. Me tirou daquela prisão doentia. Eu levaria uma surra de novo pra me ver livre.

O rosto dela fica rígido. Alix gostaria que fosse um documentário, não um podcast. Ela gostaria que seus ouvintes pudessem ver a maneira como o rosto de Josie congelou, feito uma máscara, e a única lágrima forçada que aparece em seus olhos pretos e escorre por sua bochecha.

— O que vai acontecer com ele? Você vai contar pra polícia o que ele fez com a Erin?

Josie enxuga a lágrima com as costas da mão e funga.

— Não — responde ela. — Essa decisão não cabe a mim. Isso depende da Erin.

— Vocês conversaram sobre isso?

— Não, eu não falei com ela. Ela não atende as minhas ligações nem responde as minhas mensagens.

Alix exala o ar lentamente. Nada disso faz o menor sentido. Nada.

— Você já pensou em ir até o apartamento e fuçar o computador dela? Ver o que consegue encontrar?

— Eu não entendo nada de computador.

— Tá bem, mas eu entendo. Eu poderia ir com você...

— Não. Não, obrigada. A Erin virá até mim quando estiver pronta.

— Mas, Josie, pense nisso. Ela sofreu abusos sob seu teto durante anos. Você não fez nada pra protegê-la. Ela espera você sair de casa pra usar o banheiro. O que te faz pensar que ela vai entrar em contato com você?

Josie suspira e dá de ombros.

— Acho que você tem razão — diz ela. — Eu tenho certeza de que você tem razão. Mas, aconteça o que acontecer, é melhor pra ela do que ficar naquele apartamento com aquele homem. Aconteça o que acontecer, pelo menos ela está livre.

Três e meia da tarde

Alix está do lado de fora da escola. Ela trouxe consigo o cachorro de Josie, que ainda não tinha sido levado para passear. Queria uma desculpa para sair de casa um pouco mais cedo e ficar na rua até um pouco mais tarde. A cabeça dela está explodindo. Ela se sente nauseada. As mães conversam e ela participa, feliz pela oportunidade de ter saído do lugar onde passou as últimas horas. Fred vê outro cachorro e late para ele, e Alix pede desculpas ao seu dono. As crianças ficam agitadas perto do cachorrinho.

— Cuidado, ele é meio bravo — avisa ela.

Alguém pergunta se o cachorro é dela e ela responde:

— Não, é de uma amiga. — Depois se corrige: — De uma conhecida.

Com o cachorro debaixo do braço, ela leva as crianças ao parque e as observa nos balanços. Ela gostaria que o cachorro pudesse falar. O cachorro sabe, pensa ela, o cachorro sabe de tudo. Ela quer falar com a mãe de Josie, mas prometeu a ela que não fará isso.

Alix não consegue parar de pensar em Walter, na maneira como ele se portou na noite de sexta-feira, quando foi jantar em sua casa. As roupas novas. O consumo moderado de álcool (ele bebeu apenas duas cervejas a noite toda). A maneira tranquila como ele conversou com ela no estúdio de gravação sobre sua "Jojo", sobre ela mentir e inventar histórias convenientes à sua própria narrativa. Ela presumiu que Walter fosse um manipulador calculista, que tudo fazia parte da atuação dele. E talvez fosse encenação mesmo. Mas ela não consegue deixar de pensar que há algo mais. Algo por trás dessa história sombria, mas de certa forma bem comum, de uma família devastada por um homem controlador e dominante.

A Jojo não é quem aparenta ser. De jeito nenhum.

Foi o que Walter disse. E por mais que a intuição de Alix lhe diga para acreditar em uma mulher que alega ter sido abusada, lhe diz também que Josie não é confiável.

QUINTA-FEIRA, 18 DE JULHO

Alix foi levar as crianças para a escola, mas Nathan está atrasado para o trabalho. Josie o ouviu dizer algo a Alix sobre uma reunião em Bishopsgate às dez da manhã, e que nem valia a pena ir ao escritório antes.

Tal como Alix previra, o tempo passou de "agradável para meados de julho" a insuportavelmente quente. Nathan está sentado no jardim com seu laptop e uma xícara de café, e, mesmo de longe, Josie consegue ver a testa dele lustrada de suor. Ocorre-lhe que ele se senta no jardim pela manhã para evitar dividir o espaço com ela dentro de casa. Ela esboça um sorriso forçado e passa de mansinho pelo espaço entre as portas de vidro de correr. Ainda está usando as roupas que Alix lhe deu no sábado. Suas próprias roupas estão penduradas no quarto, mas ela não quer mais usá-las, mesmo estando limpas. Sua esperança era de que Alix se compadecesse ao vê-la descer as escadas todas as manhãs usando a mesma blusa e calça e assim decidisse lhe emprestar peças novas. Mas Alix não fez isso.

— Meu Deus — diz ela, parando a poucos metros de Nathan. — Já está um forno aqui fora, e ainda não são nem nove da manhã!

— Estão dizendo que na hora do almoço vai chegar a trinta e dois graus.

— Puta merda.

Ela fica em silêncio por um instante antes de se virar para Nathan e dizer:

— Ah, por falar nisso: a Alix mencionou que talvez você acabe usando o escritório no sábado à noite. Quando a irmã dela estiver aqui.

— Ah — responde ele, visivelmente nervoso, e de imediato Josie entende que ele e Alix têm conversado a respeito disso em particular, pelas costas dela. — Bem, sim. Esse era o plano. Mas aparentemente todo mundo virá dormir aqui. Acho que a Alix ia te contar. As duas irmãs dela e as três crianças. Eles vão usar o sofá-cama. Então... — Ele limpa a garganta e se cala.

Mentira. É tudo mentira.

— Ah — faz Josie. — Tudo bem. Eu vou encontrar algum lugar. Mas e você? Onde você vai se esconder?

— Ah, acho que vou ficar de bobeira um pouco por aqui e depois sair mais ou menos às sete pra beber com alguns amigos.

— Os mesmos amigos com quem você estava quando não deu as caras no jantar da sexta-feira passada?

Josie tenta soar descontraída, mas não consegue. Ela está tão irritada que talvez comece a gritar.

Nathan lança um olhar hesitante para ela e dá de ombros.

— Ainda não tenho certeza — diz ele. — Não tenho certeza.

Em seguida, ele pega o resto do café, bate as mãos nas pernas e diz:

— Enfim, é hora de eu ir pro trabalho. O que você vai fazer hoje?

— Na verdade, nada. Vamos gravar mais um pouco de material pro podcast e depois eu vou trabalhar. Só isso mesmo.

— E quais são seus planos, Josie? No geral? Digo... Obviamente, a partir de sábado você vai precisar de um plano. Não vai?

Josie o encara com frieza. Ele saiu do roteiro, ela percebe. Não foi isso o que Alix combinou com o marido, não foi o que o instruiu a dizer. *Isso*, pensa Josie furiosamente, *não é da conta dele, porra!* Mas ela consegue soar civilizada ao responder:

— Sim, vou precisar de um plano. Mas eu descobri, Nathan, que a vida mostra o caminho quando a gente se esquece de trilhar um. Então vamos esperar pra ver, sabe?

Ela dá de ombros e volta para a cozinha, pega o cachorro no colo e o leva para seu quarto, onde espera até ouvir o som de Nathan batendo a porta da frente, alguns minutos depois. Pela pequena janela de seu quarto, ela o observa jogar o paletó por cima do ombro e encaixar os estúpidos óculos escuros sobre o estúpido nariz, andando pela rua como se fosse o rei do universo.

Alix disse que iria às compras depois de levar as crianças à escola e que chegaria em casa por volta das nove e meia. Agora são nove e dez, então Josie deixa o cachorro em seu quarto e desce na ponta dos pés até o segundo andar. A porta do quarto de Alix e Nathan está escancarada, o que Josie julga ser uma espécie de sinal de que não há problema que as pessoas vejam o que há lá dentro. Ela ainda não investigou adequadamente a suíte do casal. Isso parece um abuso além da conta. Demais. Mas Nathan a deixou de mau humor com toda aquela conversa sobre "planos".

Se Nathan acha que ela deveria ter um plano, Josie decide então que terá um plano.

A cama de Alix e Nathan é imensa. Tem uma cabeceira feita de vime e veludo verde-claro. Está desarrumada; enormes e volumosas nuvens de edredom cor de creme amontoam-se ao pé da cama, sem dúvida empurradas até ali durante o calor invasivo da noite anterior. Há dois grandes travesseiros amassados e reduzidos ao formato de biscoitos da sorte na extremidade superior, e outros dois caídos no chão, um em cada lado da cama. As paredes estão decoradas com uma mistura de gravuras, pinturas e fotografias. Um par de luminárias de um branco leitoso pende do teto, uma de cada lado da cama, fazendo as vezes de abajures de mesinha de cabeceira, Josie supõe. Há uma janela saliente quadrada com um pequeno assento embutido com vista para o jardim dos fundos. O quarto está atulhado de roupas, principalmente de Nathan, incluindo um par de meias surradas (francamente, ele tem dinheiro para comprar meias novas).

Entre o quarto e o banheiro da suíte há uma antessala, uma espécie de closet, com roupas penduradas dos dois lados: as de Alix de um lado, as de Nathan do outro. Josie fica um ou dois minutos examinando as roupas de Alix, passando os dedos entre os tecidos, as peças de seda, linho e algodão com macias fibras de bambu. Ela abre as gavetas de sapatos na parte de baixo e inspeciona as lindas fileiras de sandálias de tiras douradas e botas de salto de camurça e saltos de seda com tiras nos tornozelos. Ela quer pegar os calçados um a um e experimentá-los, admirar-se no espelho de corpo inteiro. Mas os minutos estão passando, então ela se vira para a parte das roupas de Nathan e começa a vasculhar os bolsos. Não sabe exatamente o que está procurando, mas tem uma forte sensação de que Nathan é tão burro e Alix é tão ingênua que ela vai encontrar algo que lhe será útil.

Ela acha recibos amassados, cartões de visita e pacotes vazios de chiclete. Clipes de papel, sachês de açúcar e canudinhos feitos de embalagens de papel amassadas; cartões de embarque de voos para Bruxelas e Dublin; um pente; meia bala de menta. E enfim, lá está. No bolso interno de um paletó azul, exatamente o que ela procurava. Um saquinho transparente com um resíduo de pó branco grudado no interior. Agora ela imagina Nathan em um bar, com a gravata pendurada no ombro, cercado por doses de tequila e homens berrando, cheirando cocaína em uma mesa com tampo de vidro. *Desprezível*, pensa ela. Simplesmente desprezível. Com esposa e filhos em casa. Em outro bolso ela encontra um pedaço de guardanapo de papel com um número ilegível anotado. E, em outro, o porta-cartão de um cartão-chave de um quarto de hotel — o Railings — com o número do quarto 23 escrito nele.

Ela pega os três itens e coloca no bolso, volta para seu quarto e espera Alix retornar.

Nathan quer que ela tenha um plano.

Pois bem, agora ela tem um.

Alix volta alguns minutos depois. Está carregando sacolas do supermercado, e Josie a observa descarregar as compras na ilha da cozinha. Melão e morango. Uma caixa de flocos de milho crocantes e nozes. Um bife enorme. Um saco de cebolas. Sachês de comida de gato com fotos de um gato idêntico à gatinha da família, como se a gatinha de Alix tivesse um jantar feito especialmente para ela.

— Eu vou pra casa da minha mãe — anuncia Josie. — No sábado. Quando suas irmãs chegarem.

Alix interrompe o que está fazendo, com um pacote de biscoitos de chocolate na mão.

— Ah! Tá legal. Isso é ótimo. O que fez você mudar de ideia sobre entrar em contato com ela? — diz ela.

Josie encolhe os ombros e puxa um pelo solto de Fred, deixando-o flutuar preguiçosamente até o chão.

— A verdade é que eu não tive escolha, acho. Quer dizer, o Nathan me contou que a sua outra irmã também vem ficar aqui, então o sofá-cama será ocupado. Mas essa sua outra irmã não morava em Londres?

— Sim, mora. Mas os filhos dela não queriam ficar de fora dessa bagunça, então quiseram vir dormir aqui também. Me desculpe por isso, foi uma coisa meio que de última hora. Mas estou muito feliz que você vai ver a sua mãe! Eu realmente acho que está na hora.

Josie assente, como se, depois de ponderar seriamente sobre as palavras de Alix, agora concordasse com ela.

— As coisas são o que são — diz ela. — Mas enquanto ainda estou aqui, temos mais dois dias e devemos aproveitá-los ao máximo.

— Você quer dizer com o podcast?

— Sim. Devíamos tentar gravar o máximo que pudermos.

Josie sente o coração acelerar sob o algodão da camiseta cara de Alix ao pensar sobre a semana seguinte. Ela sente o calor no ar, o sol já queimando logo que nasce no céu sem nuvens e brilha através do telhado de vidro da extensão da cozinha de Alix, e só vai ficar mais quente.

Para domingo, a estimativa é de trinta e cinco graus.

Ela pensou que teria mais tempo. Mas ele está acabando.

Josie olha de relance para cima e vê Alix a encarando pensativa.

— Não sei ao certo sobre o que mais podemos conversar agora. Acho que já chegamos ao fim, não? Já cobrimos toda a cronologia dos fatos. Exceto pelos acontecimentos da noite de sexta-feira, é claro. Você gostaria de conversar sobre isso?

Josie concorda com a cabeça, franzindo os lábios com força.

— Vamos...? — Alix aponta para o estúdio.

— Sim — diz Josie. — Vamos.

Oi! Eu Sou Sua Gêmea de Aniversário!
UMA SÉRIE ORIGINAL NETFLIX

A tela mostra um casal caminhando por uma rua escura.

A legenda diz:

18 de julho de 2019, gravação do podcast de Alix Summer

Josie: Pra começo de conversa, ele não queria ter vindo ao jantar. Fez um escândalo. Eu comprei algumas roupas novas e bonitas pra ele, mas Walter se recusou a usá-las, insistiu em usar roupas baratas da Primark, e fez um corte de cabelo horrível de propósito, só pra me irritar. E então, é claro, como o Nathan não apareceu...

Josie suspira.

Josie: Bem, dava pra ver o quanto ele ficou irritado. E passou todo o caminho de volta pra casa fervilhando de ódio. Eu quase podia sentir. A raiva sombria crescendo e crescendo. Quando chegamos em casa...

A tela mostra um casal entrando no prédio dos Fair.

Josie: O clima estava péssimo. Àquela altura, eu já não conseguia mais controlar minha raiva. Senti tudo, a coisa toda, rolando e se agitando dentro de mim, da cabeça aos pés, como uma tempestade, e finalmente, depois de todos aqueles anos, encontrei forças pra arrancar isso de dentro de mim e arremessar no ar, atingindo o Walter bem no meio dos olhos. Eu simplesmente comecei a gritar na cara dele: "Pedófilo! Você é um pedófilo! Você me aliciou e me levou quando eu era nova demais pra saber o que eu queria! E depois você seduziu a Brooke e pegou a menina pra você quando ela era nova demais pra saber o que ela queria! E aí você abusou da sua própria filha! A única filha que te resta depois do que você fez com a Roxy! Você abusou da sua filha repetidas vezes, e eu deixei você fazer isso porque fui programada por você pra acreditar que você é Deus e que pode ter tudo o que quiser! Mas você não é Deus, Walter, e não pode ter tudo o que quiser! Você não pode! E isso acaba hoje! O que você está fazendo com a Erin. Isso acaba *hoje*. Chega. Chega!"

E então eu corri para o quarto da Erin e abri a porta com um empurrão, e lá estava meu bebê, a minha Erin, me encarando com olhos arregalados e vazios. Eu disse: "Arrume uma mala, querida. Rápido. Vou tirar você daqui. Estamos indo embora. Eu sei o que o papai está fazendo e eu sinto muito, meu bem. Sinto muito por ter abandonado você." E foi nesse momento que eu senti uma pancada na nuca e depois uma espécie de calor profundo, irradiando dor e umidade. Eu me virei e vi o braço do Walter voltando na minha direção, segurando o controle remoto que ele usou pra me bater, mirando meu rosto, e então ele me bateu com o controle, no rosto e na cabeça. A Erin apenas ficou lá. Tão magrinha, coitada. Tão magrinha. Eu me joguei pra cima do Walter e o empurrei no peito com as duas mãos estendidas e disse: "Chega. Já chega." E quando eu o vi levantar a mão pra bater na minha filha, simplesmente *me joguei no meio dos dois*, e então, com a mesma rapidez com que começou, tudo parou.

A tela mostra o ator que faz o papel de Walter respirando pesadamente no vão da porta, o controle remoto na mão, depois as atrizes que fazem o papel de Erin e Josie no quarto, abraçadas. Em seguida, Walter se vira e sai.

Josie: Logo depois, eu dei uma espiada na sala de estar. O Walter estava sentado em frente ao laptop dele. O controle remoto estava na mesinha de centro. Era como se ele estivesse tentando fingir que nada daquilo tinha acontecido, como se eu não estivesse com o lábio cortado e sangue escorrendo pela nuca. Era como se ele pensasse que todos nós íamos seguir em frente. Normalmente. Como sempre fizemos. Mas ele estava errado. Eu peguei minha bolsa, peguei o cachorro, peguei a Erin e saímos. Sem despedidas.

A tela mostra Erin e Josie saindo do prédio e fechando a porta; a atriz que interpreta Josie se vira ligeiramente para olhar Walter na janela saliente.

A tela fica preta.

***

Onze da manhã

Alix exala o ar. Ela já não respira há o que parecem ser muitos minutos. O cenário que Josie pintou dentro de sua cabeça lhe causa uma sensação claustrofóbica, como se estivesse aprisionada dentro daquele apartamento carcomido e escuro com Walter, Josie e Erin. Ela consegue sentir o cheiro dentro da narina dos três: o medo e o sangue. Ela imagina Josie e Erin na rua, carregando apenas o que conseguiram pegar às pressas, o sangue secando no rosto de Josie. Walter, imóvel, com expressão impassível, no outro lado da janela saliente.

Mas é aí que a imagem começa a se fragmentar. Josie caminhou por dezesseis minutos desde sua casa nas imediações de Kilburn até a casa de Alix em Queen's Park. Mas eram três da manhã quando ela apareceu na porta de Alix. Estava frio. O que aconteceu entre as dez da noite, quando Josie e Walter voltaram para casa, e as três da manhã, quando Josie chegou aqui?

Ela olha de soslaio para Josie e dispara:

— Aonde você foi? Quando saiu de casa?

Josie dá uma risadinha.

— Bem, eu vim pra cá, obviamente.

— Mas entre uma coisa e outra?

— Lugar nenhum.

— Mas... você disse que a briga começou quando vocês chegaram em casa. E que durou apenas alguns minutos. Eu só...

Josie a interrompe.

— Não. Isso não aconteceu logo que chegamos em casa. Eu não disse isso. Aconteceu quando o Walter saiu da cama. Como ele faz quase todas as noites. Como eu te disse. Fomos pra cama, e eu não conseguia dormir. Demorou séculos. E quando eu finalmente peguei no sono, senti que ele saiu de baixo das cobertas. Imediatamente eu soube. Eu soube o que ele estava fazendo. Aonde estava indo. E foi aí que eu o confrontei.

— Então você estava na cama. De pijama?

— Sim.

— E você se levantou e o seguiu?

— Sim. Eu vi que ele foi até a porta do quarto da Erin. E nesse momento eu gritei com ele.

— Mas você não estava de pijama quando chegou aqui na minha casa. Você estava usando o vestido. Aquele vestido lindo.

— Sim, coloquei de volta para não atravessar metade de Kilburn de pijama.

— Mas o vestido estava manchado de sangue. Como é que o vestido tinha sangue se você não o estava usando durante o ataque?

— Alix. Não estou entendendo aonde você quer chegar. Você não acredita em mim?

— Não é isso! De jeito nenhum! Claro que não. Mas os ouvintes vão acompanhar isso como se fosse uma série e vão perceber falhas na trama. Você e eu estamos conversando há um mês, mas os ouvintes vão devorar tudo em um único dia, assim que os episódios estiverem disponíveis. Precisa fazer sentido. É pros ouvintes. Entende?

Josie solta um profundo suspiro.

— Bem, sim. Acho que sim. Mas imagino que o tipo de público que ouve os seus programas deve ter alguma solidariedade, alguma empatia. Imagino que é o tipo de público que entende que quando acontece algo desse tipo, como o que aconteceu comigo, quando uma pessoa é vítima de abuso, violência e manipulação psicológica, talvez fique um pouco confusa.

— Sim, Josie, claro. Isso faz total sentido. Mas então, eu só quero ajudar você a contar sua história e depois montar todas as peças de novo. Para que faça sentido. Só isso. Então o Walter saiu da cama de madrugada. Você o abordou. Ele atacou você. Ele tentou atacar a Erin. Aí você e a Erin pegaram algumas coisas, você trocou de roupa, e depois vocês duas saíram juntas?

Josie faz que sim com um firme aceno da cabeça.

— Isso mesmo.

— E você veio a pé até aqui. Mas e a Erin? Pra onde a Erin foi?

— Na direção oposta.

— Às três da manhã?

— Sim.

— Ela levou alguma coisa?

— Creio que sim. É. Uma bolsa pequena.

Alix sorri para Josie. Ela quer insistir. Quer entender como Josie pode ter deixado a filha vulnerável andando por aí, sabe para Deus onde, sozinha, na calada da noite. Ela quer saber. Mas nota que agora Josie está se fechando, levantando sua ponte levadiça.

— Espero que a Erin esteja bem. É muito assustador pensar nela sozinha durante a noite — comenta Alix, com um suspiro.

— Sim — responde Josie com firmeza. — Mas ela está mais segura por aí do que dentro da própria casa. Onde quer que ela esteja, está em segurança.

Ela diz isso com uma estranha certeza, como se o mundo não estivesse repleto de pessoas perigosas que atacam gente vulnerável feito predadores, como se nada de ruim pudesse ter acontecido com sua filha das três da manhã de sábado até agora.

— Josie, eu realmente acho que é melhor nós tentarmos localizar a Erin. Já se passaram quase seis dias sem mensagens e nenhum telefonema. Eu sei que ela está a salvo do Walter agora, mas é possível que ela tenha ido parar em algum lugar ainda pior. E se a tal amiga virtual dela não for quem dizia ser? Olha, a gente ouve muito esse tipo de coisa, não é? Sobre pessoas com identidades falsas na internet. É que...

— Ela está *bem*, Alix. Ela está bem. Ela é capaz de cuidar de si mesma.

— Mas você mesma disse que ela não é capaz, que ela só se alimenta de comida de bebê. Você disse...

Alix se encolhe de susto quando Josie tira os fones de ouvido e os joga com força na mesa.

— Estou tentando te contar a minha história, Alix! A *minha* verdade! E você parece estar tentando transformar isso em algo que não é. Ou você quer a minha história, ou não quer. Você não pode ter os dois. Você não pode.

E então ela pega o cachorro no colo e, bufando de raiva, sai do estúdio de gravação, deixando em seu rastro uma Alix trêmula.

SÁBADO, 20 DE JULHO

Josie acorda cedo. É a sua última manhã na casa de Alix. Sua última manhã abrindo as cortinas e olhando pela janelinha a vista do Queen's Park, em vez do rosto cinzento de pessoas dentro do ônibus. Sua última manhã vestindo o pijama de Alix, tomando uma chuveirada no banheiro chique de Alix e saboreando o café da reluzente máquina de expresso de Alix. Na noite passada, eles pediram curry pelo delivery. Josie tentou contribuir com algum dinheiro para pagar o jantar, mas Alix recusou. "É sua última noite", disse ela, tocando suavemente a mão de Josie. "O prazer é nosso." Beberam vinho em taças enormes, viram um programa numa TV com um som potente ecoando pela casa. Leon se encolheu todo, de modo que os dedos dos pés ficaram suavemente enterrados sob a perna de Josie. Depois de tudo, o rangido, o barulho e o balbucio de uma família indo para a cama: sussurros abafados, o clique dos interruptores de luz, a gata miando baixinho no corredor às escuras, como se perguntasse para onde todos tinham ido. Foi, de certa forma, a melhor noite da vida de Josie.

Josie solta um suspiro pesado. O ar está límpido e pegajoso. O celular dela marca vinte e um graus e são apenas sete e meia da manhã. É a única vez na vida, pensa Josie, em que ela realmente precisava de um verão inglês decepcionante, e os deuses do clima proporcionaram uma poderosa onda de calor.

Ela olha para o vestido e o cardigã que estava usando quando chegou, há uma semana. Puxa o vestido até o nariz e aspira. Tem cheiro do sabão em pó de Alix. Da casa de Alix. Ela toma banho, usando o sabonete líquido com aroma de especiarias de Alix, lava o cabelo com o xampu de ervas de Alix, se enrola nas toalhas grandes e grossas de Alix e se senta ao lado da cama fofa de Alix. Por um momento, uma onda de tristeza a atravessa, mas logo em seguida pensa no que planejou, e a tristeza rapidamente desaparece.

— Ah! — exclama Alix quando Josie entra na cozinha alguns minutos depois. — Você voltou a usar suas roupas!

— Sim. Bem, é claro. — Em uma das mãos, ela segura as roupas usadas e o pijama. Na outra, leva o cachorro. — Onde devo colocar isto? — pergunta ela, referindo-se às roupas sujas.

— Ah, pode me dar.

Ela entrega as roupas a Alix, que as leva para a lavanderia.

— Obrigada! — diz Josie em voz alta atrás dela. — Muito obrigada.

— Em seguida, pergunta: — A que horas as suas irmãs vão chegar?

— Ah, umas cinco e pouco, acho, não precisa ter pressa. Fique à vontade. — Ela lança em direção a Josie um de seus sorrisos dourados, depois abre um pacote de croissants e oferece: — Aceita um?

Josie faz que sim com a cabeça.

Nathan desce uma hora depois com Leon atrás dele, de pijama. Olha Josie de cima a baixo e diz:

— Lindo vestido, Josie.

— Obrigada — agradece ela, sentindo-se ao mesmo tempo lisonjeada e enojada.

Eliza chega alguns minutos depois e começa a choramingar por causa de algo maldoso que alguém lhe disse no Snapchat, e é aí que Josie percebe que é hora de ir embora. Ela coloca Fred na bolsa a tiracolo e a pendura no ombro.

Nota o olhar de preocupação de Alix.

— Eu posso levar você de carro. É uma caminhada bastante longa, ainda mais nesse calorão...

Josie nega com a cabeça.

— Está tudo bem, eu vou pela sombra. Não estou com pressa.

— E sua mãe sabe que você vai pra lá?

— Sim, sabe.

Alix envolve Josie nos braços, e, pela primeira vez, Josie se deixa abraçar.

Quando se desvencilham, Alix está olhando diretamente nos olhos de Josie.

— Por favor, mantenha contato, Josie. Promete? Busque ajuda e mantenha contato.

Um instante depois, a porta azul leitosa está entre as duas, Alix e seu mundo de um lado, Josie do outro.

Ao dobrar a esquina, Josie abre a bolsa para verificar se tudo está lá: o dinheiro que ela sacou ao longo de toda a semana nos vários caixas eletrônicos entre a casa de Alix e seu trabalho, o tranquilizador maço de cédulas, preso com um dos elásticos de cabelo cor-de-rosa com glitter de Eliza que ela havia encontrado na escada. Em seguida, pega os óculos de sol que achou debaixo de uma cadeira no jardim esta manhã — um par grande, com armação verde-floresta —, coloca-os no rosto e começa a andar.

O sol arde em um céu impiedoso enquanto ela se dirige para o próximo lugar.

Parte Três

SÁBADO, 20 DE JULHO

De imediato a casa parece diferente: mais leve e suave, e finalmente de volta à normalidade. Por um momento, Alix se detém no corredor e absorve a mudança na energia. A gatinha desce pelo corredor e se aproxima para se enroscar nas pernas dela, como se também soubesse que seu território lhe foi devolvido. Alix pega a bichana nos braços, leva-a para a cozinha e a coloca na bancada perto de sua tigela de comida.

— Ela já foi embora? — pergunta Nathan, olhando para Alix por cima dos óculos de leitura.

— Sim.

— Tem certeza? Você verificou?

— Não, eu não verifiquei. Mas eu sei que ela foi.

— Ela vai ficar bem? — indaga Leon.

Alix sorri para ele.

— Ela vai ficar bem. A mãe dela vai cuidar dela.

Mas de alguma forma suas palavras soam vazias, sem sentido. Não porque Alix não ache que a mãe de Josie vá ajudar a filha, mas porque não tem certeza se é para a casa de Pat que Josie foi.

É uma sensação perturbadora, mas ela deixa isso de lado, porque hoje é o dia pelo qual esperou ansiosamente durante toda a semana e porque tem coisas para fazer, inclusive arrumar o quarto de hóspedes para Maxine e os meninos e o escritório para Zoe e Petal.

Alix sobe as escadas com uma sensação de leveza, por saber que não há ninguém lá, no último andar, por saber que seu papel no drama de Josie acabou. Mas uma pequena sombra permanece.

Josie deixou o quarto arrumado com esmero, os travesseiros afofados, a superfície do edredom bem lisa. Alix arranca a roupa de cama toda.

Josie deixou o banheiro imaculadamente limpo, as toalhas penduradas retas e simétricas no toalheiro aquecido. Alix puxa as toalhas e as coloca na pilha de roupas sujas.

Ela abre a janela e fecha as cortinas para se proteger do sol escaldante, que na hora do almoço incide diretamente neste quarto.

Ela esquadrinha o cômodo. A impressão é de que Josie nunca esteve aqui, como se nada disso realmente tivesse acontecido. Ela se ajoelha e olha debaixo da cama. Algumas bolinhas de poeira e pelos de gato, nada mais. Em seguida se levanta e passa a ponta dos dedos por debaixo do colchão.

A chave ainda está lá. Aquela com o número 6 impresso na etiqueta de papel dentro de um chaveiro de plástico. Por um momento, Alix pensa em se levantar e correr até a porta da frente, a fim de tentar alcançar Josie para devolver a chave. Mas imediatamente sabe que não deve fazer isso. Ela sabe que essa chave significa alguma coisa. Que talvez tenha sido deixada lá por um motivo. Com um gesto cuidadoso, ela a tira pelo aro de metal e por um momento a observa com atenção, antes de colocá-la no bolso.

Depois arruma a cama, repõe as toalhas e fecha a porta.

Zoe é a primeira a chegar. Ela é a mais velha das irmãs. A mais baixa. A mais quieta. Petal é a mais nova das primas, a tão aguardada filha única de Zoe, que foi concebida e nasceu quando a mãe tinha quarenta e um anos, por meio de inseminação artificial. Maxine chega meia hora depois. Ela é a caçula das irmãs de Alix e tem dois meninos, Billy e Jonny, um da mesma idade de Leon e Petal, o outro da mesma idade de Eliza. Maxine é a mais alta e a mais barulhenta, e seus filhos têm um péssimo comportamento, mas a família deles não é do tipo que se importa. E, francamente, depois de semanas ouvindo Josie descrever o comportamento de suas duas filhas, os dois meninos parecem uns anjos.

Alix armou duas piscinas infláveis no jardim e deixou um enorme balde de gelo à sombra para gelar o vinho e as bebidas das crianças. As três irmãs usam vestidos de algodão esvoaçantes, e no ar paira o cheiro do protetor solar que elas passaram no corpo. Por volta das seis horas, Nathan volta de uma ida ao centro de jardinagem local com um novo aspersor de água, depois de descobrir que o antigo pifou. Ele monta o aspersor e as crianças correm de um lado para outro, gritando de alegria. Durante um tempo Nathan se senta com as cunhadas e bebe uma cerveja, lentamente, controlando-se. Alix supõe que o marido está se preparando para o verdadeiro porre mais tarde com os amigos. Ela engole a sensação de desconforto que a atinge em cheio quando pensa nos planos de Nathan para aquela noite e se lembra da promessa que ele lhe fez. Ela tem noventa e nove por cento de certeza de que ele não a decepcionará. Nathan ama as irmãs de Alix e sempre desejou a aprovação das cunhadas; ele sabe que se desapontar sua esposa esta noite, ambas vão julgá-lo com severidade. Não apenas isso, mas Alix prometeu que se ele voltar para casa antes da meia-noite eles vão transar. Em certo momento ela estende a mão e aperta o punho dele, gesto que é ao mesmo tempo de afeto e advertência. Nathan sorri para a esposa, e Alix pode ver a determinação do marido de fazer e ser melhor. Ela aperta novamente e volta sua atenção para as irmãs.

Às sete horas, elas pedem as pizzas e começam a preparar as margaritas. Essa empreitada fica a cargo de Maxine, pois, quando tinha vinte e poucos anos, ela passou três anos trabalhando como bartender. Às sete e meia, Nathan sai de casa. Alix o acompanha até a porta da frente, beija seu pescoço e roça a perna em sua virilha.

— Comporte-se — avisa ela. — Por favor.
— Eu juro — responde ele. — Eu juro.

Ele a beija suavemente nos lábios e depois no pescoço; hoje em dia é tão incomum se comportarem assim, serem brincalhões, sensuais, que Alix sente um arrepio percorrer todo o seu corpo. Ela o observa da janela do corredor, de bermuda azul-marinho, camisa com estampa floral, cabelo ruivo afastado do rosto pelos óculos escuros pretos, e nota que estava com saudade dele. Que o deseja. Que já está ansiosa para que ele volte para casa. Em seguida, ela retorna para o caos de suas irmãs e seus sobrinhos, para os gritos de "Quem quer borda recheada?" e o sol abrasador que fustiga o telhado da cozinha e o piso de cerâmica.

Sete e meia da noite

Nathan está com o celular no ouvido enquanto segue pelas ruas transversais em direção à estação de metrô de Kilburn. Ele está falando alto, do jeito estridente que algumas pessoas fazem, como se pensasse que todo mundo quer ouvir suas conversas. A voz dele irrita Josie e, mesmo de longe, parece penetrar na cabeça dela feito uma broca. De acordo com o que ela consegue ouvir, houve uma mudança de planos: eles não vão se encontrar no local combinado, mas sim no pub Lamb & Flag.

— Isso mesmo, e eu não vou beber até cair, entendeu? Eu disse pra Alix que chegaria em casa antes da meia-noite. Fiz uma promessa. Sim! — afirma Nathan, rindo. — Exatamente!

Ele desliga, e Josie fita com nojo a nuca dele. *Como Alix pôde sequer cogitar uma coisa dessas?*, pergunta-se ela. Como ela pôde pensar que precisava prometer alguma coisa a ele, simplesmente para que ele se comportasse como um ser humano civilizado? Ela é demais para este homem, em todos os sentidos. Josie sente seu respeito por Alix diminuir, mas então se lembra do que está fazendo e o porquê e se anima novamente.

Josie segue Nathan até a estação de metrô. Ela está usando um vestido novo que comprou na Sainsbury's pela manhã. Não é tão elegante quanto as coisas que comprou quando estava com Alix, mas é bom para o calor, e há a vantagem de que Nathan nunca a viu com essa roupa. Está com o cabelo preso sob um chapéu de palha, também da Sainsbury's, e usando batom vermelho pela primeira vez na vida, o que a faz parecer ainda menos consigo mesma.

Ela pesquisou no Google o pub onde Nathan vai se encontrar com os amigos, caso o perca no metrô. Fica em uma rua perpendicular à Oxford Street, perto dos fundos da loja de departamentos Selfridges. A estação de metrô mais próxima é a Bond Street, a seis paradas de distância.

Kilburn é uma estação de metrô de superfície, e Josie fica feliz por não estar no subsolo nesse calor. Uma brisa que surge do nada agita a bainha da saia e esfria o suor em seu pescoço. Nathan, do outro lado da plataforma, está mexendo no celular. Ele está de bermuda, exibindo as pernas magras e pálidas, como as de uma criança. De novo, Josie se pergunta o que Alix viu neste homem. Pelo menos, pensa ela, Walter era bonito quando era jovem. Forte. Alto. Charmoso.

O metrô chega, e vinte minutos depois Josie está seguindo Nathan pelo caos que é a Oxford Street nas noites de sábado, as lojas ainda abertas e as calçadas apinhadas de gente fazendo compras e clientes que gostam de jantar cedo. *Que povo estranho nós somos*, pensa ela: quando está quente, as outras pessoas correm para a sombra, para o ar-condicionado, ficam dentro de casa e fecham as cortinas, ao passo que os ingleses se lançam ao calor, feito porcos na fornalha.

Numa mesa do lado de fora do pub estão três homens, que se levantam e fazem barulhos como animais quando veem Nathan se aproximar. Os três batem nas costas dele e colocam uma caneca de cerveja em suas mãos, depois se espremem no banco para que Nathan possa se sentar; todos se parecem com Nathan, ou pelo menos com diferentes versões dele. Há um asiático, um negro e um branco de cabelo preto, mas estão todos vestidos com roupas iguais, falam igual, riem igual. Eles são um bando, pensa Josie, um bando de homens. Homens que deveriam estar em casa com suas famílias, e não sentados num bar agindo como um monte de crianças grandes.

Ao lado do pub há um restaurante italiano com mesas na calçada. Josie se senta e pede uma Coca-Cola e um prato de macarrão com molho de tomate fresco e manjericão. Nathan e seus amigos desatam em gargalhadas ensurdecedoras aproximadamente a cada quarenta e cinco segundos. Mais canecas são trazidas para a mesa, além de uma rodada de shots. Josie ouve Nathan dizer aos amigos que está comemorando porque eles acabaram de se livrar da "hóspede do inferno".

— Ah, sim. E quem era, afinal? — O asiático quer saber.

— Uma amiga da minha esposa. Não exatamente uma amiga, mas uma mulher que Alix está entrevistando para um podcast. Ela brigou com o marido e no fim de semana passado apareceu na nossa porta com o rosto machucado. A Alix deixou a mulher entrar, *é claro*. Porra, a minha esposa é mole pra caralho. E a mulher se recusou a voltar pra casa dela, se recusou a ir à polícia, se recusou a ir pra casa da mãe dela, ficou lá na nossa casa a semana inteira vestindo as roupas de Alix com uma cara de quem acabou de peidar. E hoje ela finalmente foi embora! Então viva! Um brinde por eu ter minha casa de volta!

Josie se vira e, com raiva, observa os homens tilintarem as canecas de cerveja em comemoração.

— Pra onde ela foi? — pergunta o cara de cabelo preto.

— Eu não faço ideia e não me importo. Não estou nem aí. Nunca me senti tão confortável na minha própria casa, é tudo que sei. A mulher era muito esquisitona.

Alguém faz outro barulho animalesco e eles brindam mais uma vez.

Josie empurra para longe o prato de macarrão ainda na metade. As coisas que Nathan está dizendo não são legais, mas ela não está surpresa. Ela sabe que Nathan não gostou nem um pouco da presença dela em sua casa. Mas tudo bem. Isso só a faz se sentir mais determinada.

Josie pega o celular, abre o aplicativo de troca de mensagens, encontra a conversa já iniciada e digita:

Ele está em uma mesa na calçada do pub Lamb & Flag. O cara de camisa florida e cabelo ruivo com outros três homens. Você consegue chegar aqui em dez minutos?

A resposta vem imediatamente.

Acabei de sair do metrô. Estou chegando.

Josie manda um emoji de polegar para cima e guarda o celular, um sorrisinho aparecendo nos cantos da boca.

Nove da noite

Josie observa Nathan ter um pequeno choque de agradável surpresa quando a jovem se aproxima dele e diz:

— Posso me sentar aqui enquanto espero minha amiga?

— Ah, sim, claro. Claro. — Nathan se espreme no banco, colado no amigo, e a mulher se aperta na ponta, de modo que o braço dela pressiona o dele. Ela coloca um copo de bebida na mesa à sua frente e vasculha sua minúscula bolsa, tira um pacote de tabaco e algumas sedas e enrola um cigarro.

Josie observa a mulher se virar para Nathan e dizer:

— Quer um?

— Ah — responde ele. — Não. Não, obrigado. Eu nunca...

— Você se importa se eu fumar um?

— De jeito nenhum. Vá em frente. Sem problemas.

Josie nota a cor subir pelo rosto de Nathan. A mulher está vestindo calça jeans branca, tênis brancos e uma blusa decotada preta de frente única bem justa, e seu cabelo loiro encaracolado está preso atrás, deixando à mostra um rosto deslumbrante e sem maquiagem nenhuma.

Nathan consegue retomar a conversa com os amigos, mas Josie percebe que agora ele está se esforçando para se concentrar, hiperconsciente da presença da jovem belíssima sentada ao lado dele, cujo braço nu roça o braço nu dele a cada poucos segundos. A mulher fuça no celular por alguns minutos, depois solta um palavrão em voz baixa e joga o aparelho em cima da mesa, então Nathan se vira para ela.

— Está tudo bem? — pergunta ele.

A mulher suspira.

— Acabei de levar um bolo da minha amiga. Ela vive fazendo isso. Fura comigo todas as vezes. Sério. Esta é a terceira vez consecutiva. Meu Deus!

— Que merda — diz Nathan. — Eu odeio quando as pessoas fazem isso comigo.

— Sim. É muito desrespeito, né?

Eles ficam em silêncio por um momento. A mulher dá uma tragada no cigarro enrolado à mão e sopra pelo canto da boca. Nathan pega sua caneca e toma um gole.

— Será que eu posso ficar um pouco com vocês? — pergunta a mulher. — Só enquanto termino meu drinque! Acho uma pena desperdiçar bebida.

— Meu Deus. Sim. Claro. Por favor.

— Ah, muito obrigada. Você é um anjo. A propósito, meu nome é Katelyn.

Ela estende a mão para cumprimentá-lo e ele retribui.

— Nathan — responde. — Prazer, Katelyn.

Então Nathan a apresenta ao restante do grupo, ela aperta a mão de cada um, eles sorriem, ela sorri, todos ficam encantados por uma linda jovem ter se juntado ao grupo, eles encolhem suas barrigas flácidas e dão o melhor de si. Josie assiste com satisfação, depois envia outra mensagem de texto para Katelyn.

Sensacional pra caralho. Me avise quando tiver terminado. Vou estar te esperando.

Em seguida, ela paga pelo macarrão que não comeu e pela Coca-Cola sem gás e sai do restaurante em direção ao turbilhão da noite quente de verão.

Dez e meia da noite

Alix envia uma mensagem de texto para Nathan.
Oi! Estamos sendo meninas muito malvadas. Você está se divertindo?
Ela observa os dois tracinhos na mensagem por algum tempo, mas eles permanecem cinza. Alix digere a sensação de desconforto e larga o celular. Ela tinha a esperança de que a essa altura o marido já estivesse em casa. Quanto mais tempo ele se demorar na rua, maior será a chance de se perder durante a noite.

Zoe está preparando um chá de menta. Ela tem um limite natural para o álcool; é sempre a primeira a parar. Maxine e Alix estão bebendo o resto de uma garrafa quente de Prosecco que abriram mais cedo e foi encontrada flutuando no balde de gelo do jardim. Petal já está na cama, pois Zoe é muito rígida quanto ao horário de dormir. As outras crianças estão disputando rodadas num jogo de computador na sala de estar e fazendo uma barulheira tão inacreditável que Alix está prestes a lhes pedir para ficarem quietas pois do outro lado da parede da sala há um quarto da casa dos vizinhos, e ela não quer incomodá-los. Mas por ora está desfrutando da tranquilidade da noite, o ar noturno esfriando o calor intenso do dia, mas ainda quente o suficiente para deixar os braços nus. Ela está adorando a conversa; as irmãs estão planejando as próximas férias de verão, uma grande *villa* na Croácia, as três, os filhos, os maridos, a mãe, uma piscina, dez dias de felicidade. O lugar foi reservado em janeiro. De início, a data da viagem parecia tão próxima que seria possível alcançá-la com a mão; depois, à medida que o inverno passava lentamente e se convertia em primavera, parecia impossivelmente distante. Agora faltam apenas vinte e dois dias, e Zoe mostra na tela de seu celular o biquíni novo que acabou de comprar da John Lewis, e elas falam sobre seus seios, suas barrigas, seus hormônios e seus humores e então, de repente, são quase onze e meia. Zoe boceja e se retira para a cama.

Alix verifica o celular para ver se Nathan enviou alguma mensagem avisando que está voltando para casa. Mas não há nada. Ela se força a sorrir por algo que sua irmã acabou de dizer. Não quer ter que responder perguntas a respeito disso. Suas irmãs sabem que Nathan voltou a beber demais, mas Alix não lhes contou detalhes sobre a gravidade da situação e do que está em jogo, o delicado pilar sobre o qual seu casamento se apoia no momento.

Quando todas as crianças estão na cama e as irmãs de Alix se preparam para dormir, já é meia-noite. Alix está sentada na beira da cama, tensa. Ela vai esperar até 0h05, e depois vai ligar imediatamente para Nathan. Por enquanto, ela se dirige ao banheiro e, no caminho, guarda as roupas no closet. Tira as sandálias e, quando se abaixa para guardá-las, percebe algo em sua sapateira. Um saquinho plástico transparente. Um pedaço de guardanapo com um número rabiscado de forma ilegível e o nome "Daisy". O porta-cartão de um cartão-chave de um quarto de hotel. O nome do hotel é Railings. Alix conhece esse lugar, fica perto do escritório de Nathan em Farringdon: é um edifício chique e sofisticado, com todos os caixilhos das janelas e tijolos pintados de preto-giz. Os caras do escritório de Nathan costumam se reunir lá depois do expediente para beber e entreter clientes. Nathan já levou Alix para beber lá algumas vezes, mas nunca alugaram um quarto. Ela segura o saquinho plástico contra a luz e vê um resíduo de pó branco grudado no interior.

Alix sente uma onda de náusea percorrer seu corpo, do estômago até o fundo da garganta. Ela examina novamente os itens. Não há datas em nenhum deles. Poderiam ser de qualquer lugar e qualquer época, mas ela sabe que não são. Ela sabe que são resquícios de alguma das inúmeras noites que o marido passou longe de casa recentemente, longe de sua cama, em algum buraco negro do qual afirma não se lembrar.

Ela escova os dentes furiosamente no banheiro, encarando o rosto distorcido de uma esposa injustiçada que a olha pelo espelho. Alix nunca tinha se sentido traída. Jamais, em todos os anos desde que estão juntos, ela suspeitou que seu marido pudesse ser o tipo de homem que pegava mulheres em bares, as levava a hotéis e voltava para casa vinte e quatro horas depois fingindo não se lembrar de nada. Ela nunca teve que enfrentar esse sentimento repugnante.

Alix pensa nas irmãs, que já estão meio assim com Nathan por não ter voltado para casa no horário combinado, e imagina o que pensariam se vissem as coisas que ela acabou de encontrar no fundo da sapateira, imagina os conselhos que lhe dariam: o que deveria dizer, as atitudes que deveria tomar. E Alix acha melhor não. Ela quer lidar com o problema do seu jeito. Com calma. Racionalmente. Alix não é uma pessoa dramática ou reativa. Ela gosta de se afastar de situações que a fazem se sentir mal, de olhar para elas de forma objetiva, como se estivessem acontecendo com outra pessoa, e a partir daí tomar uma decisão com base na melhor forma de manter a paz e o status quo. Porque Alix, por mais que lhe doa admitir para si mesma, precisa manter o status quo. Pelo bem dos filhos, pelo bem do seu estilo de vida, pelo bem de todos. Agindo com raiva, ela tem muito a perder, muito. Ela precisa dar a Nathan uma chance de provar que esses temores são infundados, e então os dois poderão seguir em frente.

Assim que o relógio marca 0h07, Alix volta a se sentar na beira da cama e digita o número de Nathan.

E ela ouve o toque da chamada.

Meia-noite e meia

Já passa da meia-noite, e Josie imagina Alix no quarto pensando por qual motivo o marido idiota ainda não voltou para casa. Imagina Alix abaixando-se no closet e encontrando as evidências que a própria Josie havia deixado na sapateira esta manhã antes de ir embora: o porta-cartão de um cartão-chave de hotel, o saquinho, o número de telefone ilegível com o nome de uma garota que ela mesma inventou. *Daisy*.

Ela ficou satisfeita com sua escolha. O tipo de nome feminino e jovem que chamaria a atenção.

Ela imagina Alix ligando para o marido estúpido, e o toque da chamada.

Imagina o marido estúpido de Alix em um bar barulhento no Soho, engolindo um shot de tequila atrás do outro e cheirando fileiras de pó com a deslumbrante Katelyn.

Seu celular vibra. É Katelyn.

Estamos entrando. Quando vc vem?

Agora mesmo, Josie responde. *Indo agora mesmo.*

DOMINGO, 21 DE JULHO

Alix não consegue dormir. São quase três da manhã, e ela está deitada, totalmente desperta, fitando o teto. O ar está quente e pegajoso, e um ventilador agita as páginas do livro de bolso em cima da mesinha de cabeceira. Ela está ao mesmo tempo perplexa e nem um pouco surpresa por Nathan tê-la decepcionado. E se sente humilhada por ter pensado que uma oferta de sexo poderia ser tentação suficiente para convencê-lo a voltar para casa cedo, uma vez que, agora parece muito evidente, ele não precisa voltar para casa se quiser encontrar alguém que queira fazer sexo com ele.

Em sua mente, ela repassa todas as ocasiões em que Nathan repudiou homens adúlteros. Seus amigos são todos "caras legais", alega ele, caras que jamais fariam isso. Ele sempre afirmou que não se sentiria confortável em ser amigo de homens que tratam as esposas dessa maneira. Apesar disso... Daisy; cocaína; quarto número 23.

Por volta da uma da manhã, Alix enviou uma mensagem a Giovanni, que alegou que os amigos deixaram Nathan em um bar no Soho pouco antes da meia-noite.

Sozinho?, perguntou ela.

Até onde eu sei, sim, respondeu ele. E ela sabia que era mentira.

Alix gostaria de ser o tipo de mulher que mantém um estoque bem abastecido de soníferos no armário do banheiro, como nas séries de TV norte-americanas. Ela gostaria de ser capaz de fazer algo para desligar seu cérebro. Por fim, ela desiste de ficar na cama e desce as escadas. A gatinha fica feliz por ter uma visita noturna inesperada, e Alix se agacha para acariciá-la. Através do telhado de vidro da extensão da cozinha, ela vê uma lua enorme e alaranjada no céu. Imagina a mesma lua alaranjada pairando sobre Nathan, onde quer que ele esteja, o que quer que esteja fazendo, e possivelmente brilhando sobre a pele macia de seu cóccix enquanto ele entra e sai de uma mulher sem rosto chamada Daisy em um glamouroso quarto de hotel em algum lugar.

Alix acorda às cinco horas. A primeira coisa que faz é pegar o celular e verificar se há alguma notícia, qualquer coisa que sugira a possibilidade de seu marido estar voltando para casa. Mas não há nada. Ela coloca o aparelho na mesinha de cabeceira e se deita de novo. O sol está raiando e as cortinas reluzem em um vermelho-pêssego. Ela alimenta a gata e bebe um enorme copo de água; um momento depois, ouve passos no corredor, e lá está Petal.

O choque de ver sua sobrinha, recém-acordada e pequenina numa camisola de algodão azul, contrastando com a sinistra escuridão dos pensamentos de Alix durante a noite, quase a deixa sem fôlego.

— Bom dia, querida. Você acordou bem cedo, não?

— Eu sempre gosto de acordar cedo — comenta a menina. — Gosto de ficar sozinha.

Alix concorda e sorri, depois lhe oferece algo para comer e um suco. Ela abre as portas dos fundos para deixar o ar da noite sair, esvazia a lava-louça e de tempos em tempos olha para Petal, enquanto a menina come lentamente uma tigela de cereal na mesa da cozinha. Alix não fala com ela e deixa a sobrinha aproveitar sua solidão matinal. Ela liga para Nathan. Faz um café. Liga para Nathan de novo. Não faz a menor ideia do que mais pode fazer.

Alix não sabia que o tempo podia passar tão devagar. Ela volta para a cama às sete da manhã e dorme por cerca de uma hora, mas logo acorda. O sol da manhã queima através das cortinas e por todo o seu corpo, sua cabeça parece estar sendo espetada por agulhas de tanta ansiedade e tantos pensamentos fragmentados. Ela se obriga a comer uma torrada e toma três cafés expressos seguidos, mas nem isso é suficiente para mitigar sua exaustão. Quanto tempo, ela se pergunta, ela consegue simplesmente ficar sentada esperando?

Às nove em ponto, ela julga que já é aceitável ligar para Giovanni. Ele atende imediatamente.

— Gio. O Nathan ainda não voltou pra casa. Por favor, se você está escondendo algo de mim, me conta agora!

O silêncio tenso do outro lado da linha diz a Alix tudo o que ela precisa saber.

— Não tem o que contar — responde Gio em um tom rígido. — A gente apenas deixou o Nathan num bar. Como sempre faz. Não estou escondendo nada.

— Ora — comenta Zoe quando Alix lhe conta isso um momento depois. — Código dos amigos. É claro que ele diria isso, não é?

Alix suspira. Ela sabe que Zoe tem razão.

— A que horas ele normalmente volta depois de uma bebedeira? — pergunta Zoe.

— À tarde.

— Bem, então não vamos nos preocupar até a tarde — sugere Zoe, e Alix concorda com um aceno da cabeça.

Em seguida, porém, algo lhe ocorre e ela pega o celular e abre o aplicativo do banco. Ela e Nathan têm uma conta conjunta desde que ficou claro que Alix nunca ganharia tanto quanto Nathan. Ele não dá a mínima para isso. Nunca consulta extratos bancários ou contas de restaurantes, tampouco guarda recibos. Nathan gasta dinheiro de acordo com sua renda e quase sempre dá certo.

Alix examina seu extrato, procurando alguma coisa que diga onde o marido pode estar, mas não há nada. Nada desde um pagamento de 25,60 libras no bar do West End onde Giovanni disse que o deixaram. Nada de pagamentos de corridas de Uber. Nada de conta de hotel. Nada. Ele desapareceu sem deixar vestígios.

A tarde chega. Nuvens escuras aparecem no céu, e a temperatura finalmente cai um ou dois graus. Zoe e Maxine ficaram mais tempo do que o planejado, e uma estranha inquietação paira no ar, como se estivessem numa sala de espera aguardando algum tipo de anúncio.

Alix passa uma hora em seu closet revirando os bolsos das roupas de Nathan, à procura de mais pistas sobre o comportamento dele, mas não encontra nada. Suas irmãs lhe oferecem comida, mas ela não consegue comer. Ela não consegue pensar. Mal consegue respirar.

As nuvens escuras se avolumam e ganham força e então, logo depois das quatro da tarde, começam as trovoadas. Em meio aos estrondos, por volta das quatro e meia a chuva desaba, o ar exala o aroma de terra molhada e o calor enfim abranda. Elas correm por toda a casa fechando janelas. Alix liga novamente para Giovanni, mas ele não atende. As irmãs lhe dizem que precisam ir embora dali a uma hora, seus filhos têm lição de casa para fazer, seus gatos precisam de comida, amanhã é dia útil, e Alix se dá conta de que, no momento em que suas irmãs partirem, ela ficará presa em casa, sem poder sair sem os filhos. Então ela rapidamente tira o vestido de verão e coloca calça legging e tênis e percorre a pé o mais rápido que pode o trajeto até a casa de Giovanni, a oitocentos metros de distância. Ele está mentindo; ela sabe que ele está mentindo. Ela precisa vê-lo cara a cara, olhar nos olhos dele, olhar nos olhos da mulher dele, descobrir a verdade sobre o que aconteceu ontem à noite.

Gio parece chocado quando vê Alix na sua porta. Primeiro ele abre só uma fresta, e depois, com um suspiro de rendição, abre totalmente a porta e pergunta em tom dócil:

— Nenhum sinal dele ainda?

— Não. Nenhum. E, Gio, por favor, não me trate como uma idiota. Eu sei que algo aconteceu ontem à noite. Olha aqui. — Ela tira dos bolsos os itens que encontrou na sapateira. — Olha aqui — repete. — São coisas do Nathan. Encontrei ontem à noite. Ele finge que é um santo, o mais puro dos homens, e aí eu encontro números de telefone de mulheres rabiscados em guardanapos, saquinhos com cocaína. Sério, seja honesto comigo. Tinha alguma mulher com vocês ontem à noite? Apenas me diga!

E então Giovanni deixa escapar o ar e a convida para entrar, pedindo que se sente à mesa da cozinha. A mesa está coberta com os restos de um almoço em família, pratos e travessas recolhidos às pressas por conta do repentino temporal ainda com respingos de água da chuva. Ela vê Giovanni trocando olhares com a esposa, e então ele se vira para Alix.

— Havia uma garota, sim. Mas, Alix, falando sério, de verdade, não foi nada. E eu juro, o Nathan nunca saiu com outra mulher. Não sei quem é essa tal Daisy no guardanapo. Talvez alguém que quisesse um emprego, alugar um espaço pra um escritório ou algo assim. A gente conversa com pessoas aleatórias o tempo todo quando sai do escritório. Mas ele nunca, jamais saiu com outra mulher. Eu juro. Ontem à noite apareceu uma mulher do nada que veio e se sentou com a gente. O nome dela era Katelyn. Ela disse que levou um bolo de uma amiga, perguntou se poderia ficar lá de bobeira com a gente por um tempo. Ela acabou ficando e bebendo mais, e depois nós saímos do pub pra ir ao bar no Soho, e ela foi junto. Mas eu juro, Alix, não aconteceu nada entre eles. O Nathan não parava de falar de você, que era casado e que você é muito linda.

Alix pisca lentamente. Ela olha para sua aliança de casamento e a gira uma vez no dedo antes de encarar Giovanni novamente.

— E o que aconteceu depois?

— Como assim?

— Você disse que deixaram o Nathan no bar à meia-noite. Ela também foi embora?

Giovanni abaixa a cabeça para fitar a mesa. Ele balança lentamente a cabeça. Mas olha rapidamente para Alix e esclarece:

— Ela disse várias vezes que ia levar o Nathan pra casa. Disse várias vezes que o Nathan contou que tinha feito uma promessa, e ela disse que tomaria todas as providências pra garantir que ele chegasse logo em casa pra... bem, você sabe.

Alix exala o ar pesadamente e deixa a cabeça pender para trás.

— O Nathan contou detalhes sobre a nossa vida sexual pra uma mulher que ele nunca viu na vida?

Giovanni assente de novo.

— Mas, sério, foi só uma brincadeira, papo furado, sabe? Ela parecia um de nós, alguém da turma. Não parecia estar...

— Não parecia estar o quê?

— Sei lá. Não parecia estar disposta a levá-lo pro mau caminho, eu acho. Só pareceu uma daquelas noites em que o Nathan não iria parar. Uma daquelas em que ele iria se perder noite adentro, e, de verdade? Acho que ficamos felizes por ter alguém com ele, porque assim a gente poderia apenas ir embora pra casa.

Giovanni olha para Alix parecendo envergonhado.

— Eu tenho certeza de que daqui a pouco ele vai estar em casa. Você sabe como ele é. Provavelmente até já está em casa. Acabou de entrar pela porta — diz, sorrindo para Alix, mas ela não retribui.

— Como ela era? Essa tal de Katelyn?

— Bonita...? — afirma ele, com a voz embargada de quem pede desculpas.

— Qual idade?

— Jovem. Talvez vinte e tantos anos? Trinta e poucos?

Alix suspira, revirando os olhos.

— Eu gostaria que você tivesse me contado isso antes. Eu gostaria que você não tivesse mentido pra mim.

— Eu sinto muito, Alix — responde Gio, arranhando um pedaço de papel. — Eu sinto muito. De verdade.

SEGUNDA-FEIRA, 22 DE JULHO

Levar as crianças para a escola na manhã seguinte parece surreal. O ar está fresco e verde, e Alix veste uma jaqueta por cima das roupas de verão. As ruas estão repletas de crianças em azul-celeste e azul-marinho. Ela as olha atentamente. Nenhuma tem um pai que desapareceu no fim de semana.

Dez minutos depois de chegar em casa, Alix vê uma chamada perdida de um número que ela não reconhece. Ela pesquisa o número no Google e tem um sobressalto. Uma tensão toma conta dela quando confirma que se trata do número de um hotel perto da Tottenham Court Road, e então uma onda de alívio a percorre. Ela imagina Nathan acordando depois da maior bebedeira de todos os tempos, esfregando os olhos, olhando para o relógio. Então percebe que está inconsciente há quarenta e oito horas, procura o celular, mas descobre que está descarregado. Então usa o telefone fixo do hotel para ligar para ela, e tudo se encaixa. De imediato, e com as mãos ligeiramente trêmulas, Alix liga de volta para o número.

— Oi! — ela se apressa em dizer para a mulher que atende ao telefone e que, a julgar pela voz, deve ser jovem. — Acho que meu marido me ligou deste número. Nathan Summer. Ele está hospedado aí?

Depois de um breve silêncio, a jovem diz:

— Ah, oi. Falo com a sra. Alix Summer?

— Sim, sim. Eu… Como você sabe meu nome?

— Bem, na verdade, fui eu que acabei de ligar, sra. Summer. Eu realmente sinto muito. Não sabia mais o que fazer. Mas o sr. Summer esteve aqui neste fim de semana, e, infelizmente, como não fez o check-out esta manhã, usamos a chave-mestra para entrar em seu quarto e constatamos uma série de danos. Encontramos no quarto o cartão de visita do sr. Summer, tentamos ligar no celular dele algumas vezes, mas todas as ligações caíram na caixa postal, então liguei para o número do escritório dele, mas nos informaram que ele não foi trabalhar hoje e me passaram o seu número. Espero que meu telefonema não tenha incomodado a senhora.

Alix congela, enquanto vários cenários hipotéticos passam por sua cabeça. Por fim, consegue dizer:

— Não. Claro que não. De forma alguma.

— Mas ainda teremos que cobrar o sr. Summer pelos danos causados no quarto dele, infelizmente.

— Desculpe, você pode apenas me explicar direito o que aconteceu? Ponto por ponto. Porque acho que ainda não entendi.

— Ah, sim! Claro! — responde a jovem com vivacidade. — O sr. Summer fez check-in aqui no sábado à noite. Bem tarde da noite. A acompanhante dele nos contou que fez uma reserva on-line para duas noites.

— Acompanhante?

— Sim. A pessoa que estava com ele.

— E quem era?

— Infelizmente não sei. Eu não estava trabalhando no sábado à noite. Mas foi feita uma reserva do quarto para dois pernoites. Ao que parece, o sr. Summer saiu do hotel em algum momento do domingo sem fazer o check-out. Ninguém o viu sair e não temos registro disso. E quando fomos ao quarto dele esta manhã para solicitar que ele o desocupasse, estava vazio. Nenhum sinal do sr. Summer ou de sua acompanhante. E o quarto, lamentavelmente, foi destruído.

— Destruído?

— Sim. E precisaremos de algum tipo de ressarcimento para cobrir os custos, infelizmente. E como o cartão da acompanhante foi recusado e não conseguimos entrar em contato com o sr. Summer, ficaríamos muito gratos se a senhora pudesse nos ajudar a resolver esse problema.

— O quarto — diz Alix. — O quarto do meu marido. Já foi arrumado? Já o limparam?

— Não. Estamos esperando que a administração envie uma equipe de limpeza especializada. Ninguém tocou em nada.

— Certo. Bem, eu gostaria de ver o quarto, por favor. Porque meu marido não voltou pra casa, ele desapareceu, e talvez haja algo no quarto que explique onde ele está. Para onde ele foi. Tudo bem? Consigo chegar aí em meia hora.

Há um breve silêncio enquanto a jovem vai perguntar à sua gerente e depois volta à linha.

— Claro, pode vir, sim. Tudo bem. Vejo a senhora daqui a meia hora.

A recepcionista entrega o cartão-chave a Alix e a instrui:

— É o quarto número dezoito. No primeiro andar. Por ali, escada acima.

Alix segue pelo corredor e sobe uma escada estreita. O quarto dezoito é a segunda porta à esquerda. Ela encosta o cartão no dispositivo e a porta se abre.

As cortinas estão fechadas. Os olhos dela demoram um momento para se ajustarem à escuridão antes de ela encontrar o interruptor, inserir o cartão-chave ali e ativar a iluminação. E então tudo ganha vida e ela fica chocada.

O quarto foi saqueado. Quase todas as roupas de cama foram arrancadas, deixando o colchão visível, e metade do edredom está no chão. Todas as bebidas do minibar foram consumidas; o chão está cheio de garrafinhas vazias. Os restos de um sanduíche do McDonald's estão espalhados por toda parte: embalagens de papel manchadas de ketchup e sacos gordurosos de batatas fritas frias. Alix caminha com cautela em meio ao caos em direção ao banheiro, onde, aqui e ali, encontra toalhas molhadas no chão, latinhas de bebida vazias na pia e — o estômago de Alix se revira violentamente — roupa íntima feminina, uma calcinha feita de renda barata, jogada no chão, fios de cabelo loiro cacheado na pia, uma mancha de brilho labial colorido na borda de um copo e, em todo o ar, o cheiro... o cheiro inconfundível de uma mulher.

Alix se senta na beira da banheira e olha ao redor. Ela se levanta devagar e espia dentro da lixeira, em busca de pistas. De volta ao quarto, começa a notar que ali se desenrolou mais do que uma noite de sexo regado a álcool. Ela vê um quadro torto pendurado na parede, com uma rachadura no vidro. Vê um abajur tombado de lado. A mesinha de cabeceira está virada em um ângulo de noventa graus em relação à parede. E, ao se agachar cada vez mais rente ao chão de madeira, vê uma manchinha que, à primeira vista, parece ser um molho, talvez, ou ketchup do McDonald's, mas que na ponta do dedo dela se assemelha a sangue escarlate cintilante.

Ela estremece ao ver isso e se levanta tão rápido que sente vertigem. Alix fica andando em círculos, tentando encontrar mais respostas para as mil perguntas que inundam sua mente a partir dos detalhes do quarto, mas não há nada. Uma luta corporal. Uma mulher. Comida. Bebida. Uma calcinha descartada.

Alix se senta na beira da cama bagunçada e pega o telefone. Liga para Nathan, e a chamada vai direto para a caixa postal. Ela volta para a recepção e, ao falar com a jovem recepcionista, sente que está chorando.

— Por favor, por favor. Eu preciso ver os registros de filmagem, as imagens das câmeras de segurança. Meu marido desapareceu, eu não sei onde ele está e não aguento mais um dia desse jeito. Não aguento mais um dia *sem saber*. Por favor.

A recepcionista esboça um sorriso nervoso e diz:

— Vou perguntar para a minha gerente. Um minuto, por favor.

Um momento depois, uma mulher glamourosa com cabelo tingido de preto surge do escritório atrás da recepção. Em seu crachá lê-se "Astrid Pagano", e ela tem tatuagens pretas fechando os dois antebraços.

— Por favor — diz ela com um pouco de sotaque —, venha comigo.

Ela faz um gesto chamando Alix até o escritório dos fundos, e Alix a segue.

É uma saleta minúscula, e as duas mulheres se espremem em frente aos monitores de segurança, cotovelo com cotovelo.

— Eu sinto muito — diz Astrid. — Sinto muito que a senhora esteja passando por esse momento difícil. Vamos ver se conseguimos encontrar algumas respostas.

Demora alguns minutos para encontrarem o que procuram. A data no canto da tela diz "Domingo, 1h41". A primeira coisa que Alix vê é Nathan ao lado de uma mulher loira e linda se aproximando do hotel. Esta deve ser Katelyn, presume ela, a garota de quem Giovanni lhe falou. Ela parece mais velha do que Alix imaginou; o cabelo loiro encaracolado está preso em um rabo de cavalo e suas feições são muito suaves. Veste calça jeans branca, tênis brancos, uma blusa preta de frente única bem justa e grandes brincos de ouro, e parece uma deusa. Nathan, atrás dela, parece ridículo em comparação. Ele mal consegue colocar um pé na frente do outro e, ao chegar à entrada do hotel, precisa se apoiar na parede para não cair. A filmagem passa para outra tela, e agora Alix observa Nathan cambaleando atrás de Katelyn enquanto ela faz o check-in. Ela já viu Nathan alcoolizado muitas e muitas vezes na vida, mas nunca tão bêbado quanto parece nessa filmagem. Em seguida, eles desaparecem da tela e se encaminham sombriamente para a escada nos fundos do hotel. Astrid avança a filmagem pelas duas horas seguintes e, depois, pausa e desacelera de novo por volta da marca das três da manhã. Lá está Nathan. Vestido e ainda trôpego. Ele tromba no aparador em frente à recepção e se detém por um momento para tirar o celular do bolso, desliza a tela para ligar o aparelho e franze a testa, cambaleando um pouco enquanto tenta olhar algo no aparelho. Por fim, coloca o celular de volta no bolso e sai pela porta da frente. Agora elas passam para o segundo monitor e lá está ele, Nathan na rua escura, brilhando por um breve instante sob a luz direta de um poste de luz e depois novamente se transformando em sombra ao se afastar. A silhueta de Nathan é iluminada pelos faróis de um carro que se aproxima e ele se vira, quase perdendo o equilíbrio ao fazer esse movimento brusco. Ele protege os olhos com as costas da mão, depois sorri e acena.

Quase invisível na imagem, o carro encosta à esquerda do hotel. Tropeçando e caminhando em zigue-zague, Nathan se afasta da entrada do hotel, atravessa a calçada e chega ao lado do carro, junto à porta do passageiro. Alix observa o momento em que ele faz menção de abrir a porta e de súbito se detém e encara o motorista, parece mudar de ideia sobre entrar no veículo, mas se vira, talvez ao ouvir algo que o motorista lhe diz, e um segundo depois decide embarcar. Em seguida o carro sai lentamente e a rua fica às escuras mais uma vez.

— A senhora reconhece o carro? — pergunta Astrid.

Alix nega com a cabeça.

— Você poderia voltar a filmagem um pouco, até o momento em que o carro chega? Aí, nessa cena aí.

Astrid aperta o botão de pausa na tela e lá está a placa, totalmente legível. Então, entrega a Alix um pedaço de papel e uma caneta para ela anotar.

— Será que um Uber? — sugere Astrid.

Alix balança a cabeça e diz:

— Não. O Nathan nunca entraria no banco da frente de um Uber. Ele sempre vai no banco de trás. Parece que ele estava esperando alguém conhecido. Mas na hora não o reconheceu. Só que, mesmo assim, ele entrou no carro...

A voz dela desaparece. Nada disso faz sentido. No carro de quem ele pensava estar entrando? Quem ele esperava ver às três da manhã? De quem é a mensagem que ele viu no celular antes de ir embora do hotel?

Astrid está prestes a desligar as telas, mas Alix a impede.

— Posso ver o momento em que ela sai do hotel, por favor? A mulher. Pode ser?

— Sim, claro.

E, alguns segundos depois, lá está Katelyn, toda arrumada, com ar tranquilo e sereno, nenhum sinal do que quer que tenha acontecido entre ela e Nathan no quarto de hotel destruído, nem um fio de cabelo fora do lugar, a calça jeans ainda imaculadamente branca. Porém, assim que ela passa pela recepção, Alix vê um arranhão em carne viva em toda a lateral de sua bochecha. Katelyn se vira de novo e desaparece, mas dessa vez Alix não pede a Astrid para pausar. Ela não quer ver isso de novo. Não quer saber.

— O nome da mulher que fez a reserva. Você sabe quem foi? Foi ela? Katelyn?

Astrid abre as telas do sistema de reservas do hotel, clica em alguns botões e diz:

— Olha, a reserva foi feita on-line, no início do dia. E não. Não foi feita em nome de Katelyn.

Ela para e puxa o ar audivelmente.

— E a verdade é que eu não deveria estar lhe contando isso, como tenho certeza de que a senhora sabe. Mas hoje eu sou a chefe e vejo que isso é importante. Então...

Ela se volta para a tela e clica em outro botão.

— Vejo aqui que a reserva foi feita em nome do seu marido, mas foi paga com um cartão em nome de outra pessoa. O nome no cartão...

Ela se vira para Alix e meneia a cabeça, apenas uma vez, como se já soubesse de alguma coisa.

— Srta. Erin Jade Fair.

Oi! Eu Sou Sua Gêmea de Aniversário!
UMA SÉRIE ORIGINAL NETFLIX

A tela mostra novamente Katelyn Rand, sentada no sofá vermelho. Ela suspira e diz:

Katelyn: Então, a Josie me ligou logo depois do nosso bate-papo na Stitch, depois que eu dei a ela meu número e ela me disse que tinha um trabalhinho pra mim. O objetivo, aparentemente, era pegar o marido de uma amiga no flagra, traindo ela. Aparentemente esse cara vinha sendo um cafajeste havia vários anos — homens, né? —, e a tal mulher se recusava a acreditar. E a Josie só queria que a amiga soubesse, visse, começasse a acreditar no que o marido era capaz de fazer. Eu disse: "Hã... não, acho melhor não, não sou garota de programa. Eu sou atriz."

Katelyn ri e balança a cabeça.

Katelyn: Ela disse: "Você não precisa dormir com o cara. Você só precisa levá-lo até um quarto de hotel. Apenas dê um jeito de fazer *parecer* que você dormiu com ele. E depois pode deixar o resto comigo." Quer dizer, obviamente eu achei que era uma maluquice completa, que a ideia era uma loucura. Mas aí ela disse... bem, ela disse que me daria mil libras. E eu pensei: por que não? Mil libras por uma noite de trabalho, nem isso. Então eu aceitei e aguardei mais instruções.

Fora do microfone, a entrevistadora a interrompe.

Entrevistadora: E qual foi a instrução?

Katelyn: Ela me disse pra conversar com o cara do lado de fora de um pub na Oxford Street. Foi naquele fim de semana superquente de julho, lembra? Quando fez uns trinta e cinco graus, sabe? Eu cheguei lá e conversei com ele e ele pareceu ser, tipo, um cara muito legal. Ele e os amigos dele. Uns fofos. E ele não parava de falar que precisava ir embora porque a esposa havia prometido transar com ele, era tipo uma piada interna, e eu me senti péssima, sabe? Muito mal mesmo. Eu pensei "Bom, vou dar o meu melhor, mas tenho limites para o que eu posso fazer". Pra ser sincera, pensei que as minhas mil libras estavam em risco, mas aí vi que o cara estava começando a ficar doidão. Depois de umas cinco doses de tequila, reparei que o olhar dele estava confuso. Vi que ele meio que foi pra um lugar diferente, e naquele momento eu soube que ele não ia mais pra casa pra comer a esposa. Coitada da mulher.

Ela olha para a entrevistadora e exibe um sorriso triste.
Katelyn: É, coitados dos dois.

***

Meio-dia

Alix permanece na porta do apartamento de Pat por quase dez minutos, tocando e tocando a campainha repetidas vezes, até que um vizinho aparece na porta de um dos apartamentos ao lado e diz a ela que a Pat não está, que a Pat partiu rumo ao aeroporto de Stansted no sábado de manhã, ela saiu de férias, e não, ele não tinha ideia do destino dela. Algum lugar na Espanha, talvez?

— Mas ela foi com a filha?

— A Josie?

— Sim. A Josie estava hospedada aqui com a mãe. Ou pelo menos foi o que ela me disse.

— Eu não vi a Josie sair com ela — diz o vizinho. — Faz meses que eu não vejo a Josie. Quando a Pat saiu de casa no sábado, ela estava sozinha. Mas se eu vir a Josie por aí, vou avisar que você está atrás dela, tá bom?

— Sim — responde Alix baixinho. — Sim, por favor.

Alix vai do condomínio de Pat diretamente para o prédio de Josie na Manor Park Road. Ela espia pela janela, mas não vê nenhum sinal de vida. O lugar continua exatamente como da última vez em que ela esteve lá. O notebook fechado segue em cima da mesa marrom na janela. No quarto, a cama ainda está arrumada com esmero. Alix repara que à esquerda do prédio de Josie há uma viela, uma estreita passagem bloqueada por uma fileira de lixeiras com rodinhas. Ela se afasta um pouco e fica na ponta dos pés para espiar pela janelinha suja que dá para a viela. As cortinas estão fechadas, mas há uma pequena fresta através da qual Alix pode ver um pouco de bagunça e imundície, pilhas de roupas e caixas, o canto de uma cama desfeita e a perna de uma cadeira gamer toda surrada, preta e vermelha.

Este deve ser o quarto da Erin, presume ela.

A ruela lateral fede. As lixeiras estão cheias, e a cidade enfrenta os últimos dias de uma onda de calor. Alix tapa a boca com a mão e volta para a calçada. Ela toca a campainha, embora já saiba que não há vivalma lá. Como ninguém aparece, ela vai para casa.

Uma coisa muito boa sobre as mulheres que Alix entrevistou ao longo dos anos é que agora ela tem acesso a diversos especialistas em diferentes áreas de atuação. Já tirou proveito algumas vezes dos e-mails em sua lista de contatos, então decide abrir seu notebook e procurar pelo contato de Joanna Dafoe, a vice-comissária da Polícia Metropolitana de Londres, autoridade que ela recebeu em seu podcast alguns anos atrás e com quem construiu laços de afinidade por causa do amor por gatos siberianos e do hábito de comer quatro biscoitos de cereais integrais Weetabix de uma vez.

> Joanna, me desculpe, sei que é muito abuso da minha parte, mas meu marido desapareceu, e eu tenho quase certeza de que ele está apenas dormindo em algum lugar, mas vi imagens de câmeras de segurança mostrando que um carro aleatório o levou no meio da noite; não parecia um Uber, eu tenho a placa. Seria fácil descobrir no nome de quem o carro está registrado?

Um pouco mais tarde, Alix vai buscar Leon e Eliza na escola. O sol está brilhando, sopra uma brisa fresca e o ar está suave nos últimos dias do ano letivo, carregando a promessa das longas férias de verão, que começam em apenas três dias. Por um momento, Alix sente que tudo poderia estar normal, que ela poderia ir para casa e encontrar um Nathan manso e envergonhado esperando por ela na cozinha, mas alguns minutos depois ela verifica seu e-mail e vê que Joanna Dafoe respondeu.

Olá, Alix
Bom ouvir notícias suas. Lamento que você esteja passando por dias difíceis. Essa placa está registrada em nome de uma locadora. O carro foi alugado por uma certa Erin Jade Fair no sábado. Espero que minha informação possa ajudar você! E, por favor, dê um apertão na Skye por mim.

Alix lê o e-mail duas, três vezes. Depois empurra o notebook para longe e engole em seco, com as mãos sobre a boca. Seus pensamentos dão saltos e se chocam violentamente; por fim, a lucidez surge de súbito, ela pega o celular e liga para a polícia.

— Eu sei que isto pode parecer loucura — anuncia ela —, mas acho que meu marido foi sequestrado.

Oi! Eu Sou Sua Gêmea de Aniversário!
UMA SÉRIE ORIGINAL NETFLIX

A tela mostra uma mulher de semblante muito sério sentada em um comprido sofá de couro de frente para uma janela alta com cortinas de veludo. Ela usa um terninho e botas de salto alto.
A legenda diz:

Detetive Sabrina Albright

Sabrina: No começo não levamos a sério. Um corretor de imóveis comerciais de Queen's Park, com um histórico de sumiços após longas noitadas, sequestrado no meio da madrugada por uma dona de casa em um carro alugado. Parecia apenas uma bobagem, algum tipo de caso extraconjugal. Vidas caóticas de pessoas caóticas. Deixamos a história em banho-maria. Mas então, algumas horas depois, recebemos uma ligação.

A entrevistadora a interrompe, fora do microfone.

Entrevistadora: Uma ligação?

Sabrina: Sim. Uma ligação anônima, de um telefone público em Bristol.

O áudio reproduz a gravação da chamada recebida pela delegacia de polícia:

"Hã... Oi. Eu preciso comunicar um desaparecimento. É uma amiga minha. Erin Fair. E o pai dela. Walter Fair. Eles moram no número 43A da Manor Park Road, NW6. Faz muito tempo que eu não tenho notícia deles. Desde, tipo... mais de uma semana atrás. A Erin tem necessidades especiais, e o pai dela é bastante idoso, e eles nunca saem de casa. Então eu queria saber se algum policial poderia dar um pulo até lá para ver como eles estão. Por favor. Estou realmente preocupada com eles."

A câmera volta para a detetive.

Sabrina: Demorou algumas horas para juntarmos os dois relatos, as duas menções ao mesmo nome no mesmo dia. Erin Fair. E então, quando ligamos os pontos, foi como um estouro, *bum*!

A detetive usa as mãos e os braços para fazer um gesto da cabeça explodindo.

Sabrina: Enviamos uma viatura para a Manor Park Road e, bem, você sabe exatamente o que aconteceu depois disso.

***

Jornal *Evening Standard*, terça-feira, 23 de julho

Uma horrível descoberta veio à tona na noite dessa segunda-feira em uma rua de Kilburn. Policiais e detetives da delegacia de Kentish Town foram a um apartamento no térreo de um casarão na Manor Park Road depois de receberem um telefonema anônimo de uma mulher de Bristol preocupada por não ter notícias da amiga havia muitos dias. Incapaz de determinar o paradeiro de Erin Fair e seu pai, e depois de conversar com os vizinhos, que lhe relataram um episódio de gritos e barulhos ocorrido numa noite de sexta-feira mais de uma semana antes, a polícia arrombou o apartamento. Assim que adentraram, os policiais perceberam que, de um dos cômodos, vinha um cheiro terrível, e poucos minutos depois encontraram na banheira os restos mortais em decomposição de Walter Fair, de 72 anos. Ele foi espancado e estava com os braços e as pernas amarrados. No mesmo apartamento a polícia encontrou a filha do sr. Fair, Erin Fair, de 23 anos, amarrada a uma cadeira infantil de madeira dentro de um armário no corredor. A cadeira havia sido customizada com tiras de couro e amarras para as pernas. A jovem também apresentava marcas de espancamento e de início foi considerada morta; porém, depois de mostrar sinais vitais, foi levada às pressas para o hospital, onde está agora em coma na UTI.

Segundo os vizinhos, ninguém via a família Fair já havia algum tempo e, desde a terrível descoberta, ninguém tem notícias do paradeiro de Josie Fair, esposa de Walter. A polícia está investigando seu desaparecimento e o de um morador local, Nathan Summer, que conhecia vagamente a família Fair. Ele foi visto pela última vez na porta de um hotel na área central de Londres na madrugada desse domingo, entrando em um carro alugado por alguém que usou o cartão de crédito de Erin, filha da sra. Fair. A esposa do sr. Summer, a conhecida podcaster Alix Summer, vinha realizando sessões de gravação de entrevistas com Josie Fair, que, alegando ter sido vítima de violência doméstica nas mãos do marido, chegou a ser hóspede na casa dos Summer por uma semana antes de Nathan desaparecer.

Os vizinhos dizem que a família Fair se mantinha isolada e geralmente era "muito pacata".

QUARTA-FEIRA, 24 DE JULHO

Alix vai buscar os filhos na escola. Amanhã é o último dia de aula do ano letivo, e eles aparecem no parquinho carregando projetos antigos, cadernos e obras que criaram nas aulas de educação artística; Alix recolhe tudo das mãos deles enquanto os dois conversam e brincam de lutinha. As mães se aproximam e tocam com delicadeza o braço de Alix, perguntando se ela está bem. Ela força um sorriso e assente. Alix não está bem. Ela não está nada bem.

As reportagens não trouxeram nenhuma pista. Ninguém avistou o carro alugado. Ninguém viu Nathan. Nenhum sinal de Josie. O cartão de Erin não voltou a ser utilizado. Katelyn não se apresentou. Ninguém que conheça Katelyn se manifestou, apesar da ampla divulgação midiática da imagem dela — com um grande arranhão na bochecha — tirada das filmagens das câmeras de segurança do hotel. As gotas de sangue encontradas no chão do hotel localizado nas imediações da Tottenham Court Road foram enviadas para testes, e no momento a polícia está tentando rastrear o remetente de algumas das mensagens encontradas no notebook de Erin. A polícia está monitorando os donos de cães e os abrigos de cães, pedindo-lhes que fiquem atentos aos pomchis. Também está vasculhando imagens de câmeras de segurança dos caixas eletrônicos que quem estava de posse do cartão de débito de Erin usou para esvaziar sua conta — foram quase dez mil libras sacados em dinheiro desde a semana passada. Uma força-tarefa esquadrinha imagens do circuito de câmeras da Manor Park Road para confirmar se Josie foi vista na área desde que saiu no meio da noite, quase duas semanas atrás, e detetives já localizaram os passageiros das seis linhas de ônibus que passaram pelo apartamento dos Fair entre as onze da noite e as três da manhã da noite em que Josie afirma ter sido espancada por Walter, no intuito de verificar se algum deles viu algo pela janela. A polícia rastreou pessoas com quem Erin havia trocado mensagens dias e semanas antes de seu desaparecimento, e vem mantendo contato com os dois filhos do primeiro casamento de Walter, que residem no Canadá, e também com os chefes e colegas de trabalho de Josie.

Mas já se passaram quase quatro dias desde que Josie raptou Nathan na frente do hotel na Tottenham Court Road, e não há pistas. Nada.

Até agora. No instante em que Alix enfia a chave na fechadura da porta de casa, seu celular toca. É a detetive Sabrina Albright.

— Será que em algum momento você poderia comparecer à delegacia? Para falar comigo e com meu colega, o detetive Bryant. Quando for mais conveniente para você. Encontramos alguns objetos na residência dos Fair. Uma estranha seleção de itens, inclusive a edição da revista de decoração de interiores que você mencionou ter visto a sra. Fair retirar da sua lixeira numa ocasião. E mais uma coisa, uma coisa que, bem... você poderia vir aqui e dar uma olhada, ver se reconhece mais algum item...?

— Eu posso ir agora mesmo. Só preciso...

Alix olha para os dois filhos, ainda com o uniforme escolar, tirando os tênis no corredor, pensa em quanto tempo sua mãe levaria para dirigir de Harrow até lá e diz:

— Me dê uma hora. Estarei aí em uma hora.

Na mesa em frente a Alix está uma cápsula de café Nespresso; um frasco do caro sabonete líquido que ela deixa no banheiro de hóspedes;

sua pulseira com pequenos cristais que Nathan lhe deu de aniversário; um recibo do supermercado datado do dia do aniversário de Alix; a revista de decoração de interiores; uma reluzente colher de chá; um cartão que Eliza havia feito para a mãe três anos atrás, depois da morte da cachorra Teeny, e que foi tirado da parede da cozinha da casa de Alix; uma foto 3x4 de Leon. Alix sente um gosto amargo na boca ao ver essas partes minúsculas, vitais e intensamente pessoais de sua família sobre a fria superfície de uma mesa de delegacia.

Mas sobre a mesa diante de Alix também há outros itens: uma fotografia de duas crianças pequenas sentadas no colo de uma menina, as três crianças sorrindo para a câmera; um elástico de cabelo feito de cetim cor-de-rosa; uma capinha de celular emborrachada com brilhantes formando flores na parte de trás; uma embalagem de plástico vazia de chicletes Hubba Bubba; um único brinco de prata com um crucifixo pendente; um guardanapo de papel amarrotado com manchas cor-de-rosa e uma grande flor de seda presa a um círculo de elástico. Alix balança a cabeça e diz:

— Essas coisas não são minhas. Não sei, quer dizer, será que são das filhas dela? Agora isso aqui...

Seus olhos vão para a foto da menina com as duas outras crianças no colo.

— Estas duas não são a Erin e a Roxy. Mas a garota... ela me parece familiar. Ela parece...

Alix vasculha sua mente, tentando se lembrar de onde já viu esse rosto antes. E então ela se lembra e olha para a foto enquanto seu coração acelera, e por fim diz em voz alta:

— Brooke Ripley. Esta é a Brooke Ripley, não é? Olhem! Eu me lembro que a Josie me contou que Brooke tinha dois irmãos pequenos, um meio-irmão e... uma meia-irmã? E isso... espera...

Ela pega o celular na bolsa e faz uma busca por Brooke Ripley no Facebook. Enquanto vira a tela para os dois detetives, ela diz:

— Aqui. Vejam. É ela. E...

O olhar de Alix se volta para um detalhe na fotografia de Brooke tirada na noite do baile de formatura que ela não havia notado antes: uma grande flor branca presa em seu punho. A garganta de Alix fica tão seca que chega a arder, e inconscientemente ela segura a barriga com a mão esquerda.

— Vejam — diz ela, seus olhos indo da foto para a flor e depois para os dois detetives. — Vejam.

Os detetives olham para os itens e para a foto no celular de Alix, e um frio arrepiante toma conta do abafado escritório.

— Há uma chave — diz Alix à detetive Sabrina. — A Josie deixou uma chave debaixo do colchão no meu quarto de hóspedes. Tem sangue nela.

— Você poderia descrever essa chave, por favor? — pede Sabrina.

— É pequena. Dourada, eu acho, ou cor de latão. Uma chave só. Presa em um daqueles chaveiros de plástico transparentes, com o número 6 escrito no papel que fica dentro. Só isso. Está na minha casa. Eu posso dar a chave para vocês. Desculpem. Eu deveria ter entregado para vocês antes. Não me passou pela cabeça.

— Imagina, não se preocupe. Você está sendo incrivelmente solícita. E isto — Sabrina aponta para o buquê de pulso que Brooke Ripley está usando na fotografia — pode ser muito importante. Vamos redobrar nossos esforços na tentativa de encontrar a família de Brooke. Enquanto isso, por favor, se cuide e cuide da sua família. Vamos ligar para você assim que mais alguma coisa surgir.

Alix se levanta para sair, mas para quando se lembra de algo que a vem incomodando há dias.

— Isso foi tudo que vocês encontraram? — pergunta ela aos detetives. — Não havia um colar? Com um pingente dourado de abelha?

— Não — responde Sabrina. — Não que eu saiba. Mas, se aparecer, eu aviso.

— Obrigada — diz Alix, seus dedos indo instintivamente para seu peito, onde o pingente ficava pendurado. — Isso seria ótimo.

*

Meia hora depois, a mãe de Alix ergue os olhos da mesa da cozinha onde está sentada com Leon quando ouve a filha abrir a porta da frente. Ela lança um olhar interrogativo: "E então?"

Alix balança a cabeça bem de leve e, por alguns momentos, faz questão de parecer ocupada, colocando coisas dentro da lava-louça, o celular para carregar, limpando o fogão. Quando termina, ela faz um gesto para pedir que a mãe se junte a ela no jardim. Elas se sentam lado a lado, contemplando a paisagem. A forte luz do entardecer brilha em clarões dourados nas janelas do estúdio de gravação de Alix, e, por um momento, ela se pergunta se algum dia voltará a se sentar atrás da mesa de som, se algum dia voltará a ter interesse genuíno pela vida de outras pessoas.

— E aí? — pergunta a mãe depois de um breve momento.

— Nada. Eles não têm nada. Mas…

Alix sente um ligeiro estremecimento ao se lembrar da sensação de ver aqueles pequenos pedaços de sua vida, de sua casa, de sua família, dispostos à sua frente, retirados, aparentemente, das profundezas da gaveta de roupas íntimas de Josie. Alix sente náuseas com a ideia de que o precioso desenho que Eliza fez dela com a cachorra, que tinha acabado de falecer, e a fotografia antiga de Leon, tão pequeno, com expressão de espanto, estavam aninhados em meio às roupas íntimas tristes e desbotadas de Josie.

— Os policiais encontraram alguns itens numa das gavetas dela. Alguns pertences meus. Coisas que ela roubou da minha casa. Nada valioso.

A voz de Alix falha, ela aperta a mão da mãe e a sente retribuir com um aperto ainda mais forte.

Ela não conta à mãe sobre o buquê de pulso, sobre Brooke Ripley, sobre a chave manchada de sangue escondida debaixo do colchão de Josie. Ela apenas segura a mão da mãe e olha para longe, contendo as lágrimas que ameaçam cair.

— Ele vai aparecer — diz a mãe com uma voz suave. — Eu sei que vai. Eu posso sentir. Ele está em algum lugar por aí. Acho que ele vai estar em casa no fim de semana.

E é exatamente o que Alix deseja ouvir. Ela quer pensar que também consegue sentir que Nathan está em algum lugar por aí; ela quer ter a certeza de que ele vai entrar pela porta neste fim de semana, de que ele vai ter uma história para contar enquanto tomam vinho, de que eles vão se aninhar juntos na cama, o corpo dele talvez mais magro, os braços dele em volta dela, tão desesperados de alívio por estar em casa que eles vão esperar para falar sobre Katelyn, vão esperar para falar sobre o quarto de hotel. E eles vão se curar, ficar juntos, se amar e depois vão consertar o que está tão quebrado, seja lá o que for, que, para começo de conversa, levou Nathan a acabar em um quarto de hotel com uma mulher chamada Katelyn. Alix quer esse final para a história, e beija suavemente a bochecha da mãe.

— Sim. Obrigada, muito obrigada.

Oi! Eu Sou Sua Gêmea de Aniversário!
UMA SÉRIE ORIGINAL NETFLIX

A tela mostra Katelyn Rand sentada no pequeno sofá de veludo vermelho.

Katelyn: Então, o Nathan não parava de tagarelar sobre o quanto ele queria ir pra casa transar com a esposa, embora mal conseguisse colocar um pé na frente do outro. Acabamos em um bar no Soho, e notei que os amigos dele estavam ficando um pouco desanimados, perdendo o gás. Naquela noite fez um baita calorão, e, tipo assim, eles não eram jovens, sabe? Mas o Nathan continuava bebendo sem parar, como se não houvesse amanhã, sempre querendo *mais uma*. Aí eu disse: "Escutem: por que vocês não vão embora? Podem deixar o Nathan comigo. Depois eu levo o amigo de vocês pra casa." E então eles foram embora e eu disse ao Nathan que eu mesma o levaria pra casa, mas primeiro era melhor a gente comer alguma coisa pra ele ficar sóbrio, então eu o levei ao hotel onde a Josie me instruiu a levá-lo. Ela disse que lá haveria um quarto reservado em nome do Nathan, tudo pago com antecedência. Eu só precisava fazer o check--in dele. Falar é fácil, o difícil é fazer. Eu mal conseguia manter o cara em pé. Eu meio que servi de apoio para o corpo dele enquanto eu cuidava do registro no hotel. Ele não parava de repetir: "Cadê a Alix? Ela está aqui? Ela está aqui?" E eu dizia: "Sim. Ela está lá em cima, esperando por você. Vamos, querido, vou te levar até lá." E então entramos no quarto, e ele disse que estava com fome, então pedi um lanche no McDonald's; nós dois comemos, e ele bebeu todas as garrafinhas do minibar. O tempo todo ele ficava perguntando: "Cadê a Alix? Ela está vindo? Ela está vindo?" E eu só dizia: "Sim. Ela está vindo, já, já está no Uber. Daqui a pouco ela chega." E então... Bem, aí ele tentou ir embora.

Ela leva a mão à nuca e a esfrega, sorrindo como quem pede desculpas para a entrevistadora fora da tela.

Katelyn: Isso foi péssimo. Eu fiquei lá olhando pro meu celular, esperando uma mensagem da Josie dizendo que ela estava vindo, liguei várias e várias vezes pra ela, e fiquei plantada na frente da porta trancada. O Nathan estava *pirando*. "Me deixa sair daqui! Me deixa ir embora daqui!" E então ele perdeu a cabeça e começou a jogar coisas, derrubar tudo. Ele não encostou um dedo em mim, mas acabou me acertando na bochecha com a ponta de algo afiado, e eu me vi presa numa armadilha dentro daquele quarto de hotel com aquele maluco surtado. A Josie não atendia o telefone de jeito nenhum, até que finalmente, por volta das três da manhã, ela me ligou dizendo pra mandá-lo embora. E me pediu para falar pra ele que a Alix estava esperando lá fora, em um Kia preto, placa tal e tal, sei lá qual era. Aí eu destranquei a porta e deixei o cara sair. Joguei algumas roupas íntimas no chão do banheiro. Borrifei meu perfume no quarto inteiro. Baguncei a cama. Saí. Dez minutos depois, mil libras entraram na minha conta do PayPal. E pronto, fim de papo, achei que era assunto encerrado. Meu Deus.

Ela suspira e passa a mão pela nuca novamente.

Katelyn: Eu me enganei totalmente, não é?

QUINTA-FEIRA, 25 DE JULHO

A mãe de Alix passa a noite na casa com ela. No dia seguinte, acompanha a filha à reunião de fim de ano no auditório da escola. O local está um forno, e, mesmo com as portas abertas, não entra ar fresco. As duas se sentam lado a lado num dos bancos, com as pernas em um ângulo meio ruim, e Alix sabe que a mãe, embora pareça jovem, ficará feliz quando tudo acabar e ela puder esticar as pernas novamente. É o fim do ensino fundamental I para Eliza. No mundo em que Alix vivia antes da noite de sábado, este era um dia pelo qual ela estava muito ansiosa. O fim de uma era. O fim de uma espécie de rede de segurança que nutre a primeira etapa do ensino fundamental. Chega de camisas polo azul-celeste para Eliza. Chega de mochilas com fecho de velcro. Chega de reuniões das quais Alix tem que participar, chega da obrigação de acompanhar excursões a museus.

E então isso acaba, todos saem da escola para o sol brilhante porque o verão já começou, e seis semanas de inocência e liberdade se iniciam, assim como a nova fase na vida da filha, mas Alix não sente nada disso. Eles vão ao parque e entram na fila para tomar sorvete. As crianças brincam com os amigos. Alix se senta com a mãe, longe dos outros pais e mães da escola. Eles voltam para casa, Alix coloca os uniformes das crianças na máquina de lavar pela última vez até setembro. Ela espera o máximo que pode, até o relógio marcar 16h58, e então serve vinho para si e sua mãe.

No instante em que Alix olha para a taça vazia e cogita a possibilidade de se servir de outra, embora ainda não sejam nem cinco e meia da tarde, seu celular toca. É a detetive Sabrina Albright.

— Alix, adivinha quem acabou de chegar à delegacia e quer ver você?

Oi! Eu Sou Sua Gêmea de Aniversário!
UMA SÉRIE ORIGINAL NETFLIX

A tela mostra uma jovem sentada em uma poltrona vintage colocada no meio de uma sala vazia e suavemente iluminada.

Ela tem cabelo loiro, raspado de um lado e, do outro, cortado na altura dos ombros. Veste uma camisa azul-clara de botão e calça jeans preta. Tem muitos brincos nas duas orelhas, e sorri nervosamente.

A legenda diz:

Roxy Fair, filha de Josie e Walter Fair

A tela corta para o título, e o episódio termina.

***

Duas e cinquenta da tarde

Roxy cutuca a pele ao redor das unhas e fita o relógio na parede. Ela está prestes a se levantar para tentar descobrir que merda está acontecendo, se alguém realmente virá falar com ela. Alguns minutos depois, a porta se abre e entram dois detetives, um homem e uma mulher chamados Chris e Sabrina. Ambos sorriem e dizem que sentem muito pelo pai de Roxy, e em seguida pigarreiam e abrem bloquinhos de anotações. A mulher diz:

— Você sabe onde está sua mãe, Roxy?

Roxy faz que não com a cabeça.

— Não a vejo desde que eu tinha dezesseis anos.

— Conseguimos falar com sua avó, Pat O'Neill.

Roxy assente.

— Ela está em Menorca, mas volta amanhã — continua a detetive. — Ela disse que você pode ficar com ela, se quiser...

— Eu não posso ficar. Tenho que trabalhar. Preciso voltar.

— Certo. Tudo bem. Mas você precisa saber, caso ainda não tenha visto no jornal, que no momento estamos procurando por sua mãe para depor sobre o assassinato de seu pai e a tentativa de assassinato de Erin.

Roxy lança um olhar para a detetive e depois para o homem e questiona:

— Isso é sério?

— Sim. Há muita coisa acontecendo no momento, Roxy. E acho que é melhor explicar uma coisa de cada vez, para que você não fique confusa. Tudo bem?

Roxy concorda com um vigoroso meneio de cabeça.

— Parece que sua mãe e seu pai tiveram uma briga na noite de sexta-feira, 12 de julho. Eles foram jantar na casa de uma amiga e...

Roxy a interrompe com uma risada.

— Tá legal. Certo.

— Uma mulher chamada Alix Summer fez amizade recentemente com sua mãe, e elas estavam trabalhando juntas em algum tipo de projeto. Alix a convidou para jantar naquela noite. Algumas horas depois de sua mãe e seu pai deixarem a residência da sra. Summer, sua mãe reapareceu na porta dela gravemente ferida, alegando ter sido espancada pelo marido.

— Pelo meu pai?

— Sim. Foi isso que ela relatou à sra. Summer. Sua mãe disse que ela e Erin saíram juntas de casa nas primeiras horas da manhã, e deu a entender que seu pai estava vivo e bem. Então ela passou uma semana hospedada na casa da sra. Summer, antes de partir no sábado de manhã, alegando à sra. Summer que iria para o apartamento da mãe, sua avó, Pat. Na mesma noite, o marido da sra. Summer desapareceu, depois de uma noitada com os amigos no centro da cidade. Aparentemente, os dois acontecimentos não têm qualquer relação. Mas tanto o quarto de hotel, no qual o marido da sra. Summer ficou hospedado antes de seu desaparecimento, quanto o carro que foi buscá-lo nesse mesmo hotel foram pagos por um cartão de débito em nome de...

A mulher faz uma pausa, e Roxy a encara como se dissesse: "Continua!"

— Erin Fair.

— Como é que é? Desculpe, mas a minha irmã, que está em coma, pagou um quarto de hotel pra um cara qualquer?

— Não cogitamos a possibilidade de que tenha sido sua irmã, Roxy. Achamos que sua mãe está usando o cartão dela. E o problema é o seguinte: investigamos a conta bancária da sua irmã e, bem, havia uma quantia grande lá. Mais de quarenta mil libras. E, nas últimas duas semanas, mais de dez mil dessas libras foram sacadas de caixas eletrônicos na área de Queen's Park. E, de acordo com o que a sua mãe disse à sra. Summer, a sua irmã, Erin, tinha necessidades especiais. Ela comia apenas comida de bebê e não saía de casa, mas ainda assim recebia dinheiro em sua conta bancária diariamente. Pagamentos de uma empresa de livestreaming, de transmissão ao vivo pela internet, chamada Glitch. Você sabe alguma coisa sobre isso?

— Sim, ela é famosa.

— Famosa por quê?

— Jogos on-line. As pessoas pagam uma assinatura da plataforma Glitch e depois podem assistir aos jogadores on-line. E a minha irmã é uma das melhores.

— Então ela ganha dinheiro jogando videogame?

Roxy não consegue acreditar que algumas pessoas sejam tão arcaicas, como se vivessem em um mundo diferente do dela. Mas, controlando a vontade de revirar os olhos, responde:

— Sim. Isso mesmo.

— Então, há...

Ambos os detetives se ajeitam na cadeira. O homem examina sua papelada e a mulher olha de relance para Roxy.

— Onde você acha que sua mãe pode estar?

Roxy solta uma gargalhada.

— Você está me perguntando isso mesmo?

— Bem, estou, sim.

— Infelizmente, acho que não vou poder ajudar vocês. A minha mãe...

Roxy se cala, sua armadura de agressividade se abrandando por um momento.

— A minha mãe me odiava. A minha mãe odiava meu pai. A minha mãe odeia minha irmã. Ela obviamente pegou o dinheiro da Erin pra começar uma nova vida longe da gente.

— Mas existe algum lugar específico? Um lugar que significasse algo para ela? A sra. Summer disse que sua mãe era bastante nostálgica sobre a época em que você e sua irmã eram crianças. Talvez até de maneira exagerada. Será que existe algum lugar para onde vocês viajavam todos juntos?

Roxy dá de ombros. Ela não vê sua infância dessa forma. Não parece sentir nem um pouco de saudade dessa fase de sua vida.

— A gente costumava ir a Lake District todo verão. Por uma semana. Eu detestava: todos nós entalados dentro de um trailer, ou em alguma cabana capenga infestada de aranhas. Mas ela adorava. Tinha o hábito de beber vinho todas as noites e falar sem parar sobre as paisagens.

— Você consegue se lembrar para onde costumavam ir em Lake District?

— Sim. Ambleside. Bem perto da água.

Roxy observa os detetives anotarem essa informação. Ela estreita os olhos na direção deles e diz:

— Vocês sabem que meu pai nunca encostou um dedo na minha mãe, né?

— Bom, nós temos evidências fotográficas que comprovam os ferimentos da sua mãe.

— Como?

— A sra. Summer tirou as fotos na semana passada.

Roxy suspira e resmunga:

— Desculpe, *sra. Summer... sra. Summer*. Quem é essa sra. Summer, caralho?

— Ela é amiga da sua mãe.

— Mas a minha mãe não tem nenhum amigo.

— Ela é uma amiga dela, e também está fazendo um podcast com a sua mãe.

— Um podcast? Que tipo de podcast?

— Ela estava entrevistando sua mãe a respeito da vida dela.

Roxy não consegue controlar uma risada.

— Sério?

— Sério. Nós ouvimos as gravações. Elas são bastante... angustiantes.

— Em que sentido?

— Sua infância. Os maus-tratos e abusos. O que aconteceu com sua amiga, Brooke.

— Brooke?

Por um momento, Roxy sente o coração pesar e o estômago se revirar.

Os detetives trocam um olhar.

— Sim. Brooke Ripley. Ela era sua amiga da escola, não era? Teve um relacionamento com seu pai...

— Um relacionamento com meu...?

— Ela desapareceu mais ou menos na mesma época em que você saiu de casa, e estamos investigando a possibilidade de que o desaparecimento dela possa estar relacionado aos seus pais, Roxy.

— Vocês estão de brincadeira, né?

— Não, essas informações estão no depoimento feito por sua mãe na gravação do podcast da sra. Summer.

Roxy balança a cabeça e fecha os olhos.

— Olha, eu não consigo lidar com isso, ok? O que mais a minha mãe disse pra essa mulher?

— A sra. Summer gravou horas de depoimento. Todo o testemunho da sua mãe aponta para uma situação doméstica extremamente tóxica na sua casa, para a possibilidade de abusos conjugais e infantis, incluindo o suposto abuso sexual da sua irmã.

A mulher para de falar, lambe os lábios, toca a papelada com a ponta dos dedos e continua:

— Cometido pelo seu pai.

— Pelo meu…?

Roxy bate violentamente as mãos no tampo da mesa, e os dois detetives têm um ligeiro sobressalto.

— É sério isso? O meu pai? Foi o que a minha mãe disse pra essa mulher, é?

— Ela disse que todas as noites seu pai saía da cama e ia para o quarto de Erin, e depois não voltava mais.

— Sim. Ele ficava jogando com ela.

— Jogando?

— Sim. Ele fazia parte da coisa, parte do show, sacam? Os assinantes adoravam quando meu pai participava. Ele apenas se sentava atrás dela e fazia piadas. Ele tinha um apelido. Paizão. Erased e Paizão. Esse era um dos motivos pelos quais o stream dela fazia tanto sucesso, por causa do meu pai.

— Então por que você acha que ele nunca chegou a contar isso à sua mãe?

— Ela simplesmente não conseguia lidar com nada que tivesse a ver comigo ou com a minha irmã. Ela tinha muito ciúme dele, do amor que nós duas sentíamos pelo nosso pai. Ela ficou doente por causa disso, sabe? Doente da cabeça. Então me digam, por favor, eu aguento. Me digam o que ela fez com ele. Me digam o que a minha mãe fez com o meu pai.

Roxy está sentada na cafeteria chique na Salusbury Road. Sua cabeça está pegando fogo, os pensamentos se misturam, imagens surgem em sua mente, e ela age como se não se importasse, como se já tivesse visto tudo isso antes, mas acontece que ela não viu, e seu pai está morto e Erin está em coma num quarto de UTI, ligada a mil fios e aparelhos, entre a vida e a morte. Com os dedos tensos, Roxy rasga um guardanapo de papel, depois percebe o que fez e amassa os pedaços com força para formar uma bolinha. Ela olha de relance o vidro laminado e vê uma mulher caminhar às pressas em direção ao café. Ela é alta, seu cabelo é muito loiro, parece natural, mas Roxy percebe a raiz mais escura. Ela está usando calça jeans boca de sino, blusa de moletom e tênis plataforma, sem maquiagem. Parece que não dorme há dias. Ao entrar no café, a mulher vê Roxy e olha para ela com uma expressão interrogativa. Roxy assente.

— Oi, Roxy. — Ela se senta. — Meu Deus, isso é tão...

Ela parece estar sem palavras, e seus olhos examinam o rosto de Roxy como se tentasse memorizá-lo para se lembrar dele mais tarde.

— Eu não consigo acreditar que é você. Eu simplesmente sinto que...

Suas mãos se erguem no ar e se agitam vagamente antes de pousarem em seu colo.

— Você está bem?

Roxy assente. Ela está sempre bem, e não quer que ninguém pense o contrário.

— Eu sinto muito pelo seu pai.

Roxy assente de novo. Em seguida, olha para Alix e pergunta sem rodeios:

— O que a minha mãe te contou sobre o meu pai?

Alix a encara com incerteza.

— Não sei até que ponto o que ela me disse era verdade...

— Me conte.

Então Alix conta.

Três da tarde

— Está confortável?

Alix olha para o outro lado da mesa de gravação de seu estúdio, onde Roxy está ajustando os fones de ouvido. A garota assente e faz um sinal de positivo.

— Ótimo.

Roxy tem um metro e meio de altura e é assustadora. Seu queixo se projeta numa postura de afronta e insolência, mesmo quando ela está sendo agradável.

— Isso tudo é um monte de baboseira! — dissera Roxy ainda há pouco no café, alto o suficiente para que as duas jovens mães sentadas atrás interrompessem a conversa e se virassem ligeiramente em suas cadeiras. — Eu não acredito que ela falou essas coisas. Isso é...

Ela estava prestes a contar como foi sua infância quando Alix a interrompeu.

— O que você acha de participar do podcast? Contando a sua versão?

— Quando?

— Agora. Eu moro logo ali. A uns dois minutos de distância.

Alix achava que Roxy diria não, que se mostraria cautelosa, reservada e irritadiça, mas ela imediatamente pegou sua pequena mochila e começou a se levantar.

— Então isso vai ser como um daqueles podcasts de *true crime*?

Alix sentiu um arrepio percorrer seu corpo quando percebeu que, de alguma forma, apesar de todo o pavor e o desespero, era exatamente isso que ela estava fazendo agora: um podcast sobre crimes reais, a partir dos acontecimentos de sua própria vida.

Quando chegam ao estúdio, ela mostra para Roxy um trechinho de uma das gravações de Josie. É do dia em que Josie lhe contou sobre Brooke. Ela observa o rosto de Roxy enquanto ouve o relato, os olhares de confusão e incredulidade que atravessam suas belas feições. De vez em quando, Roxy balança a cabeça, como se estivesse tentando afastar algo. Alix aperta o botão de pausa e espera Roxy falar.

Oi! Eu Sou Sua Gêmea de Aniversário!
UMA SÉRIE ORIGINAL NETFLIX

A tela mostra o close de alguém pressionando o botão de gravar em uma mesa de mixagem.

A legenda diz:

Nas vinte e quatro horas seguintes, Alix Summer gravou quase quatro horas de depoimentos de Roxy Fair.

Ouve-se a reprodução da voz de Roxy. A tela mostra uma imagem borrada do interior do apartamento da família Fair.

Uma adolescente é vista por trás, conversando com um homem mais velho na cozinha.

Roxy: A Brooke Ripley entrou na minha escola já no meio do ano. Todo mundo odiava ela. Eu lembro que fiquei feliz, porque isso tirou os holofotes de mim por um momento. Ela era bonita, parecia ter mais de quatorze anos, peitos grandes, e nós nos aproximamos meio que porque todos os outros odiavam a gente. E, sim, ela e eu ficamos bem próximas. Muito próximas. Na verdade, a Brooke e eu acabamos ficando juntas, sabe? Eu sempre soube que era lésbica, desde muito nova. Mas a Brooke foi minha primeira namorada, e por algum tempo foi tudo muito intenso. A gente se apaixonou de verdade. Não contei pra ninguém, só pra Erin. Não contei nem pra mamãe nem pro papai. Eu me lembro de uma ocasião. Era Natal, meu pai estava em casa. Estou me lembrando disso agora. Ele estava assando biscoitos, com seu avental natalino. A gente estava ouvindo músicas de Natal. Foi muito bom, pela primeira vez parecíamos ser uma família normal.

Alix: Vocês não eram uma família normal?

Roxy: Não. Não éramos uma família normal. Nem de longe. Mas naquele momento, naquele momento, parecia normal. E meu pai ficava rindo e contando piadas, e eu olhei pra Brooke e pensei: *Aposto que você gostaria que seu pai fosse igual ao meu.* Eu me lembro de ter pensado isso. Eu me lembro disso com muita clareza. Eu me senti orgulhosa, sabe? E, sim, claro que a minha mãe odiou. Ela odiava ver a gente rindo. Todos sendo felizes. Depois a Brooke me disse algo como: "Eu acho que a sua mãe me odeia." Eu perguntei por quê. Ela disse: "Sei lá. O jeito como ela me olha." Acho que a mamãe realmente não gostava da Brooke, porque sabia o quanto eu gostava dela. O quanto *todos nós* gostávamos dela. A mamãe sabia que a Brooke era mais importante pra mim do que ela, que eu a amava, sabe? E ela não conseguia lidar com isso. Ela não conseguia lidar com nenhuma situação em que ela não fosse o centro das atenções. Ela era uma pessoa doente de inveja.

Agora vê-se um pátio de escola repleto de adolescentes uniformizados.

Alix: E depois houve uma briga? De acordo com testemunhas, você e Brooke brigaram na escola no final do último semestre.

Roxy: Sim. Ela disse... hã... ou pelo menos eu *pensei* que ela tivesse dito algo sobre a Erin. Alguém me contou que ela tinha usado uma palavra ofensiva sobre a minha irmã. Aí eu simplesmente fiz o que sempre faço: fui pra cima, sem antes checar se era verdade, e bati nela. Levei uma suspensão, mesmo às vésperas das provas finais.

A tela muda para Roxy sentada em um banquinho sem encosto em um bar vazio. Ela exibe um sorriso frio.

Na gravação, é possível ouvi-la suspirar.

Roxy: Quando eu era mais nova, eu era meio impulsiva. Uma espécie de pesadelo, pra ser sincera. E depois desse episódio eu fiquei de saco cheio da escola. Meti o pé e caí fora. Eu disse chega e encerrei esse assunto, ponto-final. Mas, principalmente, coloquei um ponto-final na relação com a minha mãe, e aí eu fui embora de casa. Eu queria que a Brooke fosse comigo, mas ela disse que não estava pronta porque queria terminar o ensino médio. E ela queria ir naquele baile de formatura idiota, fazer tudo do jeito certo. Então eu simplesmente fui embora sem ela. Eu tinha a esperança de que ela caísse em si, de que ela fosse me encontrar, mas, em vez disso, ela simplesmente desapareceu. Feito fumaça. E foi isso.

Alix: Então a sua saída de casa não teve nada a ver com seu pai e a Brooke? Não aconteceu nada disso? A Erin não contou que ouviu os dois transando? Nada disso realmente aconteceu?

Roxy levanta o olhar para a câmera e balança a cabeça.

Roxy: Eu nunca ouvi tanta merda na minha vida.

***

Onze da noite

Nessa noite, Roxy vai dormir no quarto de hóspedes de Alix. Apesar da postura da jovem, Alix sente que, por trás da fachada agressiva, existe uma criança meiga, a menina de dezesseis anos que viveu em um ambiente tóxico e que só precisava de alguém para cuidar dela e lhe dar apoio. Enquanto mostra o quarto a Roxy, Ali lhe explica que foi lá que a mãe dela dormiu durante uma semana, pouco antes de desaparecer.

— Ela tinha uma chave, com o número 6 escrito, que deixou escondida debaixo do colchão. Eu entreguei a chave à polícia, mas ela não serviu em nenhuma das fechaduras da casa dos seus pais. Você sabe alguma coisa a respeito disso?

Roxy dá de ombros.

— Não.

— Não existe nenhum banheiro externo, galpão ou, sei lá, algum tipo de depósito?

— Acho que não. Se bem que meu pai tinha uma garagem. O pai dele guardava algum carro velho lá, eu acho. Eu me lembro de entrar lá uma ou duas vezes, quando minha irmã e eu éramos pequenas. Estava tudo empoeirado e cheio de teias de aranha.

— Você se lembra de onde ficava?

— Sim. Na parte de trás.

— Na parte de trás do quê?

— Da casa. É uma viela com uns espaços fechados onde antigamente existiam... Como é que se chama? Cocheiras? Estrebarias? Cavalariças? Estábulos? Tipo, são garagens duplas, uma de frente pra outra, cerca de sete ou oito compartimentos, eu acho.

— E como é que se chega a essa garagem?

— É só sair pela frente, depois vira a esquina e cruza um portão. Mas também tinha uma janela no banheiro que dava lá.

Alix e Roxy trocam um olhar, mas não dizem nada.

Oi! Eu Sou Sua Gêmea de Aniversário!
UMA SÉRIE ORIGINAL NETFLIX

A tela mostra uma mãe e sua filha adolescente sentadas em um sofá em um pub do século XVI, com um cachorrinho marrom dormindo entre elas.

A mãe tem cabelo branco curto e usa óculos de armação vermelha. A filha tem uma longa cabeleira loira que cai em cachos pesados e modelados até a cintura. A legenda diz:

Clare e Georgie Small, turistas que passaram férias no Ambleside Manor Lodge Park

A filha, Georgie, fala primeiro.

Georgie: Estivemos lá em julho de 2019. Eu, minha mãe, meu pai e meus irmãos. Tínhamos acabado de chegar, dois dias antes. Foi no meio daquela onda de calorão. Estava muito quente, mesmo lá perto dos lagos. Não vimos a mulher chegar. Simplesmente acordamos na manhã seguinte e lá estava ela. Nós acenamos pra ela no chalé do outro lado, não foi? Ela tinha um cachorrinho e meio que acenou de volta, mas percebi que ela não era nada simpática. Mas tudo bem. Não estávamos lá pra fazer amigos.

A mãe, Clare, a interrompe.

Clare: Os chalés são construídos pra oferecer privacidade, sabe? Não é tipo uma colônia de férias, onde todo mundo fica amontoado. Os chalés são novos, construídos há apenas alguns anos, e todos ficam de frente para o lago e têm bastante espaço ao redor pra que você não veja as casas alheias. Então, sim, sabíamos que ela estava lá, mas não a víamos muito. Ela apenas ficava sentada em seu deque à noite com uma taça de vinho, contemplando o lago ao pôr do sol. Certa vez eu ergui uma taça pra ela e ela ergueu a dela de volta, mas isso foi o máximo de interação que tivemos. Então, um belo dia, cerca de três ou quatro dias depois de ter chegado, ela já não estava mais lá. Simplesmente partiu. Mas o carro continuou lá. Achei isso estranho. Mas não pensei muito a respeito. Ficamos dez dias ao todo. E foi no nosso último dia lá que a polícia chegou a Ambleside.

Georgie: É simplesmente inacreditável que a gente tenha ficado lá todos aqueles dias, curtindo numa boa, bebendo, nadando, admirando a vista, nos divertindo, vivendo o melhor da vida, quando o tempo todo...

Clare toca o braço de Georgie, que enxuga uma lágrima.

Georgie: Quer dizer, qual é o problema das pessoas? Sério. Qual é o problema de algumas pessoas?

DOMINGO, 28 DE JULHO

A casa fica muito mais tranquila sem Roxy, sem Nathan, sem a mãe de Alix. Somente ela e as crianças num domingo longo e nublado. Horas antes, Roxy lhe enviou uma mensagem do hospital para dizer que Erin permanecia inconsciente e conectada a fios e aparelhos, ainda em estado crítico. Ao redor dela, as notícias surgem como um lento e chocante tsunami. O horror é grande demais para Alix processar por completo. Suas irmãs lhe mandam mensagens constantemente. A essa altura, elas deveriam estar falando sobre as férias que estão por vir, compartilhando fotos dos vestidos novos que compraram e pedindo recomendações de leitura, perguntando se a *villa* croata tem secador de cabelo, fazendo reservas para o jantar, pois é impossível acomodar tantas pessoas em um restaurante sem planejamento prévio. Alix deveria estar experimentando biquínis diante do espelho do quarto e se perguntando se ainda conseguiria usar um e sair impune aos quarenta e cinco anos, e depois pensando: *Meu Deus, sim, é claro que sim. Se eu não puder fazer isso agora, quando vou fazer?* E então ela olharia a própria barriga, se viraria para um lado e para outro e pensaria: *Nada mau, nada mau para uma mãe de dois filhos que já está na meia-idade.*

Eram essas coisas que ela deveria estar fazendo agora.

Em vez disso, está vivendo um pesadelo, está aprisionada numa armadilha dentro da qual um incessante tique-taque marca o acúmulo de raiva e tensão. Por isso, Alix se sente aliviada quando, por volta das duas da tarde desse apático e interminável domingo, Pat O'Neill liga para ela do hospital.

— A Roxy estava me contando sobre o seu podcast, sobre as coisas que a Josie contou a você, e eu acho que eu deveria entrar em cena. Para contar o meu lado da história. Porque eu sei que você acha que eu fui uma mãe ruim e, em muitos aspectos, fui mesmo. Mas, sinceramente, você precisa entender quem é a Josie de verdade, como ela é, antes mesmo de tentar entender o que está acontecendo.

— Você pode vir agora? — pergunta Alix.

E em seguida dá seu endereço a Pat, senta-se na cozinha e espera.

Oi! Eu Sou Sua Gêmea de Aniversário!
UMA SÉRIE ORIGINAL NETFLIX

A tela mostra uma imagem desfocada em que uma menina está sentada no chão de um apartamento moderno e bem iluminado.

Ela tem cabelo castanho cortado em estilo chanel e está se distraindo com um brinquedo.

A atriz que interpreta a jovem Pat O'Neill está na cozinha do apartamento, conversando com um homem. Ela ri de algo que ele acabou de dizer.

A atriz que interpreta a Josie criança os observa com curiosidade.

A legenda diz:

Esta é a voz de Pat O'Neill, em conversa com Alix Summer em 28 de julho de 2019.

Pat: É verdade que eu não estava pronta pra ser mãe da Josie. De jeito nenhum, nem de longe. Eu estava na faculdade, chegando ao final do meu segundo ano do curso de antropologia social, no meu auge. Eu me sentia muito cheia de vida. De energia. Eu só queria continuar avançando, ver até onde poderia chegar. E aí eu engravidei e, como meu corpo não mudou e eu não tive sintomas, eu não fazia ideia. Quando dei por mim, já era tarde demais pra fazer algo a respeito. O pai da Josie já havia ido embora fazia muito tempo. Hoje em dia eu não consigo nem lembrar o sobrenome dele. Isso não é horrível? Acho que começava com K. Kelly, talvez? Sei lá. Enfim. A Josie chegou e eu não estava pronta. Não. Eu não estava pronta pra ser mãe. Mas, principalmente, eu não estava pronta pra Josie.

A atriz que interpreta a menina Josie se vira e encara a câmera.

Pat: Ela era uma criança triste, melancólica. E, sim, talvez em parte tenha sido por minha causa, pela forma como eu lido com a maternidade. Eu queria que ela fosse independente. Queria que ela fosse forte e admirável. Talvez eu a deixasse sozinha por tempo demais. É importante, porém, que as crianças cometam os próprios erros e aprendam com eles. É bom dar esse espaço para os filhos errarem. Mas ela era muito carente. Carente demais. Eu dava a ela o máximo que eu conseguia, mas nunca era o bastante. E não era apenas comigo. Ela era assim com os amigos dela; eu vi isso acontecer inúmeras vezes. Ela era apática, mal-humorada; era quase como se estivesse esperando que alguém lhe mostrasse que não a queria. Ela afastou um monte de amigos por causa de coisinhas insignificantes. E sempre que eu arrumava um namorado ela enlouquecia. Sério. Toda vez que cismava que um homem poderia invadir a nossa vida, ela surtava e se transformava numa psicopata. Ela era cruel com os caras. Insultava todos eles. Quando eu marcava um encontro, ela fingia estar doente pra me impedir de sair de casa. Teve uma vez que ela chegou até a fazer um boneco de vodu, e eu não estou exagerando. Convenhamos: de onde ela tirou essa ideia? Mas, sim, ela fez um boneco de vodu de um homem com quem eu estava saindo. E quando ele foi me visitar em casa, ela o deixou bem à mostra, com alfinetes espetados e tudo. Então todos os homens iam embora, é claro. E aí eu comecei a sair com o Walter...

A voz de Alix interrompe.

Alix: Desculpe, o quê?

Pat: Eu comecei a namorar o Walter. Quando a Josie tinha uns treze anos...

Há um silêncio prolongado.

Alix: A Josie não me contou isso.

Pat: Bom, não, é claro que não, porque ela só te contou o que queria que você soubesse, aquilo que reafirmasse a narrativa bizarra dela. E é exatamente por isso que eu estou aqui falando com você, entende? Porque há uma porção de coisas que a Josie não te contou, e ela fugiu deixando todo mundo pensar que o marido dela era um monstro, que ele a aliciou, que abusou das filhas, e o mundo precisa saber que isso é uma mentira deslavada. *Você* precisa saber que isso é uma tolice. Walter Fair estava longe de ser perfeito, era bastante controlador, sabe? Gostava que as coisas fossem do jeito dele e era cheio de si, sim. E obviamente eu sabia que era errado me envolver com um homem casado. Claro que eu sabia disso. Mas ele era um homem amoroso, um homem de verdade, que só queria amar e ser amado. Ele só queria levar uma vida tranquila. E o que eu e ele tivemos foi muito real, muito intenso, e eu estava disposta a esperar até que ele encontrasse o momento certo pra se separar da esposa. No início, a Josie foi muito resistente a ele, como acontecia com todos os meus namorados. Mas depois, à medida que foi crescendo, aparentemente ficou obcecada por ele. Tentava desviar a atenção dele pra si mesma o tempo todo. Quando ele chegava, ela colocava maquiagem e dizia coisas horríveis a meu respeito; que eu era velha, que eu não prestava. No começo, Walter e eu achávamos graça, mas depois as piadas pararam, por volta da época em que a Josie fez dezesseis anos; mais tarde, logo depois de ela completar dezoito anos, eles me contaram.

Há um silêncio prolongado. Em seguida, Alix fala.

Alix: Então você não sabia? Antes disso, você não sabia que eles estavam juntos?

Pat suspira.

Pat: Obviamente eu *deveria* saber. Sendo mãe da Josie, eu *tinha* que saber. E assumo total responsabilidade por ter pisado na bola. Eu estava desesperada demais pra que a Josie fosse independente, tivesse vida própria. Eu só queria — e sei o quanto isso parece ruim — que ela estivesse em outro lugar. Fora da minha casa. Eu odiava quando ela estava lá; ela criava um clima ruim, uma atmosfera pesada. Eu não queria falar com ela. Eu não... que Deus me perdoe, eu não gostava dela. Então eu nunca perguntava aonde ela tinha ido, por onde ela andava, o que estava fazendo. Eu não queria saber. Eu ficava muito feliz por não ter que lidar com ela. Mas, meu Deus. Fiquei em choque quando descobri. Horrorizada. E você sabe de uma coisa? Quando o Walter e eu estávamos juntos, a Josie costumava me dizer que eu era uma nojenta por estar com um homem casado. E então ela foi lá e o arrancou da esposa dele e de mim.

Alix: Então, na sua opinião, o Walter não aliciou a Josie?

Pat: Aliciar? Você quer dizer... Se ele manipulou a Josie? Não, eu acho que não. Na minha opinião, ela o viu, ela o quis, ela o conquistou. Ela não dava a mínima pra ninguém. Ela nunca se importou com as pessoas que machucava... Ela... e isso é uma coisa terrível de se dizer sobre a própria filha, e obviamente eu também estava longe de ser perfeita, mas na verdade eu acho que a Josie tem um coração de pedra. Um coração de pura e sólida pedra.

A tela escurece e depois Pat O'Neill surge sentada em um salão comunitário.

Ela balança levemente a cabeça. Há lágrimas em seus olhos.

***

Seis da tarde

Depois que Pat vai embora, Alix se sente entorpecida. A mãe dela chega e prepara algo para as crianças comerem, serve à mesa, senta-se com elas enquanto comem, ouve a tagarelice delas e cria uma sensação de calma e paz que, no momento, Alix é incapaz de estabelecer.

— Eu acho que ele morreu — diz Alix à mãe quando as duas estão sozinhas no jardim, mais tarde.

A mãe a olha com preocupação e diz:

— Não. Claro que não.

— Ele morreu, sim. Eu posso sentir. Passei todo esse tempo pensando que a Josie era estranha porque era uma pessoa traumatizada. Todo esse tempo eu pensei que ela só estava tentando pedir ajuda, que ela precisava de mim. Mas agora eu percebo que ela nunca pediu ajuda, e ela nunca precisou de mim. A verdade é que ela tinha um plano. O tempo todo. E eu fui apenas uma peça insignificante nesse tabuleiro. E o Nathan também.

— Mas por quê? Por que ela iria querer machucar o Nathan? Ela mal o conhecia.

— Olha, ela sempre deixou claro que não gostava do Nathan, ela fazia pouco-caso dele e achava que a minha vida seria melhor sem ele. Um dia ela até me perguntou como eu me sentiria se ele morresse, e pareceu muito decepcionada quando eu disse que ficaria triste. E quando me abordou para sugerir que eu fizesse um podcast sobre ela, disse praticamente com todas as letras que estava iniciando um projeto de mudança de vida e que queria que eu documentasse essa transição.

— Você acha que tudo isso foi planejado?

— Não sei exatamente como, mas, sim, acho que foi. Quer dizer, ela com certeza sabia que a Erin tinha todo aquele dinheiro guardado, e então, de alguma forma, descobriu a senha da conta dela, sacou o dinheiro e pagou alguém pra atrair Nathan até aquele hotel. Ela sabia que o Nathan sairia naquela noite porque ele contou a ela e... Sabe aquele dia em que ela foi embora? Eu fiquei surpresa por ela ter aceitado sair daqui tão fácil, não fez alarde nem insistiu em ficar, e agora eu sei que isso também fazia parte do plano. E eu realmente acho que ela sequestrou o Nathan pra matá-lo, mãe. Eu tenho quase certeza que foi isso. Cada segundo que ficamos sentadas aqui é um segundo de vida a menos pro Nathan. E eu não sei o que fazer, mãe. Eu simplesmente não sei o que fazer.

Oi! Eu Sou Sua Gêmea de Aniversário!
UMA SÉRIE ORIGINAL NETFLIX

A tela mostra Tim, Angel e Fred.
  A legenda diz:

**Tim e Angel Hiddingfold-Clarke,
atuais donos do cachorro de Josie, Fred**

Angel oferece uma guloseima para Fred comer.
  A câmera dá um zoom no cachorrinho mastigando, depois volta a focar no casal.
  Tim começa a falar.
  Tim: Nós sinceramente não tínhamos a menor ideia de que a Josie era uma mulher procurada pela polícia. Estávamos aproveitando nossa lua de mel, não víamos TV nem líamos jornal. Só que quando enviamos mensagens para nossos amigos contando sobre essa coisa maluca que tinha acabado de acontecer, eles nos responderam falando coisas do tipo: "Vocês têm noção de que essa pode ser a mulher que a polícia está procurando?" E nós

pensamos: "Que mulher?" E aí entramos na internet e vimos as fotos dela, da Josie, e, sim, era ela. E, sim, claro, fomos direto pra polícia.

A tela agora mostra a detetive Sabrina Albright.

Sabrina: No sábado, 27, recebemos uma ligação da polícia do condado de Cúmbria, nos informando do telefonema de um casal de turistas que alguns dias antes recebera das mãos de uma mulher um cachorrinho para ficar sob seus cuidados. Os turistas afirmaram que as fotos de Josie Fair que eles viram na internet correspondiam à mulher que lhes entregou o cachorro. E alegaram que tudo isso ocorreu em plena luz do dia, numa área movimentada e repleta de turistas. Foi tudo muito rápido, mas ainda assim conseguiram nos dar uma ideia das roupas que Josie estava vestindo, e de que ela estava tentando se disfarçar com um capuz e óculos escuros. Disseram que ela foi em direção ao vilarejo principal de Ambleside, carregando uma pequena bolsa de mão. Iniciamos imediatamente uma busca rua por rua, de casa em casa. Mas foi só bem tarde no domingo que tivemos um avanço. Uma família que jantava em um restaurante no vilarejo nos contou que uma mulher cuja aparência correspondia à descrição de Josie, e que tinha um cachorrinho, estava hospedada num dos chalés de Ambleside Manor Lodge Park. Eles disseram que ela tinha chegado no domingo anterior, no meio do dia, e partiu na quinta pela manhã. Entramos em contato com a gerência, e eles confirmaram que sim, a sra. Fair havia feito a reserva on-line de um chalé duas semanas antes. Eles nos informaram que os chalés eram acessados por meio de um código, que não precisavam se encontrar pessoalmente com a sra. Fair e que, além disso, não sabiam que ela havia deixado o chalé na quinta-feira, pois sua reserva se estendia até o fim de semana seguinte e ela não tinha feito o check-out. Na hora, despachamos uma equipe para lá e entramos no chalé pouco antes da meia-noite de domingo.

A tela mostra imagens de arquivo de carros de polícia chegando tarde da noite ao chalé à beira do lago, as luzes azuis refletidas na superfície escura da água. O áudio é uma gravação da ação policial.

"A equipe de resgate aquático está entrando. Repito, a equipe de resgate aquático está entrando."

Em seguida, a tela vai escurecendo e passa a mostrar um lago, e há uma música suave tocando ao fundo.

É dia, e a luz do sol cintila na superfície da água. Um bando de pássaros voa e rodopia no céu.

A câmera se aproxima do arco do sol até que, por fim, a tela inteira fica branca.

***

Onze da noite

Nessa noite, logo depois de se deitar na cama, Alix recebe uma ligação de Roxy.

— Como está a Erin?

— Nada ainda — diz Roxy —, mas os sinais vitais dela estão melhorando. Eles acham que ela vai acordar nas próximas horas. E você? Alguma novidade?

— Nenhuma. Acho que agora já está um pouco tarde, mas, quem sabe, espero que amanhã surja alguma coisa. — Alix se cala. — Hoje a sua avó me contou a história dela com seu pai. Que o Walter era namorado dela.

— Eca, pois é, eu sei. Nojento, né? A coisa toda... A minha família. Desculpa.

— Desculpa pelo quê?

— Desculpa por você ter se envolvido. Lamento que ela tenha arrastado você pra nossa história. Lamento que você tenha sido obrigada a saber dessas coisas.

— Foi uma escolha minha, Roxy, uma decisão minha. Eu fui até ela, lembra? Eu a procurei. Eu não precisava ter ido ao ateliê naquele dia. Eu não precisava ter embarcado na ideia dela de gravar um podcast. Eu não precisava tê-la deixado ficar aqui depois que ela alegou ter sido espancada pelo seu pai. Eu poderia ter encerrado o projeto a qualquer momento, mas me deixei levar por ela. A culpa foi minha. A culpa é totalmente minha.

Depois de um breve silêncio, Roxy diz:

— O que você viu na minha mãe? Por que você quis fazer isso?

Alix pondera um pouco sobre a pergunta.

— Sinceramente? Acho que eu estava entediada. Entediada e tendo problemas com meu marido, cheia de raiva e ressentimento, e aí a sua mãe apareceu com as histórias dela, que, em comparação, fizeram meus problemas parecerem insignificantes, e acho que isso me fez parar de me concentrar na merda da minha própria vida. Foi só isso. Uma distração. Quando eu aceitei, ignorei todos os meus instintos. E acho que fiz isso de propósito, porque há muito tempo eu vinha seguindo meus instintos e tomando boas decisões, e parte de mim simplesmente queria pagar pra ver o que poderia acontecer se eu os ignorasse. Se eu agisse com um pouco de imprudência, sabe? É tipo quando você está dirigindo por uma estrada sinuosa e fecha os olhos por um segundo, só pra ver o que acontece. Então foi isso que eu fiz. E agora aqui estamos.

Elas encerram a ligação. Lentamente, Alix coloca o celular em cima da mesinha de cabeceira. Ela está prestes a pegar seu livro quando o uivo de uma raposa a assusta. Ela sai da cama e vai até o assento estofado da janela com vista para o jardim. Fica na ponta dos pés e observa por um tempo duas raposas brincando no jardim sob o luar morno. Ela e Nathan já se sentaram juntos ali para observar raposas pela janela, e Alix sente os ecos daqueles momentos percorrendo seu corpo da cabeça aos pés. Nathan de cueca boxer, uma escova de dentes na boca, vindo se sentar ao lado dela, o cheiro dele... Como era? Uma espécie de cheiro sólido, de carros, de livros, de árvores. E a maciez da pele de suas costas. A reconfortante sensação do peso dele ao lado dela na cama, algo de que Alix — embora adorasse a ideia de ter seu próprio quarto — sempre gostou. E então ela se lembra de um momento, algumas semanas atrás, no estúdio de gravação com Josie, quando ela estava lhe contando a falsa história de como ela e Walter ficaram juntos, e lembra que Josie perguntou: "Bem, já que somos gêmeas de aniversário, é justo que você me conte sobre como conheceu o Nathan. Como foi? Onde você o conheceu?"

Alix rapidamente veste o roupão e caminha em silêncio pela casa até o jardim, onde as raposas a encaram por um momento antes de desaparecerem na folhagem. Ela destranca as portas do estúdio de gravação, coloca os fones de ouvido e vasculha as gravações até encontrar a que procura. E lá está a voz de Josie, aquela voz estranha e vazia, sem energia nem emoção, perguntando a Alix "Onde você o conheceu?", com a resposta de Alix em seguida.

Oi! Eu Sou Sua Gêmea de Aniversário!
UMA SÉRIE ORIGINAL NETFLIX

Num movimento em panorâmica, a câmera se afasta do branco queimado do sol e passa para imagens de drone das águas calmas e onduladas do lago Windermere.

O drone flutua lentamente ao longo do lago, enquanto se ouve a voz de Alix ao fundo.

A legenda diz:

Junho de 2019, gravação do podcast de Alix Summer

Alix: Eu tinha quase trinta anos quando nos conhecemos. Eu estava começando a me preocupar com a possibilidade de nunca conhecer ninguém. Na época eu trabalhava no mercado editorial, que é uma área notoriamente ocupada por mulheres, então as chances de eu conhecer alguém eram quase zero. Eu estava morando com minha irmã Zoe. Duas eternas solteiras. Ela é dois anos mais velha que eu e já havia desistido. Mas eu ainda sentia que minha alma gêmea existia e estava em algum lugar por aí, sabe? Eu quase podia sentir o cheiro dele, ouvi-lo chegar. Então eu continuei na luta, na pista. Várias e várias vezes. Mas nada. Ninguém.

A voz de Josie a interrompe.

Josie: Eu não acredito nisso. Uma mulher bonita como você.

Alix: Ah, não é assim que funciona. Acredite em mim, não é. E então, uma noite, pouco antes do meu aniversário de trinta anos, eu estava voltando pra casa, bêbada, e lembrei que tinha coisas pra pegar na lavanderia. Eu estava enrolando há semanas para buscar minhas roupas, mas, por algum motivo, escolhi fazer isso às nove da noite de uma terça-feira, depois de entornar meia garrafa de vinho e um gim-tônica. E aí tinha um cara na minha frente na fila do caixa, e ele estava lá pegando umas camisas: mais alto que eu, cabelo ruivo brilhante, camisa bonita, corpo sarado. Mas foi a voz. Essa foi a primeira coisa. Aquela voz cheia de confiança, mas sem ser arrogante. Apenas uma voz sexy pra caramba. E então ele pagou, deu meia-volta e eu vi aquele rosto. Eu não consigo explicar. Eu vi aquele rosto e pensei: é ele. *É ele.* Como se eu já tivesse me encontrado com ele antes, sabe? Como se alguém já tivesse me contado a respeito dele. Mas é claro que ninguém fez isso. Ninguém tinha me contado nada. Eu simplesmente *soube*. Eu disse alguma coisa constrangedora do tipo "Nossa, quantas camisas, hein?", então ele parou e olhou pra mim, eu estava bêbada e ele sóbrio, e eu acho que ele apenas quis ser engraçado e disse: "Sim. É que eu como um monte de camisas no almoço." E eu falei "Desculpe, estou um pouco bêbada", e ele respondeu: "Sim, eu sei." E ele simplesmente olhou pra mim, e seus olhos eram de uma cor que... eu nem sei se existe uma palavra pra descrever. Nada mais que uma incrível nuance de nada. Eu peguei as minhas roupas e ele me levou a um pub. E foi isso. Dois anos depois nos casamos. Um ano depois, eu estava grávida da Eliza.

A filmagem do drone é abruptamente interrompida.

A cena se altera para uma tomada do interior de um estúdio de gravação vazio.

Ouve-se a voz de Josie.

Josie: Você ainda o ama?

Alix: Claro que sim.

Josie: Mas, tipo, ama de verdade? Como naquele dia na lavanderia? Quando você não sabia nada sobre ele.

Alix: É uma espécie diferente de amor. Mas, sim, eu amo.

Josie: Você nunca pensou que sua vida seria melhor se você ainda fosse solteira?

Alix: Não, não, nunca.

Josie: E ainda assim você se diz feminista.

Alix: Sim, eu me considero feminista. E eu sou. Dá pra ter um casamento feliz e ser feminista.

Josie: Eu não acho. Acho que só quem é solteira pode ser feminista.

Alix: Ah, esse é um contraponto interessante. Pode explicar melhor?

Josie: Eu não deveria precisar explicar, Alix. Você deveria entender o que estou dizendo.

Segue-se uma breve pausa. Em seguida, Josie quebra o silêncio.

Josie: Você tem que ser livre pra estar no controle. Tem que ser livre. Sem bagagem. É preciso esquecer o passado. Como disse sua amiga Mari le Jeune, aquela que foi ao seu podcast. Você se lembra do que ela disse sobre ruptura total?

O áudio avança e retrocede brevemente, antes que outra voz seja reproduzida no vídeo.

A legenda diz:

Esta é a voz de Mari le Jeune, convidada de um episódio dos podcasts anteriores de Alix Summer, de sua série *Toda Mulher*.

As palavras de Mari le Jeune aparecem como texto em movimento na tela.

"E, por mais terrível que pareça, a morte é uma ruptura total que passa uma borracha em tudo. Não existe meio-termo. Não há ambiguidade. De certo modo, é como uma tela em branco..."

A voz de Josie Fair retorna.

Josie: Você nunca pensou, Alix, que tudo seria mais fácil se eles estivessem mortos?

A tela escurece.

***

Meia-noite e quarenta e cinco

Alix aperta o botão de pausa e tira os fones de ouvido. Ela se recosta na cadeira, deixa a cabeça pender para trás e solta um suspiro. Lá estava. Lá estava, o tempo todo. Na ocasião, Alix não entendeu. Ela não se lembrava do que Mari le Jeune dissera sobre rupturas totais e morte. Achou que Josie estava apenas divagando. Mas, na verdade, ela estava apresentando seu distorcido manifesto, expondo-o de forma escancarada para Alix. E Alix deixou passar batido. *Era isso*, Alix se dá conta agora, que Josie queria compartilhar com ela quando a abordou junto ao portão da escola das crianças com aquele ar ligeiramente desesperado. Josie tivera uma revelação, uma epifania, e queria que Alix fosse a pessoa a registrá-la. Mostrou isso a Alix durante a entrevista, ainda por cima, só que Alix não percebeu. Ela simplesmente não percebeu.

Alix esmurra a mesa do estúdio e grita de raiva e frustração diante da própria estupidez.

— Idiota! Como eu pude ser tão burra?!

Ela se recompõe ao ouvir o toque de seu celular e ver na tela o número da detetive Albright. Ela olha de relance para o relógio. É quase uma da manhã.

Seu estômago se revira e ela inspira até que seus pulmões estejam cheios. Depois atende a ligação e espera Sabrina falar.

O trajeto de carro é interminável. As crianças estão na casa de Maxine, e já são quase duas da manhã. Alix se lembra das palavras de Sabrina ao telefone, o que parece ter acontecido há muito tempo, mas foi apenas há uma hora e meia: "Ele com certeza esteve lá, Alix. Parece que foi mantido à força no chalé. Há evidências de cárcere privado, de luta corporal, e há trilhas que levam até o lago. Então o que vamos fazer é iniciar uma operação de resgate na água, agora mesmo. Também há barcos percorrendo todo o lago, para o caso de eles terem decolado em um hidroavião. Acho que você deveria vir até aqui assim que possível. Há alguém que possa trazer você de carro?"

Alix e a mãe estão na estrada há quase uma hora e mal saíram de Londres. Ela se sente nervosa e vazia. Não comeu o dia todo. Tudo o que tem no estômago é a taça de vinho que tomou com a mãe no jardim às nove horas. Ela deveria comer alguma coisa, mas está sem apetite e não quer parar a viagem e demorar mais ainda. Sem pensar, Alix desliza a tela de seu celular, dolorosamente. Olha uma a uma todas as mensagens que recebeu nos últimos dias de pessoas que ela não via ou em quem não pensava havia anos, mas que a amam e se preocupam com ela, e quer responder a todas, mas não consegue, não sabe mais usar as palavras ou mesmo que utilidade elas teriam. Então ela fecha o aplicativo de mensagens e fita a escuridão da noite, os ocasionais fachos de luz dos carros na direção oposta que rumam Londres adentro enquanto ela se afasta de lá, e os quilômetros passam muito devagar, e

Lake District é muito distante, e o marido dela está em algum lugar lá, e ela está prestes a descobrir onde, e ela o ama muito e se odeia demais por ter trazido aquela mulher para dentro do seu mundo, seu mundo bagunçado, sujo, quebrado e perfeitamente imperfeito. O mundo que ela achava que não queria, mas que agora sabe que é a única coisa, *a única coisa*, que ela deseja de verdade: sua família, seu lar, seu péssimo marido, as bebedeiras dele, o desespero que ela já conhece, tudo isso, por mais ridículo que seja. É isso o que ela quer, ela quer o marido, não *isto aqui*, esta jornada sem fim, os nós dos dedos brancos da mãe no volante do carro, as luzes ofuscantes, a fome incessante em suas entranhas, o nada doentio de tudo. Ela quer Nathan de volta. Ela o quer de volta. E então o celular de Alix vibra sob sua mão, ela desbloqueia a tela, e há uma mensagem de um número desconhecido. Ela se sente sufocada e abre a mensagem. Antes mesmo de ler, antes mesmo de receber a ligação da detetive Albright, ela já sabe. Ela já sabe.

Oi! Eu Sou Sua Gêmea de Aniversário!
UMA SÉRIE ORIGINAL NETFLIX

A tela mostra imagens granuladas de uma repórter ao amanhecer. Atrás dela há um mar de luzes de viaturas, dezenas de policiais e outros repórteres empunhando microfones.

Atrás está o lago Windermere, o sol nascente refletido na superfície da água. A legenda diz:

Lago Windermere, 5h27, 29 de julho de 2019

A repórter fala em um tom de voz solene.

Repórter: Estou aqui esta manhã nos arredores do belo vilarejo de Ambleside, no condado da Cúmbria, às margens do lago Windermere, onde durante a noite a polícia fez uma terrível descoberta. O corpo de Nathan Summer, o morador do norte de Londres que havia desaparecido de um hotel no centro da capital na madrugada do domingo de 21 de julho, foi encontrado aqui, algumas horas atrás. A polícia entrou em um chalé, logo atrás do lago, e se deparou com pertences do sr. Summer. Isso desencadeou uma operação de busca em grande escala durante a noite, que culminou com a triste descoberta por volta das duas e meia da manhã. A família do sr. Summer foi notificada e, neste momento, está a caminho. As buscas por Josie Fair continuam. Eu sou Kate Mulligan, da BBC News, direto de Ambleside.

A tela passa a mostrar uma mulher sentada no banco do passageiro de um carro à noite. Ela tira o celular da bolsa ao receber a notificação de uma mensagem.

A mulher desbloqueia a tela e abre a mensagem. É um áudio. Ela aperta o play.

A legenda diz:

Este é o áudio que Josie Fair enviou a Alix Summer. Chegou cinco minutos antes de Alix Summer ser notificada sobre a descoberta do corpo de seu marido.

Josie: Alix. Oi. Sou eu. Não sei ao certo o que dizer. Eu não sei o que aconteceu. Ou no que eu estava pensando. Não foi minha intenção. Nada disso foi minha intenção. Eu estava tentando ser útil, tentando mostrar como sua vida poderia ser melhor sem ele. Eu ia ficar com ele por alguns dias e depois iria deixá-lo em algum lugar pra ele voltar pra você, mas deu tudo errado, foi tudo um desastre. Isso faz parecer que eu sou uma pessoa ruim, mas eu não sou. Você *sabe* que não, Alix. Foi por isso que eu quis compartilhar a minha história com você, porque somos parecidas, você e eu. Nós duas somos esposas idealizadas com maridos decepcionantes. Nós duas vivemos à sombra de homens horríveis que nos escolheram por causa daquilo que representamos, não por quem somos. Nós duas tínhamos mais a dar, mais a oferecer. E agora a Erin vai acordar e também vai dizer coisas sobre mim, mas essas coisas não são verdade, Alix, você tem que acreditar. É tudo mentira. Tudo o que eu disse a você é verdade. Nós duas sabemos disso. Você e eu. Você é a única pessoa no mundo inteiro em quem eu confio, a única que conhece meu verdadeiro eu. Por favor, diga ao mundo que eu não sou uma pessoa ruim, que eu sou apenas uma pessoa normal lidando com coisas ruins. Não apenas as coisas ruins que eu contei a você, mas também outras. A coisa que eu queria te contar, o *verdadeiro* final da história, a coisa mais sombria, a pior de todas, mas eu me acovardei, não consegui, e gostaria de ter feito isso, porque agora, por causa desse erro estúpido com o Nathan, eu estraguei tudo. Agora, ninguém vai acreditar em mim de jeito nenhum. Então, por favor, não acredite nas coisas que você vai ouvir. Eu sinto muito, Alix. De verdade. Adeus.

SEGUNDA-FEIRA, 29 DE JULHO

A detetive Albright dá um passo atrás para que Alix possa espiar dentro do chalé. Alix usa capas protetoras sobre os sapatos e foi instruída a não ir além da entrada. O chalé ainda é uma cena de crime, mas ela implorou à detetive que pelo menos a deixasse ver o lugar onde o marido passou seus últimos dias. Ela tem que saber. Parada no vão da porta, Alix se sente reconfortada de uma forma estranha. O chalé é lindo. Moderno, elegante, arejado, com janelões em todos os lados proporcionando vistas incríveis — do lago, pela janela da frente, e do campo, pelas demais. Por mais bizarro que seja, é muito semelhante à casa de Alix em Londres, com suas almofadas com estampa aquática, as torneiras de cobre da cozinha e paredes pintadas em tons pastel. Há ainda uma janela na área da cozinha com vista para a varanda frontal. É deslumbrante. Alix se espanta consigo mesma por se sentir reconfortada com isso, por seus valores e por cada aspecto de si mesma, como tem feito constantemente ao longo da última semana. Quem é ela? Por que ela é assim? O que ela fez? O que deveria fazer? Ela é uma boa mãe? Ela foi uma boa esposa? Boa irmã? Boa amiga? Boa mulher? Ela merece o que tem? Ela é superficial? Ela é irrelevante? Ela quer ser relevante? Ela é feminista? Ou ela é apenas feminina? O que mais ela poderia ter feito por Josie? E por mulheres como ela? O que mais ela poderia ter feito pelo seu casamento?

Toda noite seu filho fica sentado dentro de casa com fones de ouvido, os olhos arregalados encarando uma tela. Sua filha chora por causa de coisas maldosas ditas por outras meninas. O marido lhe entrega o dinheiro como se ela apontasse uma arma para a cabeça dele. Ela fica sentada por horas a fio em seu estúdio de gravação, ouvindo mulheres que tinham uma vida muito mais difícil do que a dela, que sofreram e sobreviveram, que trabalharam com afinco e alcançaram o sucesso apesar de todos os pesares. E lá está ela, sentada em um estúdio de gravação de vinte mil libras construído como presente de aniversário por seu marido, com quem ela não fazia sexo há mais de dois meses e que preferia sair para beber no Soho com desconhecidos a voltar para casa e para o corpo que ela lhe ofereceu como um petisco por bom comportamento — e que tipo de feminista recompensa homens com sexo por não se comportarem mal? Ela não é feminista, ela não é nada; ela é uma qualquer, uma fofoqueira; e por um momento, sim, ela consegue ver a si mesma como Josie a enxerga, ela consegue ver o que Josie viu nela, a imensa cratera em sua alma que ela preenchia com coisas inofensivas, que não pudessem machucá-la. E é por isso que ela concordou em trabalhar com Josie: inconscientemente, queria que algo a machucasse. E aqui está ela agora, olhando para as últimas quatro paredes que seu marido viu, sofrendo de dor, e dói tanto que ela tem a sensação de que há dedos dentro de sua barriga, despedaçando suas vísceras. Ela agarra o batente da porta com as duas mãos, dobra o corpo e grita.

Oito e meia da manhã

Erin geme e Roxy se senta ao lado da irmã. Por um momento, ela olha para Erin, para ver se ela faz isso de novo. Um segundo depois, Erin solta outro gemido, e Roxy se vira para chamar uma enfermeira.

A enfermeira aparece e observa a paciente do outro lado da cama, mede seu pulso com os dedos, olha dentro de seus olhos, convoca outra enfermeira, que consulta os sinais vitais de Erin e, por fim, sorri e diz:

— Bem, olá, Erin! Que gentileza a sua se juntar a nós!

Roxy se inclina para a frente, para mais perto do rosto de Erin, e vê um pequeno sorriso começar a despontar.

— Ah, meu Deus... Porra. Erin! Oi!

Por um momento, o sorriso fica maior, mas depois vai murchando de novo à medida que Erin começa a reparar no ambiente ao redor.

— Onde eu estou? — sussurra ela.

— Você está no hospital. Você quase morreu.

Roxy vê no olhar da irmã, que acabou de retornar, o quanto ela está confusa. Ela vê as emoções se manifestarem enquanto as memórias voltam.

— A mamãe...

— A mamãe... — Roxy começa a falar, mas depois se cala.

Ela não sabe o que dizer. A mamãe o quê? Onde está a mamãe?

— Não se preocupe com a mamãe — diz ela, pegando a mão de Erin e apertando-a suavemente.

— E o papai. Ele...?

Roxy meneia a cabeça e segura as lágrimas. Ela precisa se manter forte por Erin.

— Ele não sobreviveu. Mas está tudo bem, mana. Fica tranquila. Está tudo bem. Eu estou aqui. A vovó também. Ela só foi buscar algo pra gente comer. Ela estava aqui até agora. E o mundo... Ah, meu Deus, Erin, sabe quantas pessoas comentaram sobre você na Glitch quando você desapareceu? Tipo umas cem mil pessoas. Cem mil. Fizeram até uma hashtag, SalveErased. Você viralizou. E agora eu posso contar pra todo mundo que você conseguiu. Você voltou! A *Erased* não foi apagada!

Roxy sabe que está falando demais, mas não quer que Erin caia em um poço escuro de lembranças, não agora, não logo depois de acordar. Ela fica contente ao ver Erin sorrir e aperta a mão da irmã novamente.

— Você é uma lenda, mana. De verdade. Uma lenda.

A avó volta trazendo café ruim e pãezinhos de bacon recheados com queijo derretido. Ela coloca tudo em cima da mesa quando vê que Erin está acordada.

— Ah, meu Deus! Erin! Você acordou! Não acredito! Eu me afasto de você por cinco minutos e aí você decide acordar!

Ela se senta na beira da cama de Erin, pega sua outra mão e a beija.

— Eu senti tanto a sua falta. Muito, demais.

— Que dia é hoje? — pergunta Erin.

— É segunda-feira. Dia...?

Roxy olha para a enfermeira, que completa:

— Dia 29.

— Vinte e nove.

— Estou me sentindo esquisita.

Roxy e Pat riem com empatia.

— Estou com fome — continua Erin.

Elas riem de novo e a enfermeira diz:

— Vamos trazer algo pra ela. Comida pastosa, não é, Erin? Ouvi dizer que você gosta de comida pastosa.

Erin assente.

— Vamos providenciar algo pra você. Um pouco de sopa, talvez.

As enfermeiras terminam de examinar Erin e saem do quarto, avisando que o médico virá assim que puder. A avó entrega um copo de água para Erin, e então ficam apenas as três. Roxy e a avó conversam sem parar, tentando manter a inevitável maré de escuridão afastada pelo maior tempo possível. Porém, depois de alguns minutos, ela chega com força.

— Ah, meu Deus — diz Erin, com os olhos cheios de lágrimas e terror. — O que aconteceu? *O que aconteceu?!*

— Está tudo bem — diz Roxy com calma. — Eu vou te contar tudo o que aconteceu. Tá bom? Tim-tim por tim-tim, todos os detalhes.

Oi! Eu Sou Sua Gêmea de Aniversário!
UMA SÉRIE ORIGINAL NETFLIX

A tela mostra imagens borradas de uma porta de garagem e depois se desloca numa panorâmica sobre uma rua de Londres onde antigos estábulos foram convertidos em garagens.

A legenda diz:

Shortland Mews, Londres NW6, 30 de julho de 2019

O áudio é uma gravação salpicada de estalos e crepitação de uma comunicação da polícia.

"Estamos nos aproximando da garagem agora, com o sr. Roberts, o dono das instalações. Ele está abrindo os portões principais e estamos nos preparando para entrar."

A filmagem mostra uma mão empunhando uma chave que vai em direção a um grande cadeado enferrujado. Presa à chave, há uma etiqueta com o número 6 escrito. A chave gira lentamente, e o clique da fechadura é amplificado no áudio.

O vídeo desacelera e a tela fica preta. Em seguida, a tela passa a mostrar a filmagem de uma reportagem da BBC News.

Um locutor anuncia as manchetes enquanto a conhecida música-tema da BBC News vai diminuindo de volume.

"Boa noite. Hoje, por volta das onze e meia da manhã, a polícia encontrou os restos mortais de uma jovem no porta-malas de um carro guardado em uma garagem em Kilburn, Londres. Acredita-se que sejam de Brooke Ripley, a jovem que desapareceu em junho de 2014. A garagem era alugada por Walter Fair, o homem de setenta e dois anos vítima de homicídio e cujo corpo foi encontrado no início da semana em seu apartamento, mesmo local em que sua filha, Erin Fair, de vinte e três anos, foi encontrada em estado grave e amarrada a uma cadeira infantil dentro de um armário. Erin foi vista pela última vez por amigos em uma transmissão de jogos on-line na madrugada do sábado, 13 de julho. Sua legião de seguidores começou uma busca para descobrir seu paradeiro depois que alguns fãs ouviram algo estranho durante sua última transmissão ao vivo, e então teve início uma campanha mundial para descobrir o que havia acontecido. De acordo com o relato de Erin, ela conseguiu sobreviver sugando as tiras de um esfregão em um balde de água suja deixado numa das prateleiras do armário onde ela foi abandonada. Enquanto isso, Josie Fair, mãe de Erin, está sendo procurada pela polícia por sua possível ligação com a morte de Nathan Summer, o agente imobiliário de Londres cujo cadáver foi encontrado no lago Windermere na manhã de ontem. Qualquer pessoa que tenha qualquer informação sobre Josie Fair ou seu paradeiro deve entrar em contato com a Polícia Metropolitana de Londres na primeira oportunidade possível.

A tela passa a mostrar a detetive Sabrina Albright. Ela encolhe os ombros e balança a cabeça tristemente, apenas uma vez.

Sabrina: Quando encontramos Brooke, ela ainda estava usando seu vestido branco de baile. O tecido se desintegrou ao ser tocado. Literalmente virou pó, como a asa de uma borboleta. *Puf.*

Sabrina Albright esboça um sorriso forçado. Seus olhos se enchem de lágrimas.

Sabrina: Triste. Muito triste.

***

Oi! Eu Sou Sua Gêmea de Aniversário!
UMA SÉRIE ORIGINAL NETFLIX

A tela mostra uma mulher de cerca de quarenta anos. Ela tem uma longa cabeleira preta e usa óculos de leitura com armação tartaruga e uma camiseta branca.

Ela está sentada em uma cadeira dobrável de cinema vintage no meio de um cinema vazio.

Fora do microfone, a entrevistadora pergunta se ela está bem e ela diz: "Sim. Estou bem. Vamos lá, vamos fazer isso."

A legenda diz:

Abigail Kurti, mãe de Brooke Ripley

A tela passa a mostrar um policial girando a chave no cadeado, com uma música dramática tocando ao fundo.

Em seguida, volta para Abigail Kurti sentada no cinema vazio.

Ela começa a falar.

Abigail: A Brooke saiu de casa por volta das seis. Ela estava deslumbrante. Quer dizer, ela sempre estava linda, mas, naquela noite, com aquele vestido branco...

A fotografia de Brooke Ripley em seu vestido de baile de formatura aparece brevemente na tela.

Abigail: E depois ela simplesmente não voltou para casa. Quer dizer, ficamos sem saber o que pensar. A Brooke era uma menina intensa, sabe? Sempre tinha acessos de raiva, chiliques, era teimosa. Ela detestava meu marido, o padrasto dela; os dois discutiam *o tempo todo*. Ela raramente ficava em casa, e já havia fugido antes. Mas aquilo... Eu sabia que havia algo diferente. Achei que tivesse a ver com algum menino. Eu não sabia nada sobre a Roxy Fair. Eu sabia que ela tinha brigado na escola, mas pensei que fosse só mais uma discussão boba, coisa de adolescente, sabe? Isso era a cara da Brooke. Eu não sabia nem que a Roxy e a Brooke eram amigas, muito menos *namoradas*. Eu não sabia nada sobre a Roxy, não sabia onde ela morava, e por isso não conseguia entender por que ela havia descido do ônibus naquele ponto. Eu realmente não tinha motivos pra imaginar que era pra lá que a Brooke poderia estar indo naquela noite. Meu Deus do céu, se eu soubesse disso... Não existe nada no mundo que eu gostaria mais de ter sabido. Aí eu poderia ter contado à polícia. Os policiais teriam ido lá pra fazer perguntas. E aquela mulher...

A voz de Abigail fica embargada. Ela coloca as costas da mão na boca e faz força para sorrir.

Abigail: Desculpe.

Fora do microfone, a entrevistadora a tranquiliza.

Entrevistadora: Está tudo bem. Não precisa ter pressa.

Abigail: Aquela mulher teria sido detida. Lá mesmo, na mesma hora. Antes de ter a chance de machucar mais alguém. E a Brooke talvez pudesse ter sido salva.

Ela começa a chorar, e a tela escurece.

***

Oi! Eu Sou Sua Gêmea de Aniversário!
UMA SÉRIE ORIGINAL NETFLIX

A tela mostra Roxy Fair sentada em um sofá, mas desta vez Erin está sentada ao lado dela.

Erin tem o cabelo comprido e repartido ao meio. Está usando um boné com seu logotipo de gamer e uma camiseta combinando.

A legenda diz:

Roxy e Erin Fair

Em seguida, aparece uma nova legenda, digitada letra por letra.

Erin Fair foi recentemente diagnosticada com transtorno do espectro autista. Para compensar seu transtorno em um ambiente tóxico e disfuncional, ela desenvolveu vários hábitos

e mecanismos de defesa. Isso inclui falar muito baixo, com uma voz muito suave. Como algumas de suas palavras são difíceis de entender, fornecemos legendas para as palavras de Erin.

Erin: A nossa mãe não queria que o nosso pai gostasse da gente, e ela não queria que a gente gostasse dele. Ela o queria só pra ela, e queria nós duas só pra ela. Ela não ficava feliz quando eu e a Roxy conversávamos ou nos divertíamos com ele, ou quando ele demonstrava que nos amava. Ela não ficava feliz com nada disso. Ela controlava o nosso relacionamento com o nosso pai e o dele com a gente. Isso foi ficando cada vez pior à medida que eu e minha irmã crescemos. Quando tentávamos levar amigos lá em casa, ela sempre os deixava desconfortáveis, e quando o papai tentava organizar coisas divertidas pra fazer em família, ela dava um jeito de sabotar. E obviamente também havia outros problemas. O fato de a Roxy ter transtorno opositor desafiador. As minhas dificuldades. Ela não deixava meu pai ter nenhum contato com a família dele no Canadá. Ele conversava escondido com eles pelo Skype quando ela estava no trabalho, e um dia ela disse que ia trabalhar, mas não foi, ficou sentada no ponto de ônibus na frente do prédio, aí o papai ergueu os olhos do notebook e viu a mamãe olhando pra ele pela janela. Depois disso ela ficou dias sem falar com ele, e meu pai passou a conversar com eles pelo Skype do meu quarto. Ela também não gostava que a gente visitasse a nossa avó, porque ela era "a inimiga". Ela nos contou uma porção de mentiras sobre a vovó, que ela era prostituta, que levava clientes pra dentro de casa, que batia nela e a deixava passar fome, e é claro que acreditávamos nela, porque nós duas éramos pequenas. Mas então o papai nos explicou que não era verdade, que a mamãe só tinha ciúme da vovó porque ela já tinha ficado com o papai. E as coisas ficaram muito, muito ruins quando meu pai conseguiu um emprego longe de casa e só voltava nos fins de semana, e ficávamos sozinhas com minha mãe. Ela não conseguia lidar com a gente. Principalmente com a Roxy. Ela tirou a Roxy da escola depois que ela quebrou meu braço, o que...

Ela lança um olhar alegre para a irmã.

Erin: Aliás, foi meio que um acidente. Quer dizer, ela fez isso num momento de raiva durante uma briga, mas não por maldade, só que o serviço social tentou intervir por causa das coisas que eu e Roxy contamos na escola sobre a nossa família, então a mamãe tirou a Roxy da escola por quase dois anos e disse que ia "educar a filha em casa". O que foi uma mentira. Ela simplesmente deixava a minha irmã vendo televisão o dia inteiro. E aí, quando o papai voltava nos fins de semana, ela deixava vários materiais falsos de "aprendizagem" espalhados pela casa pra fazer parecer que ela estava dando aula à Roxy. Às vezes ela deixava a Roxy amarrada na "cadeira da disciplina" no nosso quarto. Teve dias que ela ficou horas lá. E ela dizia que, se alguma de nós contasse pro nosso pai, ele nos abandonaria e voltaria pra sua outra família no Canadá, e nunca mais o veríamos. O papai voltava nos fins de semana, e ela agia como se estivesse tudo bem. Eu acho que ele sabia. *Ele sabia*, mas também estava preso. Não tinha pra onde ir. Ele estava envelhecendo, já havia perdido dois filhos e não queria perder nós duas também. Ele suportou o máximo que pôde. Quando estava perto dela, ele agia sempre com a maior cautela, pisando em ovos. Fazia tudo a seu alcance pra deixá-la feliz. E então, uma noite, o papai não conseguiu dormir, passou pelo meu quarto e me ouviu jogando, acho que isso foi há uns quatro ou cinco anos — eu já tinha terminado a escola e já estava jogando em tempo integral. Ele entrou no quarto e todos os meus seguidores disseram "Ah, meu Deus, esse é o seu pai?". E eu disse "Sim, este é o paizão". E ele disse oi pra todo mundo e quis saber o que a gente estava fazendo, puxou uma cadeira, se sentou e ficou observando. Depois de cerca de uma hora, ele já estava totalmente por dentro. Era ótimo ter meu pai lá ao meu lado, porque eu falo muito baixinho e às vezes tenho dificuldade em demonstrar a energia que a galera quer ver quando está assistindo a partidas on-line, e meu pai estava sempre lá compensando isso. Ele era muito engraçado, e todo mundo o adorava, aí ele começou a participar cada vez mais e, claro, não podíamos contar nada disso pra mamãe. De jeito nenhum. Ela teria acabado com tudo imediatamente. Então o papai adquiriu o hábito de esperar a minha mãe dormir à noite para depois se esgueirar e entrar de fininho no meu quarto. E foi o papai que me ajudou a monetizar tudo, me colocou na Glitch, gerenciava minhas assinaturas, abriu minhas contas bancárias. Ele fez tudo isso por mim. Foi ele quem me tornou famosa. A gente estava planejando uma viagem a Nevada pra participar de uma convenção naquele verão, o verão em que ele morreu. Eu iria jogar diante de uma plateia ao vivo pela primeira vez. Quando a gente voltasse pra casa, eu iria me mudar pra Bristol pra morar com a Roxy. Eu iria me libertar. Tudo isso estava acontecendo. Estava tudo ao meu alcance. E eu acho que ela sabia disso. Ela farejou. E foi por isso que ela se apegou a Alix Summer, inventou toda aquela história maluca sobre o papai bater nela e abusar de mim. Ela queria desaparecer da própria vida antes de perder completamente o controle. Queria acabar com toda a liberdade e impedir todas as fugas. A Roxy já tinha ido embora, ela não estava preparada pra permitir que eu e o papai escapássemos também.

Fora do microfone, a entrevistadora a interrompe.

Entrevistadora: E quanto à Brooke? O que você pode nos contar sobre ela?

Erin suspira.

Erin: Eu estava em casa com a minha mãe. Só nós duas. Naquela noite, o meu pai estava trabalhando fora, então não teve nada a ver com ele. E a Roxy estava em Bristol, então também não teve nada a ver com ela. E eu estava no meu quarto, em outro mundo. Mas aí ouvi vozes. A voz de uma garota. E eu a reconheci. Era a Brooke, amiga da Roxy. Ela vivia lá em casa, sempre visitava a Roxy, mas já fazia algum tempo que não aparecia. Fui até minha porta e espiei. Vi a Brooke parada na porta da sala; ela parecia querer ir embora dali. Estava usando um vestido branco lindo, comprido, até os tornozelos. E a minha mãe estava dizendo "Ela não está aqui. Ela fugiu, foi embora de casa. E a culpa é sua". Aí Brooke disse "Não, não é minha culpa. Eu amava ela. Ela foi embora pra fugir da senhora". E depois eu vi a minha mãe simplesmente...

Erin se cala, fecha os olhos por um momento e depois os abre novamente, sorri meio sem jeito e continua:

Erin: Ela bateu na Brooke. Bateu com muita força. No rosto dela. E a Brooke ficou lá parada. Tocou sua bochecha e disse: "Viu só? Viu? Foi por isso que a Roxy fugiu! Por sua causa! Porque a senhora é uma louca! A senhora é uma doida varrida! A Roxy odeia a senhora, sabia? Ela me disse isso. Ela odeia a senhora!" E então a Brooke pegou a barra do vestido e se virou, e eu voltei pra dentro do meu quarto, fechei a porta e ouvi os passos dela pelo corredor em direção à porta da frente, mas aí escutei um estalo. Um estrépito. E ouvi mais um barulho, como se fosse de estrangulamento. Não ousei olhar. Só fiquei lá, a adrenalina lá no alto, e ouvi sons de luta, de briga. E depois...

Ela fecha os olhos novamente. Roxy estende o braço e pega a mão dela, apertando-a.

Erin: E depois tudo ficou quieto. E eu fiquei muito tempo sem sair do meu quarto. Muito tempo.

Entrevistadora, fora do microfone: Quanto tempo?

Erin: Um tempão.

Entrevistadora: Você contou a alguém o que ouviu?

Erin faz que não com a cabeça.

Entrevistadora: Nem pro seu pai?

Ela nega novamente.

Erin: Não. Só contei cerca de um ano antes de ele morrer, por aí.

Entrevistadora: E o que ele disse?

Erin: Ele não disse nada. Só balançou a cabeça e suspirou. Talvez ele tenha murmurado *"Porra"*.

Entrevistadora: E o que aconteceu depois disso?

Erin: Nada. Não aconteceu nada. A vida seguiu em frente.

Entrevistadora: E você nunca disse nada pra sua mãe?

Erin: Não. Eu nunca disse nada pra minha mãe. Eu simplesmente me afastei dela.

Entrevistadora: Por quê?

Há uma breve pausa.

A câmera dá um zoom nas mãos entrelaçadas de Erin e Roxy e depois se abre novamente.

Erin: Porque eu estava com medo. Com medo de que ela fizesse aquilo comigo também.

Entrevistadora, fora do microfone: Então o que realmente aconteceu naquela noite? Na noite em que ela apareceu na porta da casa de Alix Summer alegando ter sido atacada por seu pai?

Erin suspira.

A tela dá lugar à reconstituição dramática da noite.

A atriz que interpreta Erin está em um quarto bagunçado à noite, o rosto iluminado pelo monitor do computador. Com fones de ouvido, ela interage com amigos on-line.

Ela faz uma pausa e retira os fones.

Ela vai até a porta do quarto e encosta o ouvido.

A voz de Erin continua ao fundo.

Erin: Eles voltaram pra casa. Eu os ouvi na porta da frente por volta das dez horas. Depois de alguns minutos de silêncio, ouvi uma gritaria violenta. Eu abri a porta e observei pela fresta. Minha mãe estava dizendo que meu pai era lamentável, que ele a deixou constrangida, que ela tinha vergonha dele, e meu pai fez o que sempre fazia: apenas se sentou e aguentou tudo calado. Mas então, do nada, a minha mãe o chamou de pedófilo. Começou a repetir essa palavra sem parar, berrando com todas as forças que ele havia abusado dela e agora estava abusando de mim, e aí ouvi meu pai começar a revidar, também aos gritos. Ele estava reclamando, dizendo que ela tinha enlouquecido, perdido o juízo. Ele a chamou de burra, de estúpida, e depois disso ouvi minha mãe soltar um grito tão alto que parecia um animal selvagem. Então eu escutei um barulho estrondoso e de repente tudo ficou em silêncio. Fui até lá e vi o meu pai caído no chão. Achei que ele estava tendo um ataque cardíaco. As mãos dele estavam apoiadas no peito, havia sangue escorrendo do lado de sua cabeça, eu corri até ele e pensei em fazer uma respiração boca a boca ou algo assim, sei lá. A minha mãe ficou parada, assistindo. Ela disse que era tarde demais, que ele era um homem velho e que mais cedo ou mais tarde isso ia acontecer. Ela virou as costas e eu disse que precisávamos chamar uma ambulância. Ela disse que já tinha feito isso, que já estava a caminho. Então eu falei "Por que a senhora o chamou de pedófilo? O papai não é pedófilo". E ela começou a falar rápido: "Eu tinha dezesseis anos, e ele, quarenta e três, quando transou comigo. O que é isso se não um pedófilo? Você colocou este homem num pedestal, mas ele não é nada do que você pensa. Nada. Não passa de um velho safado. Um velho triste, patético e pervertido." E a partir daí eu surtei pela primeira vez e gritei: "E a senhora é *uma assassina!*" Peguei o controle remoto, corri pra cima dela e bati na minha mãe com o controle. Bati várias vezes, golpeando o rosto e a cabeça dela, mas ela não revidou, só colocou as mãos em volta da cabeça e então, de repente, fez um barulho estranho, se levantou e me empurrou com uma força descomunal. Eu caí de bunda, fiquei tão ofegante que mal conseguia respirar, aí ela colocou o pé em cima da minha barriga e me esmagou com tanto vigor que eu não consegui resistir; enquanto isso, meu pai gemia caído no chão, tentando levantar, mas com o outro pé ela ficou simplesmente chutando o meu pai; ele ainda mantinha as mãos no peito, fazendo barulhos horríveis, e a minha mãe em cima de nós dois. O rosto dela estava vazio, sem expressão alguma. E ela continuou repetindo "Eu não sou louca. Eu não sou burra". Depois disse "Foram vocês. Foram vocês. Vocês dois me levaram a isso. Vocês dois. Tudo que eu faço é cuidar de vocês dois, e tudo que eu recebo em troca é ódio. Eu posso fazer melhor do que isso. Eu posso fazer melhor do que tudo isso". E depois eu não me lembro de mais nada. Quando acordei, estava dentro do armário. Amarrada a uma cadeira. E o papai estava... bem. Todos nós sabemos o que aconteceu depois.

Erin balança a cabeça tristemente, e a tela escurece.

Parte Quatro

Parte Cuatro

QUATRO SEMANAS DEPOIS

O funeral de Nathan foi tão horrível quanto Alix imaginou que seria. Ele conhecia muitas pessoas, e todas o amavam. A atmosfera no cemitério abarrotado de gente era de dor e perplexidade. Ao contrário de Alix, Nathan sofreu muito na vida. Sua mãe morreu quando ele tinha doze anos. Seu irmão mais novo se matou quando Nathan tinha vinte e oito, apenas dois anos antes de Alix conhecê-lo. Ele superou a dor e a tristeza na marra e construiu uma vida boa para si. Nathan não tinha diploma universitário; foi direto para o mercado de trabalho, se esforçava com unhas e dentes para obter cada centavo que ganhava e era generosíssimo com o dinheiro pelo qual tanto trabalhava. A bebida — agora estava dolorosamente claro para Alix — não tinha a ver com ela, nunca teve a ver com ela. Tinha a ver com ele mesmo, com a forma como ele lidava com os traumas. Nathan não queria que Alix visse esse lado sombrio dele. Não queria que ela o visse daquele jeito. Beber até cair, até apagar, era uma espécie de anestesia para ele; era alívio, não diversão nem uma forma de fuga ou covardia. Ele se odiava, e era por isso que não voltava para casa. Não era porque não quisesse estar com Alix, mas porque não queria que ela estivesse com ele.

Quase trezentas pessoas lotaram o cemitério perto da casa do pai de Nathan, em Kensal Rise. Do lado de fora, ocupando a rua principal, a imprensa e os paparazzi mantiveram uma distância discreta. Alix usava um vestido que ela escolheu para combinar com a cor dos olhos de Nathan. A vendedora descreveu como *alcachofra*. Alix não sabia de que cor era uma alcachofra; ela só sabia que o vestido era da mesma cor dos olhos de Nathan, e isso era o mais importante.

O tempo estava agradável nesse dia, quatro semanas depois de o corpo de Nathan ter sido retirado das águas do lago Windermere. Graças a Deus ainda não estava inchado; continuava sendo o mesmo Nathan. O mês inteiro tinha sido um borrão indistinto, mas esse dia parecia nítido e cristalino para Alix, de alguma forma. Estar com todas aquelas pessoas parecia ser a coisa certa, e depois, no velório organizado pela empresa de Nathan em um enorme bar em Paddington com vista para o canal, mesas ao ar livre, champanhe sem fim, uma playlist elaborada pelos melhores amigos de Nathan, crianças correndo de um lado para outro com roupas de verão, conversas animadas, risadas e pessoas bem-vestidas para combinar com o auge do verão, a sensação foi quase de que Nathan apareceria a qualquer momento, aproveitando tudo, adorando cada segundo. Como ele não apareceu, a impressão passou a ser de que talvez ele já estivesse em casa à espera de Alix, e quando ela constatou que ele não estava em casa à sua espera, poderia ser que talvez estivesse viajando com os amigos, e quando, dez dias depois do funeral, ele ainda não estava em casa, foi nesse momento, e somente nesse momento, que Alix desmoronou. Então, um dia antes do primeiro dia de Eliza no ensino fundamental II, Alix está deitada na cama, usando seu vestido alcachofra e agarrada a um travesseiro, em posição fetal enquanto espasmos de choro agonizantes assolam seu corpo diante da constatação do que ela perdeu.

Oi! Eu Sou Sua Gêmea de Aniversário!
UMA SÉRIE ORIGINAL NETFLIX

A tela mostra imagens de uma reportagem da BBC News filmada na entrada de um cemitério em Kensal Rise, noroeste de Londres. O repórter fala em tom respeitoso e solene.

Repórter: Hoje, Nathan Summer, marido da podcaster Alix Summer, foi sepultado no crematório Kensal Green, no norte de Londres. Dezenas de curiosos, amigos e familiares passaram por estes portões pela manhã para dar seu último adeus a um homem que, ao que parece, era amado por muitos. Um mês depois da descoberta do corpo de Summer nas águas rasas do lago Windermere, a polícia ainda não localizou a mulher acusada de matá-lo com uma overdose de barbitúricos após sequestrá-lo. Josie Fair, de quarenta e cinco anos, foi vista pela última vez na quinta-feira, 25 de julho, no vilarejo de Ambleside, onde entregou seu cachorro a dois desconhecidos antes de desaparecer. Fair também está sendo procurada pelos assassinatos de seu marido, Walter Fair, de setenta e dois anos, e Brooke Ripley, de dezesseis anos, e pela tentativa de assassinato de sua filha Erin Fair, de vinte e três anos. Desde o seu desaparecimento, a polícia tem seguido pistas que levam a crer que Fair foi vista em locais distantes como o norte da França, Marrakesh, Belfast e as ilhas Hébridas Exteriores. Porém, até o momento, seu paradeiro permanece um mistério.

A filmagem mostra uma tomada de primeiro plano de Alix Summer e seus dois filhos pequenos saindo do cemitério. Alix está usando um vestido verde, uma jaqueta preta e óculos escuros.

Enquanto ela caminha, todos vão lhe oferecer condolências.

Repórter: Mas por enquanto *a sensação* é de encerramento, pelo menos para Alix Summer, ao dar o último adeus a seu marido. Aqui é Matt Salter, de Kensal Green, para a BBC.

A tela mostra Alix Summer.

Ela está sentada em seu estúdio de gravação, vestindo uma blusa amarela sem mangas. Seu cabelo loiro está preso, longe do rosto.

A legenda diz:

Alix Summer, janeiro de 2022

Alix fala com uma entrevistadora fora da câmera.

Alix: Eu não conseguia nem entrar aqui.

Ela aponta para seu estúdio de gravação.

Alix: Por meses e meses. Parecia tão... *cheio* dela. Tão cheio da Josie. Então eu simplesmente abandonei o estúdio. Eu me concentrei nas crianças, em ajudar a minha filha a enfrentar seu primeiro ano letivo no ensino fundamental II sem o pai, em convencer meu filho de que eu também poderia ser legal. Sabe? E então, alguns meses depois, a pandemia chegou, a vida mudou e todos começaram a fazer as coisas de um jeito diferente. Comprando ou adotando um cachorro. Assando pão. Escrevendo romances. Essas coisas. E eu percebi que agora tudo dependia de mim, tudo. Nada de apólice de seguro de vida nem renda. Quando o Nathan desapareceu, havia alguns milhares de libras na nossa conta conjunta, mas isso não duraria muito. Eu precisava conseguir um emprego, mas, claro, como alguém consegue um emprego no meio de uma pandemia global, ainda mais uma mãe solo que precisa educar dois filhos em casa? Fiquei aterrorizada, comecei a fazer planos pra vender a casa, reduzir despesas. Mas então, uma noite, algumas semanas após o início da quarentena, olhei para o jardim e lá estava uma raposa, sentada junto à porta do meu estúdio, olhando para mim. E ela parecia estar me lançando um desafio. Tipo... ah, sabe, algo na linha "E aí, o que você vai fazer agora? Vai ficar sentada de braços cruzados, triste e amargurada com a vida, ou vai ligar os motores e fazer alguma coisa com esse horror todo, porra?". Porque, acredite, foi realmente horrível, mas eu sabia que tinha os ingredientes — se eu tivesse estômago — de uma história verdadeiramente inacreditável. Então, na manhã seguinte, preparei um café forte, respirei fundo, destranquei a porta do estúdio e pensei: *Certo, Alix, está tudo aí, tudo de que você precisa pra fazer a coisa acontecer, horas e horas de gravações com a Josie, com a Roxy, com a Pat.* Eu tinha acesso a todas as notícias na internet. Havia gravado todas as minhas ligações, portanto ainda tinha minhas conversas com os detetives Albright e Bryant. Eu tinha material mais do que suficiente pra criar algo completamente inesquecível, algo imperdível. Entrei em contato com Andrea Muse, a famosa podcaster de crimes reais, e perguntei se ela poderia me ajudar na produção e edição. Meus podcasts anteriores eram entrevistas individuais cara a cara, todas gravadas de uma vez só, que precisavam apenas de polimento e uma leve edição antes de irem ao ar. Agora seria muito diferente, porque envolveria habilidades complexas de edição que eu não tinha. Então, com Andrea a bordo do projeto, comecei naquele mesmo dia. No final do mês concluímos o primeiro episódio, que foi ao ar no fim de maio. E, sim, como você sabe, viralizou. Depois que o primeiro episódio foi ao ar, algumas pessoas entraram em contato diretamente comigo, querendo que eu as entrevistasse. A mãe da Brooke Ripley. Helen, uma amiga da Josie dos tempos da escola. O filho do Walter, no Canadá. Assim, semana após semana, o podcast se tornava cada vez mais complexo, cada vez mais multifacetado, cada vez mais envolvente. E então, no meio do verão de 2020, quase um ano depois da morte do Nathan, recebi uma mensagem da Katelyn. Katelyn Rand, sabe? A essa altura, os lugares já estavam começando a abrir novamente, o que significava que eu poderia me encontrar pessoalmente com ela. Então combinamos de ir ao Queen's Park, bem perto da minha casa. Era uma tarde de quarta-feira. Eu estava apavorada.

QUARTA-FEIRA, 15 DE JULHO DE 2020

Alix tira os óculos escuros e os coloca por cima do cabelo quando vê Katelyn se aproximar. Seu coração dispara e ela sente uma nauseante mistura de nervosismo e empolgação.

Então a mulher abre um sorriso enorme e caloroso, acelera o passo e se aproxima de Alix com cara de quem vai abraçá-la, mas rapidamente se lembra de que não tem permissão para fazer isso, então elas se sentam a dois metros de distância uma da outra e Katelyn diz:

— Uau, você é linda. Quer dizer, eu te vi no noticiário, claro. Mas você é muito mais bonita na vida real.

— Você também é linda — diz Alix, sem o mesmo entusiasmo de Katelyn.

Katelyn é incrivelmente bonita. Sua pele é bronzeada, e seu cabelo cacheado, loiro e aparentemente macio está preso com um elástico de pompom. Ela tem covinhas, um pequeno espaço entre os branquíssimos dentes da frente e pernas compridas; veste calça jeans skinny e um cardigã curto que se ajusta aos seios, que são pelo menos três vezes maiores que os de Alix.

Esbanjando simpatia, Katelyn ignora o elogio, e, mesmo a contragosto, Alix sente que poderia gostar dessa pessoa que desempenhou um papel tão considerável na morte de seu marido. Ela prepara seu celular e microfone portátil para gravar a conversa. Enquanto isso, Katelyn tagarela.

— Eu mal pude acreditar quando vi que você lançou um podcast. É o assunto do momento, está em toda parte! Quer dizer, eu nem ouço podcasts, eu nem *sei* direito o que é um podcast. Mas este... Uau! É meio que inevitável, eu acho. Não é todo dia que uma pessoa é jogada pra dentro de uma história de crime real. E me desculpe, Alix, mas eu preciso te avisar uma coisa com antecedência: eu não tenho filtro. Eu falo antes de pensar, sabe? E às vezes isso me faz parecer... insensível? Indiferente? Mas, de verdade, eu não sou essa pessoa. De jeito nenhum. E eu preciso que você saiba que eu me arrependo demais do que fiz, do papel que eu desempenhei nessa história. Às vezes eu mal consigo dormir à noite, pensando em tudo, querendo voltar no tempo, querendo nunca ter entrado naquele ateliê naquela manhã.

— Você conheceu a Josie no ateliê?

— Sim. Bom, eu já sabia quem era a Josie porque ela era meio famosa no condomínio onde eu morava por ser a garota que fugiu com o namorado da mãe, sabe? Mas fazia muitos anos que eu não a via. Mas, olha, Alix, por favor, acredite em mim, eu pensei que estava fazendo uma coisa boa, sabe? Achei que estava fazendo algo bom em nome da sororidade. Ela me disse que você estava presa num casamento com um cara que não aguentava ver um rabo de saia e era incapaz de manter o pau dentro da calça, entende? E, segundo a Josie, ela queria ajudar você a escapar dessa situação. E eu também quis te ajudar. Obviamente, o dinheiro foi um baita incentivo. Mil libras são mil libras, né? Mas, além disso, eu pensei: vamos mostrar a essa mulher que tipo de homem o marido dela é, e aí ela vai poder se livrar dele. Mas depois, é claro, ficou óbvio que seu marido não era esse cara. *De jeito nenhum.* Meu Deus, Alix, aquele homem amava você. Em nenhum momento ele demonstrou interesse sexual por mim. Ele estava caindo de bêbado, e acho que me viu mais como um companheiro de bebedeira, sabe? Ele só queria um parceiro pra beber. Mas o tempo todo ele ficou dizendo "a Alix isso", "a Alix aquilo". E me mostrando fotos suas no celular.

Alix olha de relance para Katelyn e diz:

— O celular. Sim. Eu sempre me perguntei: por que ele não me ligou? Por que ele não me mandou uma mensagem? Por que ele não atendeu às minhas ligações quando estava com você?

— Ele estava podre, bêbado feito um gambá, Alix. Porra, eu não tenho nem palavras pra descrever pra você a situação de merda em que ele estava. Desculpa pelos palavrões. Você pode editar esse trecho? Foi mal. Mas ele estava atordoado, enxergando tudo duplicado. Então eu peguei o celular dele e guardei comigo. Eu disse pra ele que ia mandar uma mensagem pra você ir buscá-lo, mas o tempo todo eu sabia que quem ia fazer isso era a Josie. Eu menti pra ele, Alix, e *sinto muito* por isso. Eu juro, de verdade. Ele era uma pessoa tão legal. Uma pessoa tão boa. E eu menti pra ele. Eu disse pro Nathan que ele estava em segurança, que você estava a caminho, que eu estava cuidando dele. E o tempo todo...

Katelyn balança a cabeça com tristeza.

Alix sente uma pontada de bile amarga no fundo da garganta enquanto absorve as palavras de Katelyn. Ela quer machucá-la. Quer gritar na cara dela.

— Você pode me odiar — diz Katelyn, como se estivesse lendo a mente de Alix. — Eu quero que você me odeie. Eu quero isso, de verdade. Não estou aqui pra ser sua amiga nem pedir perdão. Estou aqui por causa do seu podcast. Pra fazer dele o maior podcast de todos os tempos, pra tornar você famosa, fazer você voar alto. Porque foi isso que eu pensei que estava fazendo naquela noite, na noite em que eu menti pro seu marido lindo e destruí a sua vida: eu pensei que estava ajudando você a voar bem alto.

Ela solta um *tsc, tsc, tsc* em voz baixa, lamentando a própria insensatez, e balança a cabeça de novo.

— Apenas saiba, Alix Summer, que você tinha um marido que adorava você, adorava os filhos, adorava a vida dele. Um marido que não queria mais ninguém. Só você.

Alix meneia a cabeça e segura as lágrimas. Em seguida, faz força para sorrir e diz:

— Certo, vamos começar do começo? Desde o dia em que você conheceu a Josie no ateliê.

E a entrevista começa.

Oi! Eu Sou Sua Gêmea de Aniversário!
UMA SÉRIE ORIGINAL NETFLIX

A tela mostra Alix Summer em seu estúdio de gravação, tirando os fones de ouvido, desligando as telas, caminhando até a porta, saindo e fechando-a.

A câmera passeia lentamente em torno dos detalhes do estúdio, e o seguinte texto aparece na tela:

O último episódio do podcast de Alix foi lançado em agosto de 2020, no aniversário de um ano do funeral de Nathan. Esta é a mensagem final de Alix.

Ouve-se a voz de Alix enquanto a câmera percorre seu estúdio.

Alix: E isso nos traz ao dia hoje. Eu estou aqui, perto do final de agosto, no meio de uma pandemia global, sem saber o que o mundo reserva pra mim ou pra qualquer um de nós. Mas de uma coisa eu sei: amanhã vou buscar nossa cachorrinha, que será o novo membro da nossa família, com um criador em Hampshire. Ela é uma fêmea de pastor-australiano com olhos de cores diferentes e se chamará Matilda, por motivos óbvios. Espero que ela traga alegria à nossa pequena família à medida que aprendemos a conviver com a ausência, com o luto, com as perguntas, com a dor. Hoje cedo eu recebi um e-mail muito interessante de uma produtora norte-americana interessada em comprar os direitos deste podcast para transformá-lo em um documentário, então nunca se sabe, em pouco tempo talvez vocês assistam a *Oi! Eu Sou Sua Gêmea de Aniversário!* no conforto do seu sofá. E apenas dois dias atrás, a Roxy me disse que ela e Erin encontraram um lugar para morar juntas, e que a Erin vai se mudar neste fim de semana e levar com ela todo o seu aparato de jogos on-line. Portanto, há muitos motivos para comemorarmos nestes momentos finais. Mas o que é bastante frustrante pra mim como jornalista, e pra vocês como ouvintes, e como tantas vezes acontece com podcasts de crimes reais como este, é que não há um encerramento real, nenhum *fim* de verdade, porque, sim, enquanto gravo esta mensagem, Josie Fair ainda está por aí em algum lugar. Ela pode alegar ter feito tudo o que fez pra assegurar a própria liberdade, mas a verdade é que Josie Fair não tem liberdade alguma. Absolutamente nenhuma. Agora ela está encarcerada numa prisão que ela mesma criou, pra sempre olhando de soslaio, eternamente fugindo, escondida, vivendo na surdina. E isso me deixa satisfeita. É claro que eu tenho uma fantasia secreta de que, momentos antes de encerrar esta gravação, meu celular vai tocar e do outro lado da linha a detetive Albright vai me dizer que a polícia encontrou Josie, que ela será levada ao tribunal, que será presa e pagará pelos seus crimes. E que crimes hediondos! Que crimes chocantes, impensáveis e inaceitáveis. Uma adolescente cheia de vida e inteligente, com o futuro inteiro pela frente, seu corpo arrebentado e deixado pra apodrecer numa garagem suja e úmida, sem motivo nenhum. Sem nenhuma razão plausível. O marido aposentado de Josie, embora claramente longe de ser um bom marido e, segundo alguns relatos, até mesmo um homem mau, mas um bom pai para suas filhas, espancado enquanto sofria um ataque cardíaco e deixado para morrer dentro de uma banheira. A tentativa de assassinato da própria filha, sua primogênita vulnerável. Pra quê? Pra roubar o dinheiro dela? Pra impedi-la de viver a própria vida? De correr atrás dos próprios sonhos? Meu Deus... E por último, o assassinato sem sentido, inútil, ridículo e pavoroso do meu marido. Nathan Summer. Meu menino. Meu homem. Meu parceiro de vida, com seu cabelo cor de fogo. O pai dos meus filhos. Amigo de dezenas de pessoas. Colega estimado. Apenas... Meu Deus... Apenas um cara legal, sabe? Tínhamos nossos problemas, sim. Tínhamos nossos desentendimentos. E, sim, poucas semanas antes de a Josie levá-lo de mim, eu cogitei uma vida sem ele. Eu realmente pensei nisso. Imaginei como seria seguir em frente sozinha e não ter que conviver com aquelas longas e horríveis noites em que ele não voltava pra casa e eu ficava deitada no escuro, sem dormir, meu estômago se revirando, meus pensamentos a mil por hora, imaginando se ele estava vivo ou morto, me perguntando se ele estava transando com uma mulher qualquer, sem saber por que ele não queria simplesmente voltar pra casa, pra mim. E talvez um dia eu tivesse chegado ao meu limite, talvez um dia eu tivesse enfim decidido viver sem ele. Mas a Josie tirou de mim essa escolha. Ela roubou todos os outros caminhos possíveis da nossa vida. E, pior que isso, roubou de dois filhos o bom pai que eles tinham. E quaisquer que sejam as razões dela — a sua psicose, os seus traumas de infância, a sua saúde mental, as suas dificuldades e seus problemas —, qualquer que seja a razão que ela alegue para justificar o que fez, eu afirmo, independentemente do que ela diga, que ela fez o que fez porque é uma pessoa má. Foi pura maldade. Então, Josie Fair, se você estiver em algum lugar ouvindo, saiba disto: a sua luta é sua e somente sua. Não finja estar lutando em nome de alguém. Não afirme que você é uma vítima. Não afirme que você é qualquer outra coisa além daquilo que você é: uma vagabunda insignificante, cruel e filha da puta.

Meu nome é Alix Summer. E este foi *Oi! Eu Sou Sua Gêmea de Aniversário!* Obrigada por ouvir. E adeus.

O áudio reproduz o clique de uma gravação sendo encerrada.

A tela escurece e os créditos finais começam a rolar.

A série termina.

QUARTA-FEIRA, 28 DE OUTUBRO

Em outubro desse ano, pouco antes do segundo lockdown nacional, a detetive Albright telefona para Alix.

— Agora estamos encerrando a maior parte da investigação, limpando algumas caixas de evidências, e tenho algo para você. Os itens que a Josie tirou da sua casa no ano passado... você gostaria de ficar com eles? Posso passar aí hoje à tarde para entregá-los.

A detetive Albright chega pouco depois das quatro horas, quando as crianças já voltaram da escola e a cachorrinha está em modo hiperativo, deixando poças quentes de xixi em seu rastro enquanto rodopia em círculos, empolgada por ver alguém na porta.

— Desculpe, Alix. Você está ocupada, né? Não vou tomar muito do seu tempo, mas queria dizer que ouvi o seu podcast, todos os episódios, e foi incrível. De verdade. Você sabe, para um detetive, é raríssimo obter esse nível de discernimento tão profundo sobre um criminoso que você ainda está tentando encontrar. E a voz dela... só de ouvir, me deu arrepios na espinha de novo. Foi como ler um romance, sabe? Eu simplesmente não conseguia parar de ouvir. E aquela última frase! Meu Deus! Eu gargalhei alto! E, é claro, por causa dos episódios nós recebemos uma tonelada de novas informações.

— Ela revira os olhos. — A maior parte é um monte de absurdos, uma total perda de tempo, mas vale acompanhar algumas pistas. Tem alguém que jura de pé junto que viu Josie em Northampton na semana passada. Estamos investigando. Então, bom, vamos manter você atualizada de tudo. E vamos cruzar os dedos. Vai ser antes do que você imagina. Quero dizer, dez mil libras não vão durar pra sempre, certo? Mais cedo ou mais tarde ela vai ter que se conectar de novo ao mundo real, vai começar a deixar rastros novamente. É só uma questão de tempo. De qualquer forma, aqui estão as coisas. Devolvemos os outros pertences à mãe de Brooke, mas ela disse que apenas alguns eram dela, o buquê de pulso e o elástico de cabelo. Ela disse que nunca tinha visto a capinha de telefone, e Roxy e Erin também não a reconheceram, então continua sendo um mistério. Um entre muitos.

A detetive abre um sorriso caloroso para Alix e vai embora. Assim que ela sai, Alix dispara rumo à cozinha e pega spray higienizador e papel-toalha para limpar as poças de xixi de Matilda, depois se senta à mesa da cozinha com o envelope à sua frente. Ela leva um minuto para reunir forças e criar coragem para abri-lo. Tira os objetos, um por um, e os coloca um ao lado do outro. Tem a plena e terrível consciência de onde eles estiveram e o que significam, mas também sabe que são pequenos e importantes pedaços dela que Josie roubou. De repente, a necessidade de reintegrá-los à sua casa se torna maior do que seu desgosto sobre onde estiveram, então ela se põe de pé rapidamente e anda pela casa, recolocando cada objeto em seu devido lugar, um de cada vez. Ela encontra o pequeno espaço no quadro de cortiça onde antes estava o desenho de Eliza e o afixa no local exato de onde foi retirado, sentindo uma estranha satisfação quando a ponta do alfinete encontra e penetra o mesmo buraco. Ela enfia o cupom fiscal de volta entre as páginas da revista *Livingetc*, e a coloca de volta no meio da pilha de lixo reciclável. Pega a cápsula de café Nespresso e a devolve ao pote de seu estúdio de gravação, deixa a colher de chá na lava-louça e o sabonete líquido no banheiro de hóspedes sob a escada. Ela está prestes a colocar a foto 3x4 de Leon dentro da gaveta bagunçada em que ela ficava, mas decide não fazer isso. Na foto, seu filho parece tão novo, tão desajeitado, tão de saco cheio, mas é o seu filho retratado em um momento da vida em que ele ainda não conhecia a dor, a perda ou o luto, e Alix quer celebrar isso. Por essa razão, ela pega outro alfinete, prende a foto no quadro de cortiça e a toca com ternura. E por último há a pulseira. A delicada pulseira de ouro que Nathan comprou para ela de presente de aniversário, e, ao olhar para a joia, ela ouve o eco da própria voz chamando o marido que não está mais aqui: "Nathan, você viu minha pulseira? Aquela que você me deu de aniversário?" E então lhe vem à mente a lembrança de Nathan lhe dando a pulseira um ano antes, prendendo-a delicadamente em seu punho, que ela apoiou contra esta mesa, bem aqui, neste mesmo lugar. Ela vira o pulso para cima e chama seu filho, seu menino de cabelos cor de fogo:

— Leon! Querido! Você pode vir aqui me ajudar com uma coisa?

Ele aparece na porta, seus olhos claros piscando.

— O quê?

— Você pode prender minha pulseira pra mim?

Leon coloca o iPad na mesa da cozinha e caminha em direção a ela. Ele tem cheiro de menino, de casa, de cabelo, de amor. Alix ouve a respiração levemente ruidosa do filho enquanto ele fica de pé de frente para ela, concentrando-se em engatar o fecho da pulseira, errando algumas vezes, e enfim dizendo:

— Prontinho. Prendi.

Ele está prestes a se afastar casa adentro novamente, mas Alix o puxa para perto, com os braços em volta de sua cintura fina.

— Estamos bem, né? — pergunta ela. — Nós três? Estamos bem?

Leon faz que sim com a cabeça, apoia o queixo no cabelo dela e diz:

— Sim, estamos bem.

Oi! Eu Sou Sua Gêmea de Aniversário!
UMA SÉRIE ORIGINAL NETFLIX

A tela mostra um carteiro enfiando uma pilha de cartas na caixa de correio de uma casa vitoriana com terraço.

A atriz que interpreta Alix Summer pega as cartas e as leva para a cozinha, onde começa a abrir uma delas.

A legenda diz:

No dia 2 de novembro de 2020, dois meses após o lançamento do último episódio do podcast de Alix Summer, ela recebeu uma carta pelo correio.

A tela passa a mostrar Alix Summer em seu estúdio de gravação, lendo a carta em voz alta.

Alix: "Alix. Eu levei muito tempo para saber o que dizer a você e como dizer. Ouvi seu podcast neste verão. *Vagabunda insignificante*. Sério? Fui atacada durante toda a minha vida, Alix. Toda a minha vida. E agora você também me ataca. Quando eu te conheci, pensei que você era especial. Achei que tinha sido uma espécie de obra do destino. Finalmente alguém que me entende, que me compreende, alguém que percebe o quanto a minha vida é difícil. Eu te contei a minha verdade, Alix. E o que você fez com isso? Transformou a minha verdade em um lixo cafona de *true crime*, quando nada disso é verdade. É tudo mentira. E quanto a Erin e todas as bobagens que ela disse, eu sabia que ela inventaria um monte de coisa. Lógico que faria isso. Ela e a Roxy, tentando fazer a minha caveira, me pintar como uma bruxa má, quando as vilãs foram elas o tempo todo. O fato de você ter acreditado na encenação delas, na conversa fiada delas, faz você cair no meu conceito. Estou muito decepcionada com você. Muito decepcionada mesmo, de verdade.

E eu não tirei o Nathan de você de propósito, eu já te disse isso. Foi um acidente. Eu estava dando a ele a dose certa, mas parou de funcionar, e ele estava fazendo muito barulho, então eu tive que dar mais. Como eu poderia saber que isso iria matá-lo? Mas ainda assim você está me culpando, agindo como se eu soubesse o que estava fazendo, agindo como se houvesse algo errado comigo, quando não há. É o mundo que está errado. Você e eu sabemos disso."

Até agora o destino já nos uniu duas vezes, a primeira no dia em que nascemos e a segunda na noite em que completamos quarenta e cinco anos. Talvez o destino encontre uma maneira de nos unir de novo, e talvez, quando esse momento chegar, possamos voltar ao ponto onde estávamos. Espero que sim, de verdade."

Por favor, envie meu amor aos seus lindos filhos, especialmente Leon. Eu tinha um fraco por ele. Um menino adorável. Um menino delicado. Cuide bem dele."

Josie."

Alix dobra a carta no meio e a coloca sobre a mesa. Ela olha para a entrevistadora e balança a cabeça ironicamente.

A *legenda diz:*

Até o momento em que este episódio foi ao ar, Alix Summer não teve novas notícias de Josie Fair.

Dezesseis Meses Depois

Deressels
Meses Depois

MARÇO DE 2022

Josie ajusta a máscara e joga o cabelo loiro tingido na frente do rosto quando duas jovens entram no ônibus vazio e se sentam à sua frente.

Com expressão resoluta, ela fita a janela do ônibus, observando o passar das ruas escuras da cidadezinha de Midlands onde ela agora reside, evitando o olhar das pessoas, como sempre faz.

As mulheres à sua frente tagarelam, e as palavras dela passam despercebidas por Josie, até que uma delas respira fundo e diz:

— Ah, meu Deus, você está assistindo àquela série na Netflix? Das gêmeas de aniversário?

A outra mulher diz:

— Meu Deus, sim, assisti tudo de uma vez só. Tipo, o que foi aquilo?

— Sim! Exatamente! Foi tipo... E aquela mulher!? Ela era assustadora pra caralho.

— Assustadora pra cacete. E o que ela fez com as filhas. E sequestrar o marido da outra mulher. Eu fiquei tipo assim... que porra é essa?

— E o que você achou daquelas filhas dela? A Roxy e a Erin. Você achou que elas estavam dizendo a verdade?

— Como assim?

— É que, pra mim, elas pareceram meio suspeitas. E aí, pensando no que a tal Josie disse na carta que ela mandou pra podcaster no final, fiquei me perguntando se talvez as duas filhas não tivessem culpa no cartório também.

— Nossa, eu não tinha pensado nisso, mas pra mim ficaram muitas lacunas mesmo. Pareceu que a Josie não era a única pessoa que estava mentindo, sabe? Tinha mais coisas, eu acho. A história toda é estranha pra caralho. É difícil acreditar que existe gente assim no mundo real, sabe?

As duas mulheres ficam em silêncio por um segundo, depois o ônibus se aproxima do ponto e elas se preparam para descer.

Josie as observa, sentindo a respiração quente e urgente dentro da máscara, o coração acelerado. Uma das mulheres se vira, e Josie rapidamente volta o olhar fixo para a janela. Quando ela volta a olhar para a frente, as mulheres já foram embora e ela se vê mais uma vez sozinha no ônibus.

As pontas dos dedos de Josie encontram a abelha dourada pendurada em seu pescoço, e ela a desliza de um lado para outro pela corrente, sente o coração disparar enquanto seus pensamentos se agitam, tentando dar sentido às coisas que vivem lá em meio a eles, todos os instantes de sua vida, os erros que ela cometeu, as mentiras que ela contou e a própria reinvenção de uma vida que começou como uma criança ignorada e indesejada ainda no ventre, trazida ao mundo para sentir cada pedacinho do erro de sua mãe, uma vida que sempre esteve destinada a acabar assim, escondida, sozinha, uma mulher mascarada. Ela se lembra das coisas que fez, quando criança, quando adulta, todas as coisas que não contou a Alix, e pensa na coisa que *disse ter feito*, embora não tenha feito. E a coisa toda parece um nó retorcido e doentio de verdades e inverdades que ela nunca será capaz de desvendar, que ninguém jamais será capaz de desvendar, mas há uma coisa que se destaca, reluzente. Parece a verdade, e Josie espera que seja a verdade, porque a define de muitas maneiras: a noite em que ela voltou para casa e encontrou Roxy ajoelhada sobre o corpo vestido de branco de Brooke Ripley, com lágrimas escorrendo pelo rosto, choramingando:

"Eu não queria fazer isso, mãe, eu não queria fazer isso." E Erin parada na porta, de olhos vidrados, cambaleando com a mão na boca, e Roxy dizendo "O que vamos fazer? O que vamos fazer?", e o telefonema para Walter em Newcastle, em que, de forma lenta e concisa, ele indicou o que elas deveriam fazer a seguir: pegar o filme plástico no armário da despensa, abrir a janela do banheiro que dava para a viela de garagens, abrir a gaveta e pegar uma chave presa a uma etiqueta plástica com o número 6 escrito.

Ela pensa nos dias que se seguiram, naquela chave ardendo na palma da sua mão, se lembra de encarar a chave e mexer nela sem parar, esperando a campainha tocar, esperando que algo acontecesse, querendo ir à polícia, querendo que a coisa toda acabasse, desaparecesse, e dias depois o sumiço de Roxy, suas palavras respingando ódio ao partir: "Se a senhora contar pra alguém, eu vou dizer que foi a senhora. Eu vou dizer que foi a senhora."

Ela pensa na briga que teve com Walter na noite do jantar na casa de Alix, em quando ela tirou a chave da gaveta e disse a Walter que contaria tudo a Alix, que contaria ao mundo inteiro sobre o segredinho sujo dele trancado no porta-malas do velho Morris Minor de seu pai, na garagem atrás de sua casa. Ela se lembra de Walter agarrar o peito, do olhar de pavor no rosto dele, de encarar fixamente o marido quando ele desabou no chão, de ter ficado inerte, apenas observando enquanto a cor deixava o rosto de Walter, que com o punho cerrado segurava o peito. Ela tenta se lembrar do que aconteceu depois disso, mas, quando as memórias voltam, não tem certeza se são verdadeiras ou se são sonhos, alucinações, mas Erin estava lá, disso Josie tem certeza, e Erin bateu nela, bateu e bateu sem dó. E então as lembranças de Josie se apagam e se transformam em nada.

Ela olha pela janela do ônibus e, por um momento, tem certeza, Josie tem *muita* certeza de que sim, foi isso que realmente aconteceu, e de que ela talvez não tenha sido uma boa mãe, mas é uma mãe *de verdade*, de que ela fez o que qualquer mãe faria e protegeu sua filha, cuidou dela e a manteve em segurança, salvou sua filha de si mesma e das consequências de sua raiva, como ela sempre fez e continuará a fazer, agora, amanhã, para sempre, custe o que custar. E ela não fez nada de errado, não mesmo, nunca. Tudo o que ela tem feito, à sua maneira, é cuidar das pessoas que ela ama, tentar ajudar as pessoas, tentar ser uma boa pessoa.

Ela tem certeza de que isso é verdade.

A maior e mais absoluta certeza.

Agradecimentos

Bem, este livro foi um parto dramático! Comecei em março de 2022 e terminei em setembro. Talvez você imagine que, depois de ter publicado vinte e um livros, eu saberia como desenvolver uma história e o que é necessário para colocar palavras numa página em branco, mas, assim como com filhos, cada livro é diferente, e tudo o que uma pessoa aprendeu escrevendo livros anteriores não vale NADA quando ela se vê diante de um novo universo. E foi o que aconteceu com este livro. Eu não sabia que conseguia escrever tão rápido! Fiquei preocupada por não estar fazendo as coisas que normalmente faço, como criar uma dupla cronologia ou flashbacks. "Onde estão meus pontos de vista adolescentes?", eu me perguntava. "Cadê meu personagem masculino? O que é este livro? E por que estou escrevendo tão rápido?"

Então eu realmente gostaria de agradecer em primeiro lugar a Will Brooker, que, embora não estivesse escrevendo um livro sobre eu estar escrevendo um livro este ano, ainda assim se interessou em ler meu mais recente trabalho em andamento, só por diversão, e, por volta da marca de trinta mil palavras, quando eu estava me sentindo tonta de incerteza e medo, me respondeu dizendo: "Não sei o que está acontecendo, mas é bom pra caralho." E só isso já foi capaz de me ajudar a chegar às sessenta mil palavras seguintes. Obrigada, Will.

Eu gostaria de agradecer também à minha irmã, Sacha, por nossa conversa na cozinha de sua casa em fevereiro, quando eu disse "Há um velho na janela debruçado diante de um laptop, e há alguém em um quarto no corredor, atrás de uma porta fechada, e eu ainda não sei quem é", e ela disse: "Que tal uma adolescente viciada em jogos on-line?", imediatamente trazendo tudo à vida na minha cabeça. Pequenas coisas podem ter um grande impacto.

Obrigada, como sempre, à minha editora, Selina Walker, que com este livro foi muito além do que eu esperava — não tenho certeza de quantas vezes ela leu, mas foi um bocado —, e a todos os outros da Century no Reino Unido que trabalham com tanto afinco o tempo todo por mim, em especial Najma (que, muito merecidamente, recebeu o prêmio de, nada mais nada menos, melhor assessora de imprensa do ano!) e a Claire Bush e Sarah Ridley, por providenciarem tudo que transforma um livro em um sucesso. Obrigada também a Claire Simmonds, por se empenhar tanto na venda dos meus livros. Obrigada a Jonny Geller, meu agente na Curtis Brown, por sempre conduzir o navio em linha reta e me deixar ficar sentada na minha mesa de trabalho inventando histórias sem ter que me preocupar com as outras coisas, e obrigada ao restante da equipe: Viola, Ciara, Kate e Nadia. A Deborah Schneider, minha agente nos EUA, obrigada por cada minuto de tudo que tem feito por mim ao longo dos anos. Você é incrível e te devo gratidão eterna.

Obrigada também à excelente equipe da Simon & Schuster nos EUA. A Lindsay Sagnette, minha fantástica editora, e à minha assessora de imprensa Ariele Fredman — que ainda não ganhou prêmios, mas merece muitos, porque é uma profissional incrível —, obrigada por trabalharem de forma tão árdua e incansável por mim e me ajudarem a construir um público leitor tão brilhante e leal do outro lado do oceano. Obrigada também a Jade, Dayna, Karlyn, Camila e Libby. Todas vocês são esplêndidas.

E o agradecimento de sempre a todas as pessoas que facilitam a leitura: os bibliotecários, os livreiros, os blogueiros, os bookstagrammers e os professores. Sou muito grata a todos vocês. E a vocês, leitores, claro, obrigada por escolherem e indicarem meus livros, falarem sobre eles e me fazerem sentir que o que faço é importante.

E, por último, obrigada a todas as pessoas que compõem o meu cotidiano, esse mundo que me traz histórias e me concede o tempo, o espaço e a inspiração para escrevê-las; aos meus amigos, familiares, vizinhos, colegas escritores e, sobretudo, aos intrigantes desconhecidos nas janelas, nas praias e nas ruas que despertam ideias e originam mundos e nunca saberão que alguém escreveu um livro inteiro sobre eles.

Obrigada!

Uma nota sobre o nome Giovanni Comoli

O nome do amigo de Nathan, Giovanni, foi escolhido em homenagem ao vencedor de um leilão para arrecadar fundos para a instituição de caridade Young Lives vs Cancer. Apresento aqui uma breve descrição do trabalho que essa entidade realiza:

> Quando uma criança ou um jovem é diagnosticado com câncer, isso ameaça tudo, para a pessoa doente e sua família. Em um momento no qual deveriam estar ocupadas sendo crianças, curtindo a montanha-russa da adolescência ou se habituando à universidade, a vida fica repleta de medo. Medo do tratamento, mas também de famílias sendo despedaçadas, de preocupações esmagadoras com dinheiro, de a saúde mental ser levada ao limite, de não ter a quem recorrer ou com quem conversar.
>
> Na Young Lives vs Cancer, nós entendemos isso. Somos uma instituição de caridade que ajuda crianças e jovens (de zero a vinte e cinco anos) e suas famílias a encontrar forças para enfrentar qualquer adversidade que o câncer lhes imponha.
>
> Sabemos que cada pessoa é diferente, por isso trabalhamos arduamente para assegurar que cada família tenha aquilo de que precisa para superar o câncer. Pode ser na forma de um subsídio financeiro para um pai ou uma mãe com dificuldades para prover o necessário para o filho durante o tratamento, ou de um auxílio para um jovem sem condições de custear o transporte até o hospital. Também podemos ajudar uma família a permanecer junta ao se hospedar gratuitamente em uma de nossas residências nas proximidades do hospital onde seu filho está em tratamento.
>
> E caso as famílias não estejam sendo ouvidas pelo sistema como um todo, não temos medo de amplificar sua voz ou gri-

tar bem alto em seu nome. As crianças e os jovens com câncer merecem as mesmas oportunidades que qualquer outra pessoa. Nós sempre os apoiaremos porque já passamos por isso.

Impulsionados pela generosidade de nossos apoiadores, enfrentaremos tudo juntos.

1ª edição	NOVEMBRO DE 2024
impressão	IMPRENSA DA FÉ
papel de miolo	LUX CREAM 60G/M²
papel de capa	CARTÃO SUPREMO ALTA ALVURA 250G/M²
tipografia	ADOBE GARAMOND PRO